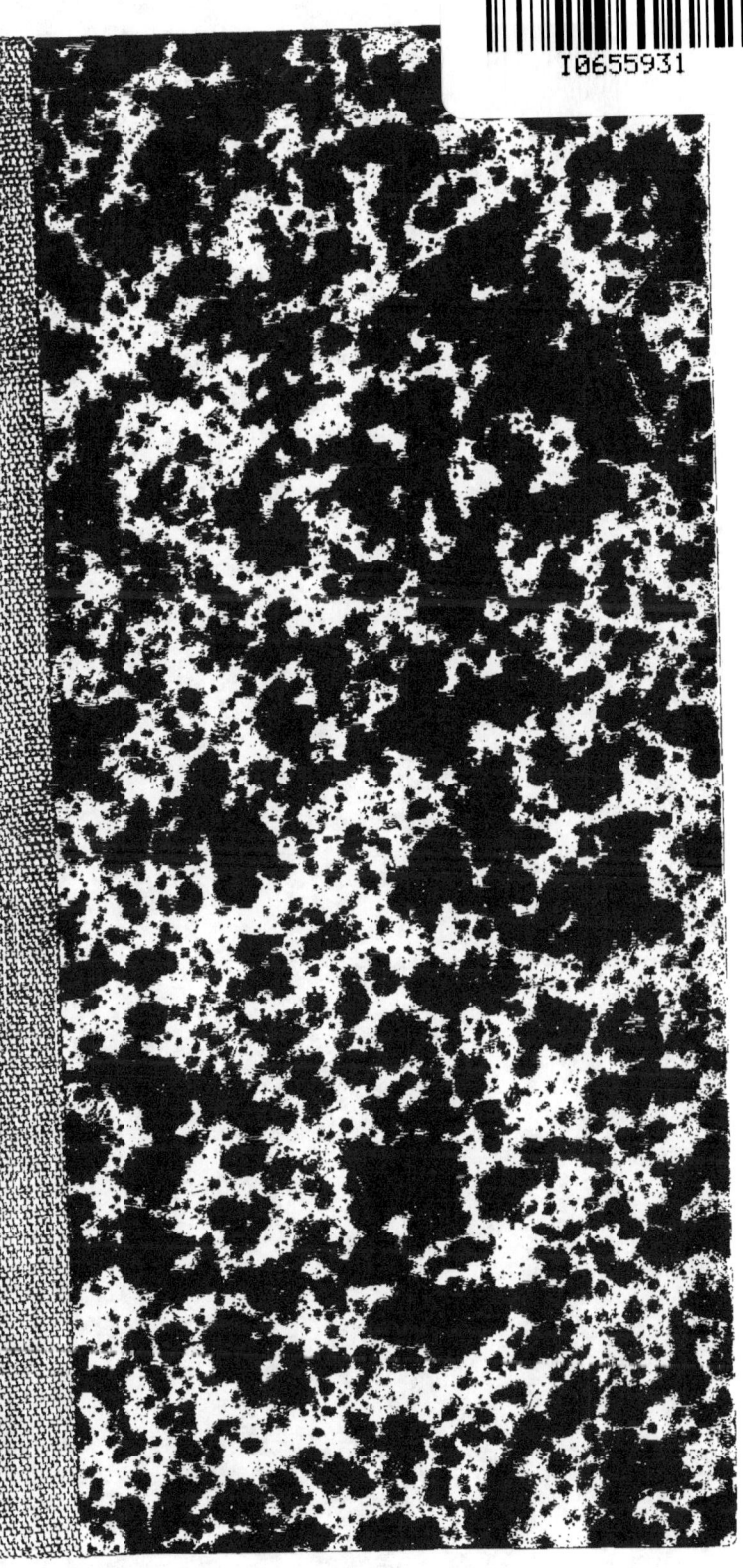

I0655931

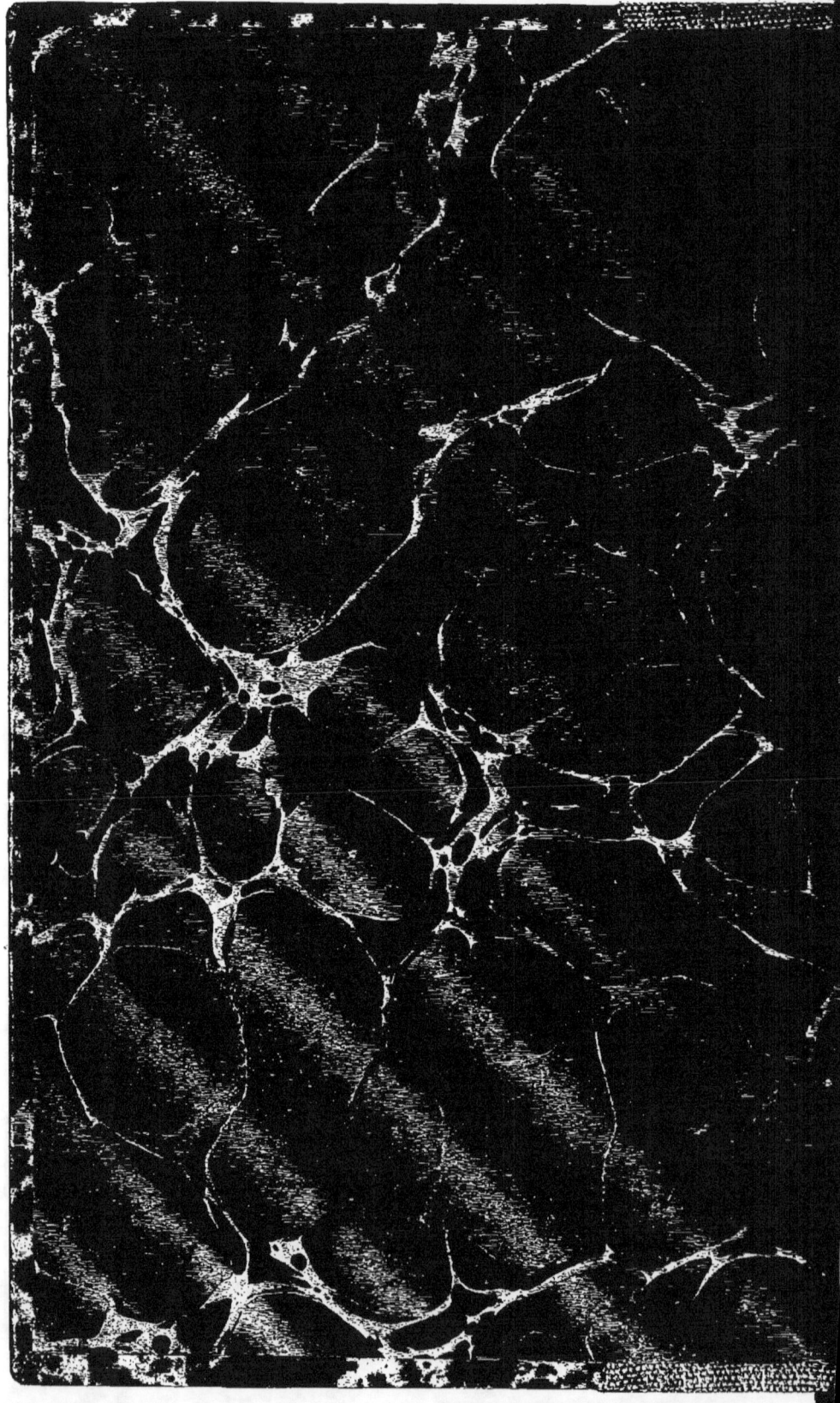

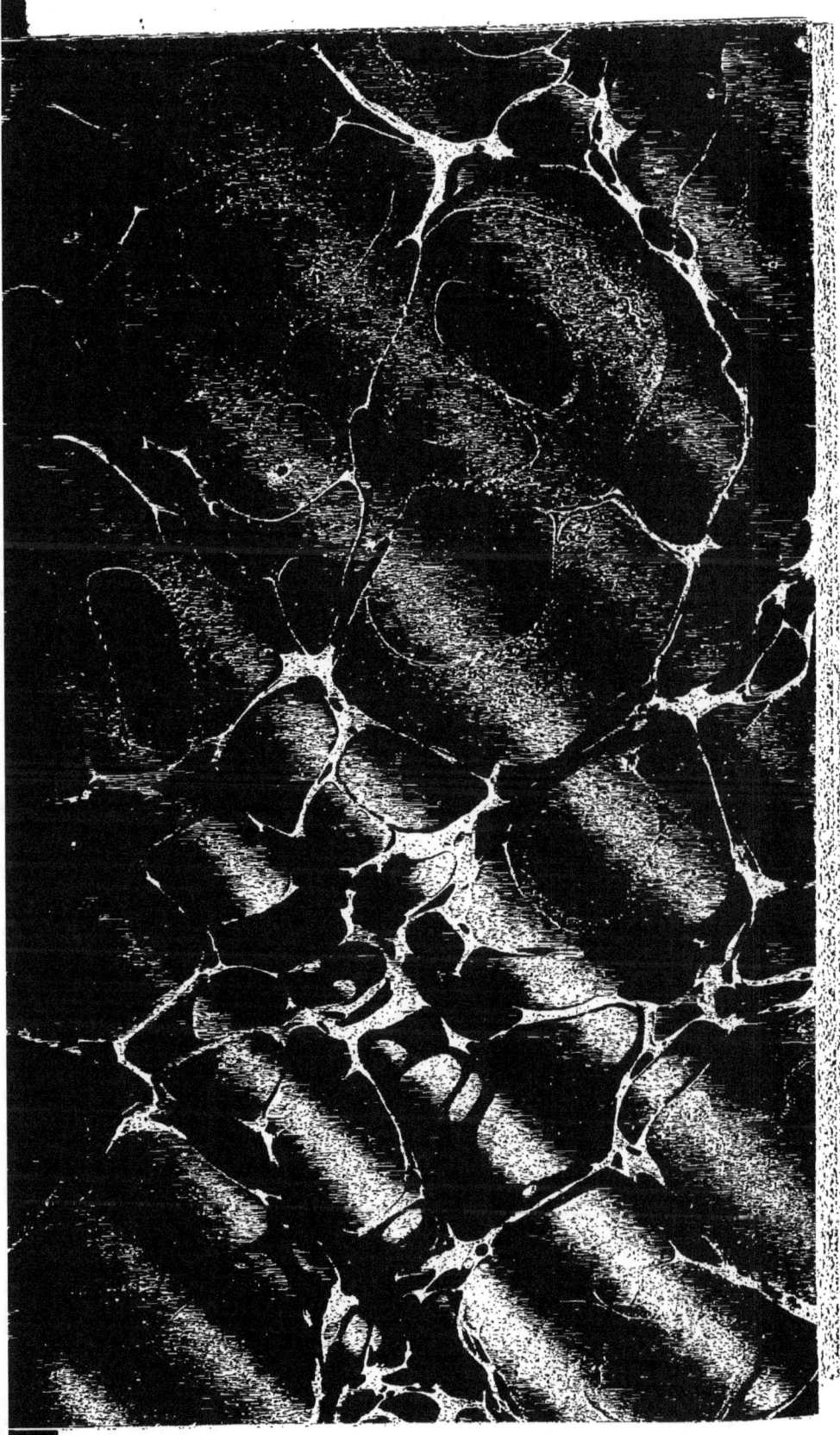

LA

PETITE PERLE

CALMANN LÉVY, ÉDITEUR

OUVRAGES

DE

TH. BENTZON

Format grand in-18

LA

PETITE PERLE

DÉSIRÉE TURPIN

PAR

TH. BENTZON

PARIS

CALMANN LÉVY, ÉDITEUR

ANCIENNE MAISON MICHEL LÉVY. FRÈRES

RUE AUBER, 3, ET BOULEVARD DES ITALIENS, 15

A LA LIBRAIRIE NOUVELLE

—

1878

Peru

©

LA PETITE PERLE

I

La lutte entre le moyen âge et la civilisation moderne a persisté bien au delà des dates proclamées par l'histoire. Les traces en sont encore toutes fraîches dans certaines villes de nos provinces lointaines ; parfois même on peut se demander auquel des deux adversaires est restée la victoire. Il y aurait une épopée à chanter sur les difficultés qu'éprouva le progrès, — représenté par l'asphalte, le gaz et les rues en ligne droite, — à franchir les vieux remparts de X., une sous-préfecture de huit mille âmes pourtant, où passe le chemin de fer de Paris à Brest et dont la grande place est décorée du nom audacieux de place de la Liberté. Ce nom, elle le tient, hâtons-

nous de le dire, d'un de ses derniers maires,
M. Rémonville, à l'administration duquel la
chronique attribue bien d'autres méfaits.

Quelques groupes de maisons neuves plaquées
aux anciennes fortifications peuvent tromper
d'abord les voyageurs du train ; mais, au-dessus
de leurs trois étages, le couvercle aigu d'une
tour ou quelque mâchicoulis qui semble toujours
prêt à vomir du plomb fondu et de l'huile bouil-
lante rappelle l'image d'Ugolin étreignant et ron-
geant par derrière le crâne de son ennemi.

Pour voir les vieilles tours secouer la lèpre des
constructions récentes, il suffit de tourner vers
l'ouest ; là, reliées entre elles par d'épaisses cour-
tines, elles couronnent les escarpements de schiste,
qui ressemblent eux-mêmes à des remparts géants.
Cette ceinture crénelée, s'élevant toujours avec le
rocher auquel s'identifient ses noirs festons, aurait
l'aspect le plus sinistre si la nature ne se char-
geait de l'égayer. Le printemps accroche des
arbustes fleuris aux meneaux brisés ; l'automne
fait mûrir les fruits des ronces qui jaillissent de
mille longues lézardes, et l'on dirait d'aimables
sourires déridant une physionomie sombre ; l'hiver,
le lierre tresse ses guirlandes autour des nids de
pierre où les freux sont venus remplacer les
hirondelles ; à certains endroits, il couvre avec

un soin jaloux la vétusté des murailles absolument
éventrées. La partie méridionale surtout ne mérite
plus, grâce aux injures des siècles et à la pioche des
démolisseurs, le nom de ville close ; mais, au nord,
le rempart encore intact serait, tout autant que
sous Charles VIII, en état de soutenir un siége.

L'église, le château, voilà ce qui domine dans
l'aspect général de X. Ils annulent, ils effacent
tout le reste, ils résument la richesse, l'orgueil,
le caractère de la ville : une cathédrale, une
forteresse ; — la première remontant au xiie siècle,
quoi qu'en puissent faire croire sa flèche élégante
et ses contre-forts à pinacles flamboyants qui
ont été greffés après coup, de même qu'une
chaire couverte, bijou de la Renaissance, fut attachée pour les prêches calvinistes à la masse féo-
dale des « châtelets », au pied de laquelle sont
comme agenouillés en signe de servage, la sous-
préfecture, le tribunal et la mairie. Il faut que
les délégués du pouvoir actuel se résignent à
être petits devant le seigneur, absent pour
toujours, il est vrai, mais pour toujours aussi
représenté par son château. La plupart des
habitants leur témoignent une considération médiocre ; ils ont gardé obstinément les mœurs, les
habitudes, le type physique et moral d'un âge de
fer qui ne reconnaissait aucune autorité munici-

pale, qui n'enviait aucune révolution. Blottis dans
les vieux quartiers, ils refusent de quitter pour
de larges rues et des demeures salubres ce labyrinthe de ruelles creusées au milieu par un ruisseau, protégées à chaque carrefour par une sta-
tue de la Vierge, et où les fées de Perrault se
traînent sous leurs capes déguenillées, où pul-
lulent des chiens errants introuvables ailleurs,
qui semblent appartenir aux espèces chimériques
reproduites par les gargouilles ; maigres, mal
coiffés, les jambes torses, comiques et sinistres
tout ensemble, ils rôdent en quête d'une proie
autour de boucheries dont l'étal extérieur, sur-
monté d'un auvent bizarre, se hérisse de crocs
de fer ensanglantés.

Le commerce à X. chérit particulièrement les
vieilles traditions. Toute une rue est encore composée de porches que supportent de gros piliers
quarris, à l'ombre humide desquels les marchands
empilent de la cire d'église, des sayons de peau
de chèvre, des barriques de poisson salé et des
chemises de tricot, l'industrie du pays. Les volets
de bois laissent entrevoir plus d'un intérieur auquel on n'a rien changé depuis les jours de Pierre
Landais, le bienfaiteur de la ville, qui fut successivement garde robier, favori et ministre d'un
puissant prince, pour finir par la corde, exemple

mémorable de l'instabilité des choses humaines.
Vous chercheriez vainement un objet de luxe ou
de bon goût dans ces antres du trafic, mais vous
rencontrerez partout, en revanche, une probité
scrupuleuse et un manque absolu d'affabilité. Les
libraires ne vendent guère que des livres d'heures
et des chapelets. Feu M. le maire, créateur de la
place de la Liberté, avait poursuivi son œuvre
criminelle en laissant s'ouvrir un cabinet de
lecture. Un ordre émané de l'église fit brûler
tous les romans qui le composaient. A X., le
prêtre a survécu au baron et recueilli son héri-
tage; longtemps la double puissance spirituelle
et temporelle, autrefois partagée, fut réunie dans
ces mains. Aujourd'hui encore, le dimanche,
vous pouvez remarquer, parmi les fidèles attentifs
à l'office, beaucoup de visages qui, d'expression et
de traits, ont un air de parenté avec les figures
en relief des chapiteaux; eux aussi semblent rudement ébauchés dans le granit par le ciseau d'un
imagier du temps passé, qui depuis aura brisé
son moule.

C'étaient ces braves gens et leurs pères qui
tenaient avec vigueur, il y a vingt-cinq ans, pour
l'église contre la municipalité, pour leur saint
curé Chapdelaine contre ce suppôt du diable
M. Rémonville. Ils opposaient un entêtement de

roc à tous les attentats contre « la coutume »
qui faisait partie de leur religion, et souvent
cette opiniâtreté généreuse, M. Chapdelaine la leur
prêchait. Il la leur prêcha surtout tel jour né-
faste où le prétendu progrès eut l'impudence de
s'immiscer sous la forme d'un théâtre,... encore
une des belles idées de M. Rémonville !

M. Rémonville n'entendait rien aux besoins,
aux sentiments, aux préjugés de ses administrés.
Bien qu'il fût un des grands propriétaires de X.,
il n'était pas du pays, et sa double qualité d'é-
tranger et de voltairien ne l'y rendait point popu-
laire. Élevé à la dignité de maire durant les jours
troublés de 1848, il l'avait conservée sous l'empire, grâce à une certaine souplesse qui lui coûtait peu, sauf quand il s'agissait de faire une
concession quelconque au clergé. Son zèle pour
tout bouleverser, sous prétexte d'améliorations,
était infatigable. On concluait de là généralement
qu'il voulait à tout prix se mettre en évidence et
atteindre aux honneurs. Ambition à part, M. Rémonville eût encore agi de même, ne fût-ce que
pour assurer le triomphe de la libre pensée sur
la routine, ou simplement pour satisfaire à la
manie d'ordre et de symétrie qui avait jadis régné
dans ses magasins de blanc de la rue du Sentier,
et qui depuis avait fait de sa villa des Gogardières

un véritable objet de curiosité. Seul, un ouvrage de pâtisserie peut rassembler dans un aussi petit espace autant de styles composites ; l'eau venait d'elle-même dans les cuisines, le gaz brillait dans l'escalier, tous les meubles étaient des inventions brevetées de l'industrie la plus moderne, un calorifère enfin répandait sa chaleur de la cave au grenier. M. le maire eût souhaité que toute la ville imitât, de loin sans doute, un pareil modèle ; cette fureur de préférer des pierres noircies, des cheminées fumeuses, des galetas sordides, aux bienfaits du confort, était pour lui inexplicable.

— Ce sont des brutes, disait-il avec chagrin, n'importe ! j'ai mission de les civiliser.

— C'est un brouillon, disaient de leur côté les administrés ; le gouvernement l'a placé ici pour nous induire aux innovations et aux folles dépenses. *Vade retro !*

Le projet téméraire d'embellir X. d'un théâtre arriva un matin à l'oreille indignée de M. le curé par l'intermédiaire du conservateur de la bibliothèque, M. Fréhel, excellent homme nourri dans le camp des personnes « bien pensantes », mais qu'une communauté de goûts et d'aptitudes littéraires avait rapproché de madame Rémonville, la plus aimable des Philamintes. M. Fréhel se trouvait ainsi en contact avec tous les partis, sans que

son caractère flottant et conciliateur lui permît
d'appartenir bien solidement à aucun. Membre de
la Société archéologique et historique des Côtes-
du-Nord, de la Société polygraphique du Morbihan
et de plusieurs académies, il avait gagné pour
toujours l'amitié de l'abbé Chapdelaine en pu-
bliant sur un fameux triptyque qui comptait parmi
les merveilles de son église certain rapport fort
éloquent, ce qui ne l'empêchait pas de goûter après
dîner les maximes que M. le maire empruntait
volontiers à *Candide* et de se laisser consulter
comme un critique érudit par madame Rémonville
lorsque celle-ci écrivait quelque page inédite de
poésie. Les prétentions du bas bleu des Gogardières
avaient été jusqu'à se faire imprimer. Son livre,
richement relié, avec ce titre *Aspirations*, figurait
même sur les rayons poudreux de la bibliothèque
de la ville, formée par les soins et aux frais de
M. Fréhel, dont les fonctions étaient d'ailleurs
purement honorifiques, nul n'ayant jamais profité
de la précieuse fondation qu'on devait à sa mu-
nificence.

— Comprenez-moi bien, avait dit la veille
M. Rémonville en dégustant son café, je compte
opposer un délassement intellectuel et délicat aux
plaisirs grossiers que le peuple va chercher dans
les cabarets. Il y a un nombre scandaleux de

cabarets à X. Pourquoi ? Parce que le seul passe-
temps dans un trou comme celui-ci est de boire.
Si ces pauvres diables, tenus pendant des siècles
sous le boisseau de l'ignorance, de la supersti-
tion et de l'ennui, trouvent un moyen peu coûteux
de passer leurs soirées en s'amusant, en s'instrui-
sant, nous aurons moins d'ivrognes. J'ai rencontré
au conseil beaucoup d'opposition, cela va sans
dire ; on n'a voté qu'une somme insuffisante ;
mais j'ai levé toutes les difficultés en complétant
les fonds, car ma bourse est toujours ouverte
quand il s'agit des véritables intérêts de l'intelligence et de la morale.

— De la morale ! fit en hochant la tête avec
indignation l'abbé Chapdelaine, lorsque cette belle
phrase lui fut répétée. Pouvez-vous bien, monsieur Fréhel, vous, un homme d'esprit, accepter
de pareils sophismes ? Quant à moi, hélas ! je
devrais être fait à ces coups : l'hiver dernier,
c'était un club, l'autre année, une salle de danse !
J'avoue cependant que le dernier me frappe plus
cruellement que tous les autres. Un théâtre ! mais
c'est l'enfer parmi nous !

— Voyons, monsieur le curé, vous vous exa-
gérez le péril, l'impiété...

— Peut-on se l'exagérer ? L'Église condamne
expressément le spectacle.

1.

— Et cependant c'est l'école des mœurs, hasarda le conservateur de la bibliothèque, cherchant à se rappeler quelques-uns des arguments
de M. Rémonville.

— Des mauvaises mœurs, je n'en doute pas.

— Les Mystères, qui firent les délices de nos
aïeux, les damnaient donc?

— Irez-vous comparer, malheureux, aux scènes
de la Passion les scènes profanes qui se jouent
aujourd'hui, et dont le seul compte rendu dans les
gazettes fait horreur!

— Je ne défends pas celles-là, mais enfin la
musique n'a qu'une influence bienfaisante, et,
quant à la comédie, à la saine comédie classique,
rappelez-vous que les pères de famille du grand
règne conduisaient leurs fils au *Menteur* de Cor-
neille comme au sermon. Certains législateurs,
— continua M. Fréhel, qui ne résistait jamais au
désir de faire parade de ses connaissances variées,
— certains législateurs se sont servis de l'art
dramatique pour élever les instincts du peuple.
Tenez, chez les Mormons d'Amérique, par exemple,
le théâtre fut érigé même avant le temple...

M. Chapdelaine leva les mains au ciel.

— Où cherchez-vous vos exemples, mon pauvre
ami? chez des polygames, chez des païens! Ah!
on a bien raison de dire que la science humaine

est une arme à deux tranchants qui blesse souvent celui qui veut s'en servir! Vos lectures vous perdront, et aussi les mauvaises fréquentations. Je ne prétends nommer personne, mais vous m'entendez...

— Et voilà où je vous trouve injuste, interrompit M. Fréhel. Ne craignez-vous pas de calomnier les intentions de ce pauvre maire? Il ne veut que le bien, quoiqu'il y travaille avec imprudence peut-être...

— Oui, oui, le mal, cette fois encore, empruntera, je n'en doute pas, pour mieux réussir, le masque de la vertu. Il procède ainsi de nos jours, il marche sous le manteau de la philanthropie, de la sagesse, du progrès! Et ces loups ravisseurs, couverts de peaux de brebis, vont jusqu'à nous surprendre par leurs bonnes œuvres pour faire mentir l'Évangile : « Vous reconnaîtrez l'arbre à ses fruits. » L'homme dont vous me parlez ne sème-t-il pas volontiers des aumônes? Mais les aumônes ne servent pas toujours à acheter le ciel pour soi-même; elles peuvent aussi acheter des âmes pour Satan!

M. Fréhel fit une grimace qui donnait à sa physionomie douce, timide et inquiète, certaine ressemblance avec celle du lièvre. Assez disposé à être de l'avis du dernier qui lui parlait, il se

sentait ébranlé par cette éloquence véhémente
et convaincue, comme il l'avait été auparavant
par le scepticisme goguenard de M. Rémonville.

— Avez-vous cru vraiment , continua M. Chapdelaine en s'épongeant le front, qu'il entrerait
un gars de moins au cabaret parce que nous aurions un théâtre? Les ivrognes préféreront toujours
une chopine à la plus belle comédie; mais les
bourgeois iront, et les artisans rangés, qui jusqu'ici...

— S'ennuyaient chez eux, insinua timidement
M. Fréhel.

— Il n'y a pas grand mal à s'ennuyer, monsieur, et il y en a un très-grand à s'amuser cri-
minellement. Ceux-là donc iront, les femmes aussi,
un peu pour voir et beaucoup pour être vues :
occasion de toilettes, de rencontres, de propos
frivoles. Je ne dis rien de ces histrions dont la
présence parmi nous va être un scandale...
Non! le scandale n'aura pas lieu, j'en appellerai
plutôt à l'évêché!

Il en appela, ce qui n'empêcha point l'édifice
maudit de sortir de terre peu de semaines après,
à la profonde émotion des habitants, prévenus
par leur pasteur qu'on en voulait à leurs âmes.
Ils eussent regardé avec moins d'effroi s'élever le
bûcher destiné à un auto-da-fé.

Pour comble d'abomination, ce fut sur l'emplacement d'une ancienne chapelle dédiée à saint Michel, et, le jour de la Saint-Michel, un ouvrier se blessa grièvement en tombant du toit qu'il était en train de couvrir, événement qui, exploité par le parti de l'opposition, répandit une religieuse terreur. On fut forcé cependant, le monument de perdition terminé, d'admirer l'élégance de son architecture, mélange hardi de chalet et de temple grec. Sur le fronton très-étroit, mais fort orné en revanche, se détachaient le mot « Théâtre » et le masque de Momus.

L'ouverture devait avoir lieu le premier jour de la grande foire annuelle. Dès la veille, un nombre considérable d'affiches collées à tous les murs annoncèrent un spectacle qui semblait devoir durer vingt-quatre heures : « Pour les débuts de M. Denneval, des premiers théâtres de la capitale, *la Dame blanche*. » Puis une comédie, puis un acte d'opérette, etc., sans parler du prologue, avec le nom de « Mademoiselle Perle », répété plusieurs fois en gros caractères.

Jamais à X. autant de foule ne stationna devant une affiche. C'était comme une révélation des plaisirs défendus ; il semblait que chaque lettre fût en traits de feu, et les bonnes femmes, après avoir lu, s'en allaient avec un signe de croix. L'une d'elles, la veuve Simon, une fabricante de fleurs d'église, qui avait consenti à loger le premier sujet des théâtres de la capitale, n'augurait rien de bon de son pensionnaire.

— Je vous assure, disait-elle aux commères de sa société, que c'est un petit homme bien chétif qu'on renverserait en soufflant dessus. Il ressemble un peu au gars Claude, qui l'an dernier est *tombé* de la poitrine. Il a des bagages entassés dans mon grenier, ce qui me rassure pour le terme, mais, au premier coup d'œil, je l'aurais cru sans le sou.

— Ce n'est vraiment pas la peine de payer pour voir ça! répondit le chœur des commères.

Inutile de dire que la noblesse attesta la ferveur de ses sentiments politiques, et le commerce l'énergie de sa piété, en se mettant au lit à l'heure même où devait se lever la toile. La comtesse de Laruedubourg congédia dès le lendemain à grand fracas un de ses domestiques qui s'était glissé au *paradis* (effroyable profanation que ce seul mot!), et le pharmacien de la place aux Grains se vit abandonné de sa clientèle parce que le bruit courut, à tort ou à raison, qu'il avait pénétré dans les coulisses. Pourtant, grâce aux étrangers attirés par la foire, la petite salle était comble, et monsieur le maire, qui trônait à

l'avant-scène, put croire un instant que son idée
avait beaucoup de succès. Auprès de lui sa femme
étalait une toilette nouvelle envoyée de Paris.
Madame Rémonville, à quarante-cinq ans, était
fort belle encore, d'une beauté blonde, régulière,
pompeuse et en bon point; ses épaules magnifiques sortaient, à demi voilées, d'un nuage de
dentelle noire, et elle agitait son éventail avec
une majesté qu'auraient pu lui envier les dames
de l'aristocratie provinciale si elles eussent été
présentes; mais il n'y avait pas une seule dame
dans la salle, et, en constatant ce fait, la femme
du maire fronça involontairement le sourcil. Tout
le reste de la soirée sa physionomie resta soucieuse; elle finit, sous prétexte d'une migraine,
par se réfugier au fond de la loge.

En vain avait-elle insisté pour emmener avec
elle mademoiselle Fréhel. La petite pensionnaire,
échappée depuis peu à la règle sévère d'un couvent, n'avait osé la suivre; son père, d'ailleurs,
ne l'eût pas permis avant de s'être assuré par
lui-même de l'attitude que prendrait la société.
Caché dans une baignoire obscure, M. Fréhel se
félicitait d'avoir veillé à ce que sa chère Yvonne
ne se compromît pas par une démarche inconsi-
dérée.

— Yvonne serait venue si Amaury eût été

ici ! disait cependant madame Rémonville à son mari. Le désir de le rencontrer l'eût emporté sur ses scrupules.

Tout le monde savait qu'un projet de mariage qui les eût alliés aux familles les plus honorables et les mieux posées du département, était secrète- ment caressé par M. et madame Rémonville, et que, d'autre part, la grosse fortune du jeune Amaury, autant que sa bonne mine, empêchait que M. Fréhel se montrât hostile à leurs avances.

Il faut croire que l'hôtesse du fameux Denne- val l'avait mal vu ou que les feux de la rampe transfigurent ceux qu'ils éclairent, car Julien d'Avenel, dans *la Dame blanche*, fut trouvé char- mant, surtout par comparaison avec les pauvres hères qui lui donnaient la réplique. Il avait le regard expressif et de belles dents, ce qui suffit presque à la beauté d'un comédien ; sa maigreur ne nuisait pas à une tournure élégante et lui donnait l'air jeune. Peut-être avait-il plus de feu et de sensibilité que de talent acquis, mais enfin, avec ses qualités et ses défauts, il eût passé par- tout pour un acteur agréable ; malheureusement, sa voix ne répondait plus à son jeu, ni à ses avantages extérieurs. Il savait chanter cependant ; il tirait le meilleur parti possible d'un instru- ment presque brisé, qui jamais n'avait dû avoir

grande puissance, et c'était beaucoup que, chargé
souvent, comme ténor unique de la troupe, des
rôles les plus inabordables pour un ténor léger,
il s'en acquittât tant bien que mal. Depuis cette
première soirée, ses moyens trahirent plus d'une
fois son courage, et ailleurs qu'à X. des sifflets
eussent accueilli de pareilles défaillances; mais
à X. les connaisseurs sont rares; des bravos,
qui arrachaient au pauvre artiste un triste sourire, lui apprenaient que ce public de Béotiens
était incapable d'apprécier le peu qui restait de
son talent. Bien que *la Dame blanche* fût le moins
contesté de ses triomphes, et malgré les nombreuses coupures nécessitées par la pénurie de
figurants et de décors, on trouva généralement
l'opéra un peu long. Les portes ne cessèrent de
grincer pendant le dernier acte, au milieu de
chuts bruyants. On revint pour la comédie, où
devait reparaître mademoiselle Perle, qui, dans
le prologue, avait déjà fait sensation sous son
costume écourté de Génie. Jamais les dignes
citoyens de X. n'auraient cru auparavant qu'une
créature humaine pût pousser l'immodestie
jusqu'à se vêtir de paillettes; mais il fallait
tout pardonner à cette petite Perle, — d'abord
c'était une enfant avec ses grands yeux, son
sourire étincelant, son teint trop brun peut-être,

mais qui, aux lumières, avait le ton des marbres
d'Italie dorés par le soleil, ses longs cheveux
noirs soyeux et crépelés à la fois. Quelle voix de
fauvette en outre, quelle aisance gracieuse,
quelles gentilles petites mines suppliantes, per-
suasives, adressées au public ! Ne tombait-elle
pas vraiment du pays des lutins et des fées ? Dans
la comédie, en costume de ville, elle produisit
beaucoup moins d'effet. Seuls peut-être, le sous-
préfet et les Rémonville, qui avaient l'expérience
des théâtres de Paris, surent apprécier son
naturel parfait, sa diction juste et fine.

— C'est mieux qu'un petit prodige, c'est une
artiste de race et qui a été à bonne école, prononça madame Rémonville en lui jetant son
bouquet. Elle fait penser à *Mignon* parmi les
saltimbanques.

Et madame Rémonville songea au plaisir qu'il
y aurait à faire jouer par cette péri égarée dans
les brouillards de X. quelqu'une des pièces en
vers qui dormaient dans ses cartons.

L'opérette permit à mademoiselle Perle d'apparaître dans un déshabillé mythologique, le car-
quois de l'Amour sur l'épaule, ce qui lui valut
de la part du gros public une nouvelle ovation.
Le lendemain, on ne parla par toute la ville que
de cette fantastique créature aux ailes de papil-

lon, vêtue de deux doigts de clinquant; tout le
monde criait bien haut contre l'infamie de mettre
en scène des petites filles ainsi affublées; cependant la seconde représentation fut plus fructueuse encore que la première. Comment refuser
de voir au moins une fois ce que pouvait bien être
« l'Amour », représenté par mademoiselle Perle?
Nul ne sait quels ravages aurait faits le mauvais
exemple si la gravité même de la lutte engagée
n'eût inspiré merveilleusement l'abbé Chapdelaine. Son sermon, le dimanche qui suivit, fut
un chef-d'œuvre. Il avait médité cette sentence
révolutionnaire : « Tout ordre marqué au coin
de l'oppression porte avec lui le droit de résistance » ; il avait compris que la colère serait
sans effet; il n'ordonna, ne défendit rien. Au
lieu d'aigrir les coupables par des reproches, il
promit le pardon au repentir et fit retomber sur
les tentateurs toute la responsabilité de la tentation. Cette indulgence inattendue attendrit en
les déconcertant ceux-là même qui s'étaient préparés à braver toutes les foudres. La première
curiosité émoussée, chacun convint, l'esprit d'économie aidant, que le spectacle était chose
malsaine, d'autant qu'il forçait à veiller fort tard,
habitude que la province n'adoptera jamais. Les
amendes honorables s'ensuivirent. L'installation

d'une ménagerie sur le Mail vint y aider. Cette
ménagerie fit concurrence au théâtre; elle avait
sur lui la supériorité d'être ouverte en plein jour.
Les hommes se laissèrent encore séduire quelque
temps, mais une active persécution organisée
par l'abbé Chapdelaine les découragea peu à
peu. L'amusement était acheté au prix de trop
de querelles domestiques. On s'éloignait d'eux
comme de pestiférés, leurs femmes les boudaient.
Quant aux habitués des cabarets, ils ne surent
pas, comme l'avait prévu M. le curé, sacrifier
plus d'une chopine aux goûts délicats que l'autorité municipale prétendait leur imposer; aussi,
le premier mois n'était point terminé que le
directeur de la petite troupe vint se plaindre au
maire de ne pas couvrir ses frais, bien que
l'affiche variât sans cesse.

L'impresario dut être touché de la part que
M. le maire prit à son mécontentement. Il s'emporta comme s'il se fût agi pour lui d'une affaire
personnelle; en réalité, peu lui importaient les
recettes, mais que les manœuvres du clergé
eussent triomphé cette fois encore, c'était plus
qu'il ne pouvait endurer.

— Soyez tranquille, dit-il, les choses change-
ront dès ce soir.

Et, en effet, nombre de places furent occupées

ce soir-là, M. le maire ayant fait distribuer des billets gratis, mais ce moyen désespéré s'usa vite. On ne voulait plus aller au théâtre même pour rien, dans la crainte d'une déconsidération certaine. M. Rémonville dut payer la complaisance de ce nouveau genre de comparses qui posaient en même temps pour les acteurs et pour la salle. La chose s'ébruita. L'abbé Chapdelaine tonna en chaire contre « ce honteux marché ». Il refusa des secours aux indigents qui grossissaient *la claque*. Jamais aucune cause politique ou religieuse n'inspira plus d'acharnement des deux côtés. Le ridicule finit par s'en mêler, et il tomba tout entier sur M. le maire. Celui-ci, las de tirer l'argent de sa poche, céda aux conseils de madame Rémonville, qui réglait en réalité toutes les questions importantes malgré ses allures de femme incomprise; il renonça complétement à soutenir le théâtre qui, après avoir été sa gloire et son orgueil, était devenu pour lui un véritable cauchemar. En effet, cette façade morne, maculée d'affiches en lambeaux, attestait sa défaite. Mieux valait, après tout, l'accepter de bonne grâce en attribuant cet échec à l'incapacité du directeur qui avait fait banqueroute.

II

On parle longtemps du même événement à X.,
parce que les événements y sont rares ; néanmoins, il n'était presque plus question de cette
malencontreuse tentative théâtrale, lorsque, un
matin d'hiver, madame veuve Simon, la vieille
fleuriste, se présenta au presbytère.

Madame Simon était une femme généralement
estimée pour sa haute piété. Toutes les fleurs
d'église achetées par les fabriques et confréries
des diverses paroisses de la ville et des alentours
sortaient de ses mains. La bonne femme se croyait
consacrée en quelque sorte aux autels qu'elle
avait mission de parer, et affectait en conséquence
des allures de sacristaine. Jamais elle ne sortait
que le dimanche, à l'heure des offices, de son
obscure boutique sous les Porches, un gîte qui

semblait fait pour elle comme l'est pour l'escargot
sa coquille. D'ailleurs, la veuve Simon était
presque impotente depuis de longues années et
se traînait avec peine en clochant sur sa béquille.
Il fallait, pour qu'elle se dérangeât par un aussi
mauvais temps, quelque circonstance grave.
L'abbé Chapdelaine, qui déjeunait au coin du
feu, se leva de table aussitôt et s'informa de ce
qui l'amenait.

— La charité, répondit-elle. Je sais bien que
lorsqu'il s'agit des pauvres, on trouve toujours
M. le curé; cependant je ne suis pas trop rassurée en recommandant les miens, car ce ne sont
pas des pauvres ordinaires.

— Des pauvres honteux ?...

— Si honteux et si fiers, que j'ose à peine,
quoique depuis tantôt six mois nous soyons voisins,
puisqu'ils logent chez moi, leur offrir une tasse
de bouillon. L'homme est bien malade, monsieur
le curé; ce n'est pas seulement une bonne nourriture qu'il lui faudrait, mais du bois, du linge,
des médicaments, de quoi payer les visites du
médecin...

— S'ils étaient inscrits parmi les pauvres de
la paroisse...

— Vous n'y pensez pas! D'abord, ils sont
étrangers.

— Hum !

— Je ne suis même pas sûre qu'ils soient chrétiens.

Le curé fit un brusque mouvement en arrière.

— Vous vous intéressez à de pareilles gens, madame Simon ?

— Il le faut bien ! Personne ne s'intéresse à eux, et la charité de Notre-Seigneur ne nous dit pas de choisir, répliqua la fleuriste avec une simplicité dans laquelle son pasteur crut démêler l'ombre d'un reproche, car, de cramoisi qu'il était d'ordinaire, il devint du plus beau violet.

— Et puis, je vous le répète, monsieur le curé, ces gens-là sont susceptibles tout autant que de grands seigneurs. Tenez, quand ils acceptent quelque chose de moi, c'est comme si j'étais obligée. Ainsi, la première fois que j'ai mis le pied chez eux... je savais qu'ils n'avaient pas une bûche et je leur apportais une brassée de fougères, censé pour apprendre à la petite demoiselle comment se font les crêpes à la mode du pays. Le feu allumé, je demande au malade : « — Qu'est-ce que je puis, monsieur, pour votre service ?

» — Rien, merci ! me répond-il d'abord, mais d'un ton si sec que j'en demeure toute interdite ; puis se ravisant :

» — Si pourtant vous vouliez permettre à cette enfant que voici de se promener quelquefois dans votre jardin ? Il y a longtemps qu'elle n'a pris l'air ! »

— Ah ! il y a une enfant ? demanda M. Chapdelaine d'une voix adoucie.

— Un ange, monsieur le curé. Je réponds naturellement : « C'est un plaisir qu'elle me fera. » Et le lendemain, quand la petite descend, je lui propose de chercher avec moi, sous la neige qui commençait à tomber, les dernières violettes. Il en restait encore beaucoup, grâce à la bonne idée que j'ai eue de planter des bordures le long de mes allées. A chaque violette qu'elle découvrait, c'étaient des surprises, des cris de joie ; on aurait dit qu'elle n'en avait jamais vu. Elle sautait, elle battait des mains, ses petites mains rougies par la neige... Cela me rajeunissait de la regarder ! Au bout d'une demi-heure, elle eut un gros bouquet. C'était bien du superflu... des violettes... quand on n'a pas de pain... Eh bien, ce pauvre M. Denneval m'en a remerciée plus qu'il ne l'a jamais fait depuis de mes bouillons, qui sont bons pourtant, je m'en flatte ! La petite semait les violettes sur son lit comme une pluie, et elle lui disait : — N'est-ce pas, elles sont belles ? elles sentent bon. C'est le printemps, vois-tu ? — Hélas !

un printemps de novembre ! Le vrai printemps,
pauvre homme, il ne l'atteindra pas, et il le sait
bien ! Mais, pour rien au monde, il n'attristerait sa
fille. — Oui, oui, répondait-il, je t'entendais rire
en bas, cela m'a presque guéri ! — Il peut tout
souffrir, cet homme-là, sauf de voir l'enfant s'ennuyer... elle est la prunelle de ses yeux. Ah !
monsieur le curé ! excommuniez tant que vous
voudrez, quand on a un cœur pareil, on ne va
pas en enfer !

De tout ceci, M. Chapdelaine n'avait entendu
qu'un mot, un nom, Denneval, et depuis il semblait chercher dans sa mémoire quelque souvenir
confus.

— Denneval ! mais je connais ce nom-là ! Attendez !.. Je l'ai vu sur cette infâme affiche. Des
acteurs, madame Simon !...

— Des acteurs ! répéta la fleuriste avec une
indignation contenue, des acteurs ! On dirait, ma
foi ! que ce ne sont pas des créatures de chair
et d'os ! Moi, je ne verrais dans ces acteurs-là
qu'un malade, un mourant, et après lui une
orpheline. Mais mon avis ne compte pas, et j'a-
vais raison de craindre en venant ici...

— Vous aviez tort, madame Simon, dit le
prêtre, qui, tout honteux de son premier mouvement, avait saisi, pendant qu'elle parlait, sa

canne et son chapeau. Il ne sera pas dit que
vous aurez agi seule comme le bon Samaritain.
Nous mettrons ensemble le vin et l'huile sur les
plaies d'un passant, sur ses plaies physiques et
morales, car, en même temps que ce pauvre
corps, nous avons une âme à sauver. Conduisez-
moi tout de suite chez vos protégés.

Madame Simon partit, en clochant avec allégresse. Comme il se préparait à la suivre :

— Mais la côtelette de M. le curé? dit la
servante tout émue.

— Elle m'attendra.

— M. le curé oublie qu'il a la goutte depuis
hier, continua Catherine d'une voix suppliante,
en regardant alternativement le bon feu qui
pétillait dans l'âtre et les vitres qui ruisselaient.

— Bah! je ne me suis jamais senti aussi dis-
pos. Laissez-moi passer, ma bonne Catherine.

Et il se précipita sur les pas de madame Simon.

Le pavé de presque toute la ville est taillé en
pointes comme un instrument de torture; on y
glisse sur la boue noire et gluante particulière
aux pays dont le sol est formé de schiste en
décomposition; néanmoins, la boiteuse marchait
si vite, portée par son bon cœur, que le vieux
prêtre, plus ingambe, eut peine à la rattraper.
Il était pourtant, lui aussi, enflammé de zèle.

Convertir un acteur! quelle éclatante revanche prise sur l'impiété! Des motifs plus humains contribuaient peut-être, sans qu'il s'en rendît compte, à l'ardeur de ce zèle apostolique, la curiosité entre autres. Il allait pénétrer chez un de ces magiciens qui tous les soirs changent de siècle, de pays et de figure, ceignent l'épée ou portent le sceptre, d'un de ces réprouvés qui de la voix et du geste fascinent la foule au péril de son âme. Il allait entendre, lui, habitué aux confessions monotones des dévotes, l'aveu terrible de grandes fautes...

Saurait-il bien l'encourager, l'éclairer, l'exhorter? Le digne homme se sentait intimidé d'avance; mais s'il réussissait à gagner à Dieu ce pécheur, mort ou vif, quelle consolation pour lui, Chapdelaine! quel triomphe remporté sur M. le maire et sa cohorte! Bien que le prêtre ne leur gardât pas rancune, — on est aisément magnanime quand on a eu le dernier mot, — il n'était pas encore insensible au plaisir de les chagriner un peu.

Plein de ces pensées, M. Chapdelaine s'enfonçait à la suite de madame Simon dans la partie la plus étouffée de la vieille ville. La rue des Juveigneurs s'échelonne, ondoie, s'abaisse, remonte, mal d'aplomb, sans la moindre prétention à l'ali-

gnement, et, tout en haut, comme au sommet
de ces chemins en spirale où les maîtres flamands
primitifs ont groupé pêle-mêle avec mille vulgarités contemporaines les scènes du chemin de
la Croix, on voit poindre un Calvaire. Celles des
maisons qui ne semblent pas tomber en avant
penchent de côté; leur entrée se dérobe sous
une galerie couverte mystérieuse. Quand le soleil
effleure l'ardoise dont la plupart des pignons sont
bardés jusqu'à terre, cette sombre armure,
souillée de mousse, miroite, verte et bleuâtre.

La maison de madame Simon, tout en bois
et à ressaut soutenu par une longue poutre
qui se terminait d'un côté par un buste de
sirène coiffé du hennin d'Isabeau et de l'autre
par une tête béante de crocodile, la maison
de madame Simon ouvrait sur un corridor obscur
au plancher tremblotant, — c'était la trappe
d'une cave; — des portes irrégulièrement disposées, dont on poussait le soir tous les verrous,
barraient l'escalier massif.

— Voyez-vous, monsieur le curé, dit la propriétaire de cette demeure rébarbative, ils
m'avaient d'abord loué le plus propre de mes
logements qui est de plain-pied du côté du
rocher; mais la friponnerie de leur directeur, en
les frustrant de l'argent sur lequel ils comp-

2

taient, les a forcés de monter un étage. Tenez
la corde et prenez garde aux faux pas.

L'appartement où elle le conduisit précédait de
bien peu les combles.; il était niché dans une
sorte de poivrière qui, comme un champignon
vermoulu, croissait au flanc de la maison.

— Rappelez-vous, chuchota la fleuriste avant
de frapper, que cet indigent a de l'or dans le
gosier et que, si la maladie ne le clouait ici, il
serait plus riche que vous et moi peut-être.

— Soyez tranquille, madame Simon, répliqua
le curé, qui se piquait d'avoir l'habitude du
monde.

Il se redressa et prit un air de riante politesse, tandis que son guide pénétrait dans la
chambre. Bientôt le bruit d'une discussion à
demi-voix parvint jusqu'à lui. Évidemment on
ne tenait pas à le recevoir. Les mots : « Que vient-
il faire? Je n'ai rien à lui dire », frappèrent
l'oreille anxieuse de M. Chapdelaine.

— Mais puisque c'est un ami de madame Simon,
fit observer quelqu'un.

Ce quelqu'un devait être, à en juger par le
timbre doux et argentin, une femme.

— Tu as raison, reprit une voix d'homme, —
rauque et sifflante, celle-là, — nous ne pouvons
rien refuser à madame Simon.

M. Chapdelaine crut le moment opportun pour se présenter :

— Oui, dit-il, je suis l'ami de tous mes paroissiens et, ayant appris que de nouveaux venus en grossissaient le nombre, j'ai désiré les connaître. Il n'y a pas d'indiscrétion, j'espère?

Le curé parlait très-haut pour se donner de l'assurance.

Denneval, couché sur un petit lit sans rideaux, s'était soulevé péniblement et décochait à l'intrus un certain coup d'œil qui démentit quelque peu ses paroles : — Vous êtes le bienvenu, monsieur.

En même temps, une jeune fille, occupée à lire auprès de la fenêtre, se dérangea pour offrir sa chaise à M. Chapdelaine, de plus en plus troublé, tandis que madame Simon, ne sachant quelle contenance tenir, s'esquivait furtivement.

Il se fit un silence embarrassé.

L'abbé Chapdelaine regardait autour de lui en s'efforçant de ne pas laisser paraître une compassion qui pût choquer la fierté contre laquelle on l'avait prémuni. Ce réduit était à peine meublé. Le reflet vert des petites vitres bombées, tordues au milieu comme un fond de bouteille et enchâssées dans des cercles de plomb, donnait une teinte cadavérique à la pâleur du comédien.

Le fard ne dissimulait plus les cavernes de ses joues; il était désormais impossible de se méprendre sur les meurtrissures de ses paupières, dont le ton bistré semblait destiné, en scène, à rehausser un feu qui depuis longtemps était celui de la fièvre; cette physionomie, naguère encore si vive, était vieillie par des plis douloureux qui, déprimant les coins de sa bouche, y mettaient une expression indicible d'amertume et d'ironie souffrante. Des accès de toux soulevaient à de courts intervalles tout son corps desséché, consumé, et amenaient une sueur froide à ses tempes creuses. Le curé, qui avait l'expérience des malades, le vit perdu sans ressources.

— Eh bien ! mon cher monsieur, commença-t-il assez gauchement, vous voici donc fixé parmi nous?

— Pour bien peu de temps encore, répondit l'acteur avec un léger sourire, et je dois vous avouer que ce n'est pas de mon plein gré. La maladie m'a mis un fil à la patte, tandis que mes camarades, plus heureux que moi, quittaient cette ville maudite où personne n'aime la musique et où l'on s'enrhume.

— Du courage!.. vous guérirez ; il faut compter sur la Providence.

— Hélas! la Providence m'a joué déjà de bien mauvais tours !

Dès le début, l'entretien devenait scabreux.

— J'ai su, reprit le prêtre, que vous aviez de grands ennuis, des embarras...

— D'argent? interrompit Denneval d'un ton dégagé; on vous a conté cela? Du reste vous les devineriez, n'est-ce pas, au seul aspect de notre gîte! Mon Dieu, oui, nous sommes fort gênés. Je ne sais trop pourquoi, par exemple! Le grenier de madame Simon regorge de coffres qui renferment nos costumes, et il y a longtemps que je l'engage à en tirer parti.

— Ces belles choses sont peut-être d'un placement difficile?

— Vous croyez?... Des pourpoints de velours, des armures de carton, des chapeaux de brigand, des bottes à éperons d'or, des guipures en papier, des bas de soie...

— Tout cela n'est pas de mode ici, hasarda naïvement le bon curé.

On se mit à rire et il sembla que la glace fût quelque peu rompue.

— Ah! ah! reprit M. Chapdelaine, ne serait-ce pas le petit ange dont m'a parlé madame Simon, que j'aperçois là-bas?

— Allons, mignonne, dit le malade, approche un peu.

La jeune fille, qui était retournée près de la

fenêtre, s'avança sans aucune timidité. En l'exa-
minant de près, le digne ecclésiastique trouva
cette brunette si différente de l'idée qu'il se
faisait d'un ange, qu'il ne put s'empêcher de
marmotter, hésitant entre une bénédiction et un
exorcisme :

— Quelque petit diable plutôt !

Mais, anges ou diables, tous les enfants trouvaient un père, et plus qu'un père, un grand-papa
en M. Chapdelaine ; son visage s'épanouit d'une
façon si bienveillante que Denneval, comprenant
qu'il était disposé à aimer beaucoup la petite Perle,
cessa de se tenir sur la défensive.

— N'est-elle pas gentille ? demanda-t-il avec
orgueil.

— Et j'espère qu'elle est bonne ? répondit le
curé. Que lisez-vous là, ma chère fille ?

Elle lui tendit hardiment la brochure qu'elle
tenait, une pièce de Scribe toute jaunie, dont un
des rôles, celui qu'elle avait appris sans doute,
était marqué de hachures au crayon.

— C'est amusant, dit-elle, mais je la sais par
cœur. J'ai lu et relu tous les livres qui sont ici.

— Quels livres, hélas ! pensa M. Chapdelaine.
Comment vous nomme-t-on, mon enfant ?

— Perle.

— Perle ? Je ne connais pas de sainte Perle.

— Ni moi non plus, répliqua Denneval avec insouciance, mais le nom lui va bien.

— Votre âge?

— Devinez! dit-elle en riant d'un petit rire fin, comme ravie d'avance de la méprise inévitable qu'il allait faire.

— Treize ou quatorze ans peut-être?

— J'en ai près de seize!

— Tout le monde s'y trompe, elle est si petite, dit Denneval.

— Seize ans! répéta le prêtre, fixant sur lui un regard soupçonneux. Vous êtes bien jeune, monsieur, pour avoir une fille de cet âge.

L'acteur haussa les épaules d'un air qui voulait dire : — De quoi vous mêlez-vous?

— Mais à seize ans, poursuivit M. Chapdelaine, on doit être une personne sérieuse. Il faut travailler, mademoiselle Perle.

— Oh! j'ai déjà travaillé beaucoup.

— Trop, ajouta tristement Denneval; elle a joué presque avant de savoir lire le répertoire enfantin de Léontine Fay. Et si vous la voyiez dans le rôle de Joas! Son intelligence est telle qu'elle peut aborder tous les genres.

Le pauvre prêtre était résolu à ne s'étonner de rien dans ce cercle infernal où le conduisaient les devoirs de son ministère.

— Vous avez fait votre première communion ? demanda-t-il ; et, voyant qu'elle ne répondait pas :

— Vous êtes allée du moins au catéchisme, je suppose?

— Au catéchisme?... dit l'enfant étonnée, en regardant Denneval.

Celui-ci sourit de nouveau avec une légèreté qui désespéra M. Chapdelaine :

— Franchement, nous n'avons pas encore eu le temps, monsieur.

— Ne doit-on pas toujours trouver le temps de s'instruire des choses du ciel?

— Ah ! les choses du ciel sont dans le caté-chisme? demanda mademoiselle Perle.

Elle se mit à réfléchir, ses grands yeux noirs dilatés, comme s'ils eussent essayé de plonger dans l'infini.

— Monsieur Denneval, dit le curé, vous me permettrez de venir chercher quelquefois de vos nouvelles. Peut-être, ajouta-t-il, voyant que son interlocuteur ne se hâtait pas de répondre, peut-être êtes-vous prévenu contre moi? En ma qualité de prêtre, je ne pouvais approuver les plaisirs d'où dépendait votre fortune. Je suis donc res-ponsable en partie de vos malheurs et je vou-drais, je vous assure...

— Monsieur, interrompit l'acteur, vous vous faites illusion. Si l'on avait eu chez vous le goût du théâtre, tous vos anathèmes n'eussent point détourné de nous un seul spectateur; mais ce goût, on ne l'avait pas, loin de là. On est allé un soir au spectacle comme au café, pour admirer les dorures. J'ai eu affaire à des sots, et, les ayant jugé tels, je serais humilié de leur avoir plu. S'ils eussent été différents, je ne m'en prendrais qu'à moi-même de n'avoir pas su leur plaire. En aucun cas, je ne peux vous en vouloir.

M. Chapdelaine se demanda s'il devait être content ou fâché de cette réponse plus vive que respectueuse.

— Demain, dit-il à Perle pour changer encore une fois de conversation, je vous apporterai des livres; mais ce ne seront ni des comédies ni des romans.

— Tant mieux! ils seront nouveaux pour moi, car je n'ai jamais lu autre chose.

L'abbé Chapdelaine soupira. Comme il s'était levé et se disposait à sortir, la jeune fille parla vivement à l'oreille de Denneval.

— Est-ce que vraiment, dit tout haut ce dernier, cela te distrairait d'aller au catéchisme?

Le catéchisme offert en guise de distraction! M. le curé fut indigné.

3

— Mais oui, dit mademoiselle Perle, j'aime à m'instruire de tout ce que je ne connais pas.

— Ah! mon cher monsieur Denneval, s'écria l'abbé Chapdelaine, sans s'arrêter à la façon étrange dont ce pieux désir était formulé, permettez-lui de suivre l'inspiration du Saint-Esprit!

— Perle fait tout ce qu'elle veut, repartit le malade avec indifférence.

Il fut décidé que Perle suivrait le catéchisme tant que cela ne l'ennuierait pas.

— Eh bien! dit la petite comédienne aussitôt que le prêtre se fut retiré, que penses-tu de ce brave homme?

— S'il n'avait pas aux joues plus de pourpre qu'il n'en faut pour dix cardinaux, répondit Denneval, je lui trouverais un peu la mine de l'Inquisiteur dans *la Juive*. Sa visite ne m'a pas trop surpris. Voilà ce qu'on gagne à se laisser obliger par les dévotes!

— Il a l'air si bon!

— Soit! puisqu'il est à ton gré, il est aussi au mien.

III

L'abbé Chapdelaine revint souvent, et il apprit au chevet de Denneval bien des choses qu'il ignorait encore, malgré sa longue expérience du ministère des âmes. D'abord, il lui fut prouvé que c'est une erreur de classer le genre humain en deux catégories nettes et précises : les bons et les méchants, qui méritent, ceux-ci les punitions, ceux-là les récompenses. Certaines existences sont si complexes et ont si entièrement échappé au joug de toute loi morale, certains êtres ont eu tant d'excuses à leurs vices et si peu d'occasions de développer leurs vertus, qu'il est presque impossible de leur appliquer les règles générales du juste et de l'injuste.

— Dieu lui-même sera embarrassé pour le juger, pensait, après chaque conversation nouvelle

qu'il avait avec Denneval, l'abbé Chapdelaine,
qui retombait vingt fois par jour dans l'erreur
assez commune d'attribuer ses sentiments et ses
facultés à Dieu ; mais bientôt il se reprenait lui-
même :

— Bah ! bah ! sa toute-puissance saura bien
faire jaillir l'étincelle de la cendre où elle couve,
le diamant de la gangue où il se dérobe, et trans-
former, s'il lui plaît, en esprit glorieux un pauvre
comédien.

— Ne pensez-vous jamais à Dieu ? demanda
un jour au malade l'abbé Chapdelaine.

Pour la première fois il l'interrogeait sur ce
point, ayant attendu que leur intimité croissante
lui permît de le faire sans trop d'indiscrétion.
L'intimité ne s'appuyait que sur une bien faible
dose de sympathie réciproque, mais entre ces
deux personnes, si éloignées de s'entendre, la pitié
d'une part, la reconnaissance de l'autre, servaient
de trait d'union. Le malade n'avait pas tardé à
s'apercevoir que depuis la première visite du
curé son linge était blanc, sa chambre chaude,
et le peu de nourriture qu'il prenait relativement
délicate. Madame Simon dut avouer qu'elle avait
reçu de l'argent ; pour faire accepter cet argent,
il fallut même improviser des prodiges de diplo-
matie, persuader à Denneval, par exemple, que

ses costumes de velours et de brocart, détournés
d'un usage profane, étaient devenus des ornements
d'église, et, en effet, M. le curé chanta la messe
de Noël sous une chasuble de drap d'or qui avait
chanté l'opéra. D'un autre côté, la petite Perle se
louait sans cesse des bontés de M. Chapdelaine.
La trouvant trop âgée, trop intelligente surtout
pour être mêlée aux enfants du catéchisme, il
l'instruisait à part avec le plus grand soin. La
vieille gouvernante Catherine aidait son maître
dans la tâche qu'il avait entreprise de secourir
ces pauvres oiseaux de passage comme il les
nommait; c'étaient des attentions de toute
sorte, des petits présents, un souci continuel
de ce qui pouvait apporter bien-être et consolation dans leur misérable intérieur. Parfois Denneval recevait les témoignages d'intérêt avec hauteur et impatience, mais souvent aussi il en était
ému, surtout lorsque cet intérêt s'adressait particulièrement à Perle. M. Chapdelaine profita d'une
lueur d'attendrissement plus marquée que les
autres pour demander, comme nous l'avons dit,
à son obligé, après quelques préambules craintifs :

— Ne pensez-vous jamais à Dieu ?

Pauvre Denneval ! il avait souvent levé les yeux
vers le ciel en invoquant ce nom sacré, mais le
ciel était de carton, la prière un prétexte à effets

de voix et d'orchestre, et sa ferveur était celle d'un artiste, non d'un chrétien.

— A quoi bon ? demanda-t-il avec un hochement de tête sceptique. Croyez-vous qu'il pense à moi?

— Il pense à un grain de sable tombé de ses mains, mon fils.

Ce nom de fils, que personne ne lui avait jamais donné, parut toucher Denneval.

— Votre incrédulité va-t-elle jusqu'à l'athéisme? Niez-vous Celui que vous ne connaissez pas ?

— Je ne nie rien, je ne sais rien, répondit l'acteur, et je ne demande pas mieux que de croire, si j'y puis trouver quelque avantage.

— Eh bien, le premier pas à faire serait de vous confesser.

Ce mot lancé, M. Chapdelaine s'attendit à de la résistance ; mais son interlocuteur ne répondant pas:

— Vous m'entendez, poursuivit le prêtre, il faudrait vous décharger d'abord des péchés de toute votre vie. Dieu ne se révèle qu'aux cœurs purs.

— Hélas! les fautes, les malheurs, les sottises, les fatalités sont si bien embrouillés dans ma pauvre vie, que je ne saurais, dussé-je y travailler dix ans, reconnaître les uns des autres. Si je guéris, j'aurai mieux à faire que cela ; si je meurs, à quoi bon amasser des regrets en me prouvant à moi-même que je pouvais mieux vivre ?

— Dites tout, fautes et malheurs, répliqua M. Chapdelaine, et Dieu qui vous écoute saura bien distinguer.

Ce vieillard aux traits vulgaires, et assez court d'esprit, qui avait jusque-là tourné entre ses doigts sa grosse tabatière d'un air embarrassé, prit soudain, en parlant ainsi, toute la majesté du sacerdoce. Dans l'exercice de son ministère, M. Chapdelaine ne ressemblait plus au puéril antagoniste de M. Rémonville et des idées modernes, il revêtait une sorte de grandeur naïve, dont une âme facilement vibrante devait subir l'ascendant. D'ailleurs, Denneval, poussé par ce besoin d'expansion qui accompagne toujours la faiblesse, conséquence d'une longue maladie, peut-être aussi par le souci d'un avenir qui lui était mille fois plus précieux que le sien propre, avait été tenté déjà de s'ouvrir franchement à l'homme de bien que la destinée jetait sur sa route. Sans comprendre encore ce que c'était qu'une confession, il raconta toute son histoire avec candeur, une histoire qui est celle de beaucoup d'autres.

Sorti du peuple, de ce peuple de Paris intelligent, impressionnable et turbulent, il ne se

connaissait point de famille ; son nom même, il se
l'était donné au hasard. Jamais aucun lien légitime
ne l'avait fixé à un foyer quelconque. Enfant,
il travaillait juste assez pour gagner de quoi
payer sa place au spectacle, puis c'étaient de
longues semaines d'oisiveté, de vagabondage. Il
gaspilla misérablement les dons naturels qui,
croyait-il, — à tort peut-être, car l'équilibre n'existe
pas toujours entre nos facultés et nos désirs, entre
ce que nous sentons et ce que nous pouvons, —
eussent suffi pour le faire réussir dans une voie
plus élevée que celle qu'il avait parcourue. Personne
ne lui donnait un bon conseil, et d'ailleurs, il
eût refusé sans doute d'en recevoir. Seule, l'envie
de bondir du pavé de la rue sur les planches,
envie qui se mêlait à la soif enragée de voir
le monde, avait raison de sa paresse.

Une jolie figure, une voix agréable, l'ardeur
d'une vocation qui semblait irrésistible le servi-
rent ; il entra dans les chœurs d'un grand théâtre
de Paris, puis, impatient de sortir de la foule,
incapable d'entreprendre pour cela les études
sérieuses qui eussent été indispensables, il s'égara
en province, y brilla par éclairs au premier rang,
en dépit de ses imperfections, s'éclipsa vite comme
il arrive à tout acteur qui ne sait pas se ménager,
et, finit, usé, avant d'être sorti, pour ainsi dire,

d'apprentissage, par faire partie de la troupe errante qui était venue échouer à X.

Tout en énumérant ses nombreuses déceptions,
Denneval cherchait à expliquer au prêtre, qui le
comprenait moins que s'il lui eût parlé grec, les
enivrements du métier ; il esquissait à grands
traits, et non sans une certaine jouissance rétro-
spective, ces aventures qui, depuis les temps lointains du *Roman comique*, sont restées les mêmes au
fond, que les comédiens battent la province dans
le chariot de Thespis, en diligence ou par le chemin de fer ; il peignait cette vie de bohème, moins
piquante assurément que ses poëtes ne voudraient
le faire accroire, mais dont l'imprévu, les incertitudes mêmes ont, il faut en convenir, certain
attrait malsain auquel celui qui y a goûté une
fois ne réussit plus à s'arracher.

Vanter la vie au jour le jour, l'ignorance
joyeuse du lendemain ! c'est de la folie ! pensait à
part lui M. Chapdelaine, qui avant tous les biens
estimait une paisible sécurité.

— Hélas ! ne put-il s'empêcher de dire tout
haut, n'avez-vous jamais ambitionné, au lieu de
tant de frivoles chimères où se consumait votre
jeunesse, la considération et le repos, ne fût-ce
que pour votre fille ?

— Pour Perle ?... répondit Denneval, il lui fallait du pain ! Chère petite, reprit-il avec un soupir, elle m'a empêché, sans le savoir, de profiter des occasions qui se sont offertes de m'instruire dans mon art, de me perfectionner, de m'élever, même après que j'en eus reconnu la nécessité et senti le besoin ; elle m'a définitivement retenu dans les bas lieux où le talent s'éteint, ne pouvant se développer. Que voulez-vous ? ayant pris la charge de Perle, je ne devais plus avoir qu'un souci : la faire vivre. Les liens de cette sorte sont funestes aux gens de ma profession. N'importe, je ne regrette pas de m'en être embarrassé !

— Pouviez-vous donc abandonner votre propre sang ? murmura l'abbé Chapdelaine avec un regard plein de soupçons, que Denneval supporta sans sourciller.

En ce moment, il se sentait supérieur à celui qui l'interrogeait.

— Perle croit être ma fille, répondit-il ; mais je pensais, monsieur, que vous aviez deviné la vérité dès notre première entrevue. C'est en réalité une enfant que j'ai recueillie, adoptée comme mienne.

— En aviez-vous bien le droit ? deviez-vous associer une jeune fille aux hasards, aux désordres..?

— Valait-il mieux la laisser à la charité publique? Sa mère était une soubrette de notre troupe; elle nous avait joints depuis peu, et je ne l'avais remarquée que pour un air de tristesse qui contrastait bizarrement avec son emploi. Une épidémie l'emporta. En mourant, elle cherchait autour d'elle, parmi des visages presque étrangers, à qui elle pourrait bien laisser son enfant. Je m'offris, si jeune alors et si pauvre, sans trop réfléchir! Certes, la petite aurait pu trouver un protecteur mieux placé, mais elle n'eût jamais rencontré chez personne plus de dévouement ni de tendresse.

— Quelle étrange éducation elle a dû recevoir!

— Meilleure peut-être que vous ne le croyez. J'ai fait pour elle tout ce qui était possible; je lui ai appris ce que je savais, et même quelque chose de plus. Je m'étais dit qu'elle serait, grâce à mes leçons, tout ce que je n'avais pu être, que je ferais d'elle une artiste, moi qui n'avais été qu'un bohémien. Il me restait, au milieu des réalités grossières où je végétais, de hautes aspirations, de beaux rêves, des espérances indestructibles; je me jurai à moi-même que je ferais hériter de ce trésor ma petite Perle et qu'il fructifierait entre ses mains.

— Pardon, interrompit le prêtre, jugeant que

son pénitent se remettait à déraisonner, je parlais de l'éducation morale...

— Ah! sans doute, je n'étais point passé maître dans ces questions-là, et pourtant, croyez-moi, je ne m'en suis pas trop mal tiré non plus ; nous nous sommes fait beaucoup de bien l'un à l'autre, la petite Perle et moi. Peu à peu, à mesure que se développaient toutes les bonnes et jolies qualités de mon élève, la tendresse et l'orgueil paternels chassaient de mon cœur les autres vanités, les autres amours, — débauche ou caprice. Je lui faisais aimer notre art, je lui enseignais qu'il peut s'allier aux vertus dont elle avait l'instinct, pauvre mignonne si douce, si naturellement honnête ! Oh ! je ne vous dirai pas que j'aie toujours su la préserver du spectacle du vice ; il existait autour d'elle sous toutes les formes, il flottait dans l'atmosphère qu'elle avait respirée depuis son premier jour. Elle le hait et le méprise, cela suffit. La pureté chez la femme fait partie du beau que je suis toujours resté capable de sentir, et dont je lui ai inspiré le culte. Comme la chère enfant me parlait souvent de sa mère, qu'elle ne se rappelait guère, l'ayant perdue trop tôt, je lui traçais un portrait de fantaisie emprunté aux plus nobles figures féminines de la fiction dramatique, et qui était de tout point le contraire des créatures que

j'avais rencontrées sur mon chemin. En faisant
adorer à Perle cette mère imaginaire, si différente
de ce qu'avait dû être la sienne, en la lui propo-
sant pour exemple, je me représentais à moi-
même ma pauvre mère, à qui jusque-là j'avais
bien peu pensé, ma mère que j'étais libre de
tailler à ma guise dans les nuages de l'idéal.
Tenez, monsieur, j'ai fini par croire à elle si bien,
belle et sainte comme je me la suis figurée, que
souvent la nuit, pendant mes longues insomnies,
elle m'apparaît, elle m'appelle, et que je me demande au matin si j'ai rêvé ou si je me suis
souvenu.

Denneval retomba tout haletant sur ses oreillers.
Depuis longtemps sa voix était d'une telle faiblesse
que l'abbé Chapdelaine avait peine à l'entendre.

— Vous voyez, ajouta-t-il tout bas en souriant,
qu'avec un peu d'imagination on peut se façonner,
dans la situation la plus périlleuse et la plus abandonnée, des dieux domestiques et des souvenirs
de famille.

Le curé, tout décontenancé, ne savait quelle
réponse faire à ces divagations.

— Mon fils, dit-il, c'en est assez pour aujour-
d'hui. Il faut vous reposer. Dites-moi seulement,
sans plus de subtilités, que vous vous repentez au

fond de l'âme d'avoir embrassé une carrière de perdition.

L'acteur se redressa presque en colère :

— Toutes les professions peuvent être exercées indignement, mais la mienne était aussi honorable qu'aucune autre. Je regrette de ne m'y être pas fait un nom célèbre et honoré, qui eût servi de sauvegarde à ma petite Perle. Après moi elle n'aura plus un seul ami au monde !

— Elle en aura un tant que je serai là ! dit M. Chapdelaine en posant sa main sur celle du malade. Je vous promets, au nom de Dieu qui compte la plume du passereau et qui mesure le vent à la toison de la brebis, qui donne aux oiseaux du ciel leur nourriture, et le vêtement aux lis des champs, que Perle ne manquera jamais du nécessaire.

— Je suis certain de vos bonnes intentions, répondit Denneval les yeux humides, c'est pourquoi j'ai voulu vous raconter tout ce qui la concerne.

Il s'était tourné du côté du mur, accablé de lassitude ; mais un sourire paisible éclairait ses traits amaigris, dont un rayon de soleil frisant découpait sur l'oreiller la ligne presque transparente.

Malgré ce premier succès, dont l'abbé Chapdelaine remercia Dieu comme d'un miracle, la

conversion du comédien en fût peut-être restée
là si la Providence n'eût fait surgir un nouvel
apôtre plus persuasif que le premier au chevet de
ce lit de mort.

Les livres du presbytère avaient singulièrement
enflammé l'âme de la petite Perle, où l'Évangile
tombait comme tombe la semence dans un terrain
vierge pour y germer magnifiquement. La *Vie
des Saints* la transportait; elle brûlait surtout de
ressembler par quelques côtés aux saintes de
génie : sainte Cécile, sainte Thérèse, et, habituée
à causer avec celui qu'elle appelait son père
de tout ce qui lui traversait l'esprit, elle faisait
part à Denneval de ses enthousiasmes.

— M. le curé avait raison, disait-elle. Il y a
vraiment dans ces livres le moyen d'aller au ciel,
et j'essaie d'apprendre...

— Tu devrais d'abord m'en montrer le chemin,
répondait Denneval avec sa gaieté mélancolique,
car tu as bien des années devant toi, mignonne, et moi je suis pressé.

Jusque-là elle avait pleuré quand il parlait de
sa mort prochaine, mais désormais elle lui répondait gravement :

— Je voudrais te suivre, comme je l'ai toujours fait, aller avec toi auprès de Jésus retrouver ma mère.

Et, comme Denneval hochait la tête d'une façon significative :

— Car c'est là que tu iras, reprenait la petite Perle avec une foi ardente.

— Je n'en suis pas sûr, étant, — M. le curé te le dira, — un grand pécheur.

— Tu parles comme le bon publicain, qui, pour ce seul mot, s'en retourna justifié dans sa maison.

Elle s'asseyait au pied de son lit et lui lisait les divines promesses faites à l'humilité, au repentir. Il fermait les yeux, et tout autre aurait cru qu'il dormait. Perle n'en continuait pas moins sa lecture, s'interrompant par intervalles pour s'écrier : — « Que c'est beau ! » — avec l'ivresse d'un voyageur qui fait une découverte et le même ravissement qu'elle témoignait naguère en déclamant *Athalie* ou *Polyeucte*.

L'intelligence du cœur l'aidait à choisir ce qui pouvait le consoler, et toujours elle tenait dans sa petite main fraîche la main brûlante qui de temps en temps serrait la sienne. Il ne lui disait pas autrement le bien qu'elle lui faisait, mais souvent entre ses paupières demi-closes roula cette larme silencieuse qui, ne fût-elle versée qu'une fois, suffit à racheter toute une vie.

M. Chapdelaine ne se doutait pas que la petite Perle empiétât sur son rôle de prédica-

teur, mais il s'apercevait des progrès que faisait
cette âme égarée, et il se les attribuait ingé-
nument. Tout ce qui, dans les manières, le
langage, la physionomie du comédien, avait
trahi autrefois les vulgarités, les disparates de sa
vie, s'effaçait peu à peu, en effet, pour laisser remonter à la surface une sorte de distinction native.
Telle une source troublée recouvre dans l'ombre
et le repos sa limpidité première. Ses forces
déclinaient cependant, à mesure que s'opérait
cette transformation morale.

Un matin il fit signe à Perle qui l'avait veillé
toute la nuit : les premières blancheurs du jour
terne et glacé perçaient les petites vitres ver-
dâtres encore obscurcies par le froid du dehors.
On entendait le pas pesant des femmes qui
allaient puiser de l'eau, le bourdonnement des
enfants de l'école et le tintement de la clochette
funèbre qui se mêle à la voix nasillarde du bedeau
lorsque celui-ci, selon l'usage local, crie les morts
et demande un *De profundis* à la piété des fidèles.
Ce lugubre appel avait toujours fait frissonner la
jeune fille ; cette fois il lui sembla entendre
l'arrêt qui la rendait orpheline.

— Écoute, lui dit le moribond. Quand je m'en
irai, tu seras bien embarrassée toute seule.
Que deviendras-tu ?

— Je n'y ai pas pensé, dit-elle.

— Il faut y penser pourtant.

— Mais non, tu es mieux depuis quelques jours.

Il secoua la tête.

— Ah ! j'aurais voulu vivre pour te défendre contre les dangers de toute sorte qui t'attendent !

— Père, dit tendrement la petite Perle, je sais que tu ne me quitteras jamais, quoique absent.

Il fixa sur elle un long regard ; on croit facilement ce que l'on désire. La conviction profonde dont débordait cette jeune âme se communiqua soudain à la sienne.

Perle s'était mise en prières auprès de lui. Il ne priait jamais, des lèvres du moins, mais il la faisait prier dans ses moments de tristesse ou de souffrance.

Cette fois, un gémissement sourd et continu, échappé à ses lèvres, accompagna les paroles que prononçait la jeune fille.

Tout à coup, quelque chose d'étrange passa sur ses traits. Il semblait qu'une invisible main y eût jeté un voile. Entourant avec effort de ses deux bras le cou de Perle penchée vers lui, il appuya son visage contre le sien. La pauvre enfant sentit que cette joue se glaçait. Elle ne bougea pourtant pas et le tint enlacé quelques minutes, dans une muette anxiété.

A l'heure ordinaire, madame Simon entra doucement. Pas un mot ne salua sa venue.

Elle appela Perle à demi-voix et, ne recevant point de réponse, toucha la main pendante de Denneval. Aussitôt elle poussa un cri : — Il est mort ! Ne voyez-vous pas qu'il est mort ! — Puis, embrassant l'abandonnée qui , le visage bouleversé d'horreur, ne comprenait pas encore : — J'ai toujours regretté de n'avoir point d'enfant, ajouta la bonne femme, Dieu m'en envoie un aujourd'hui.

IV

Avec l'approbation de M. Chapdelaine, Perle fut donc recueillie par madame veuve Simon et entreprit de devenir ouvrière en fleurs d'église. Tout entière à sa douleur, elle accepta sans résistance l'avenir qu'on arrangeait pour elle. Le pieux désir de planter une croix sur la tombe où, seule avec madame Simon, elle avait accompagné le corps de Denneval, fit que, sans tarder d'un jour, elle se mit à la besogne pour gagner quelque argent.

— C'est que je ne sais rien faire que jouer la comédie, avait-elle avoué d'abord d'un air confus à sa protectrice.

— Oh! répondit celle-ci, vous apprendrez vite à tourner une fleur.

Et, en effet, rien n'était moins difficile que de

chiffonner les découpures hétéroclites de papier et de batiste qui, disposées symétriquement à plat sur un bâton, avec un mélange ingénieux de feuillage d'or, prétendaient représenter, à la mystique clarté des cierges, autant de tiges de passeroses. Leur invraisemblance ne choquait pas la petite Perle, les produits véritables des champs et des jardins ne lui étant connus que très-imparfaitement, et les décors de carton l'ayant accoutumée à d'étranges contrefaçons du règne végétal.

Elle copiait donc scrupuleusement les passeroses de madame Simon et arrivait à produire quelque chose de plus fantastique et de plus extravagant que le modèle. Sa docilité, sa douceur charmaient la vieille fleuriste :

— Par exemple, disait-elle à M. Chapdelaine, la petite ne parle guère ! Pendant des journées entières on dirait qu'elle est muette; elle n'en pense pas moins, pauvre fillette, et c'est toujours à la même chose ; elle guette la tombée du jour pour courir au cimetière aussitôt sa tâche faite. Il en est ainsi tous les soirs. Elle n'importune personne de son chagrin, mais il ne la quitte pas. Je le vois bien à ses yeux tout rougis quand elle revient de cette visite.

Madame Simon ne se doutait guère de la dose de criminel ennui qui se mêlait au chagrin si

légitime de Perle. Quiconque eût suivi la jeune
fille au cimetière eût été frappé de son attitude,
semblable à celle de ces femmes d'Orient qui s'en
vont sur les tombeaux, non pas pleurer, mais
passer une heure d'intimité familière avec leurs
morts. Assise au bord de la pierre plate dont
elle essuyait la neige, le coude sur son genou,
le menton dans la paume ouverte de sa main,
elle croyait tenir compagnie comme par le passé
au guide chéri qui avait été à la fois son père, son
maître et son camarade. Elle lui parlait longuement, tout bas ; ce mutisme dont l'accusait
madame Simon faisait place alors à la plus vive
expansion. Était-ce bien surprenant? Qu'aurait-
elle pu dire à la bonne vieille et aux commères
qui l'entouraient d'habitude? Elle n'avait pas un
seul intérêt, un seul souvenir, une seule pensée
en commun avec ces respectables Parques; leur
caquet, qui roulait tout entier sur la chronique
locale, restait inintelligible pour elle ; leur dévotion étroite, concentrée en grande partie sur le
chapelet, cette ressource des chrétiens qui ne
savent pas lire, obscurcissait pour elle le ciel qui
lui était apparu radieux, clément et infini dans
l'Évangile.

D'ailleurs, les voisines et amies de madame
Simon lui marquaient une médiocre bienveillance;

elles semblaient ne pouvoir lui pardonner de
n'être pas née petite bourgeoise ou simple arti-
sane de la localité, elle, mademoiselle Perle,
dont le nom suffisait naguère à entraîner la foule,
elle, la petite reine, adulée, gâtée, fêtée, d'une
troupe de bohémiens, il est vrai, mais qui lui
paraissaient, en somme, moins vulgaires et plus
intelligents que les citoyens patentés de X. ! Perle
avait, sur la valeur des gens, d'assez étranges
idées ; la stupidité de ceux-ci lui était beaucoup
plus insupportable que la liberté d'allures et de
langage de ceux-là, cette liberté fût-elle poussée
jusqu'à la licence ; on n'a pas impunément grandi
dans les coulisses. — Personne ne me comprend, disait-elle à Denneval ; on excuse à
grand'peine chez moi ce qui était ton orgueil et ta
joie, on me défend tout ce que tu m'enseignais.

— M. le curé ne lui avait-il pas affirmé une fois
que le théâtre était la bouche même de l'enfer,
qu'il ne pouvait conduire qu'à la damnation !

— Ne me dites pas cela ! s'était-elle écriée ; si
mon pauvre père doit être damné, je veux l'être
avec lui !

— Je ne parle pas de votre père, qui est mort
saintement, mais du métier de comédien en lui-
même, avait repris l'abbé Chapdelaine un peu
ému.

— Ce métier était toute sa vie, et sa vie a été bonne comme sa mort, répliqua la jeune fille.

Elle se montrait intraitable sur ce point; et le prêtre, bien qu'il sentît vaguement la présence d'un ennemi invisible sous ce nom de théâtre tant de fois exorcisé, mais encore triomphant, avait cessé de toucher à un sujet qui ne faisait que réveiller chez sa catéchumène de dangereux souvenirs.

La petite Perle racontait cet entretien à l'ami qui dormait sous ses pieds; elle lui confiait beaucoup de choses : l'horreur que lui inspiraient, depuis qu'il n'était plus auprès d'elle, ces vieux Porches où l'air et la lumière semblaient craindre de pénétrer, l'impression désagréable qui se dégageait pour elle de l'intérieur ciré, frotté, d'une propreté glaciale et quasi-monastique où elle était condamnée à un éternel tête-à-tête avec madame Simon.

Le rangement méticuleux des choses et les qualités d'une ménagère en général n'étaient pas, on le croira aisément, du goût d'une créature nomade habituée au pêle-mêle de bagages incessamment déballés et refaits à la hâte; toute cette propreté, cette symétrie sans élégance lui semblait froide et mesquine, à elle qui avait passé la meilleure partie de sa vie dans des boudoirs et

des palais, palais de toile peinte, boudoirs-para-
vents, soit! mais ce que Gœthe dit de l'amour
peut s'appliquer à l'art : il étend son heureuse
fascination sur tout ce que ses ailes ont touché et
fait une réalité du plus misérable simulacre.

La pauvre madame Simon croyait naïvement
que ses bons meubles de bois de chêne et son
succulent pot-au-feu devaient inspirer à Perle un
salutaire dédain pour les trompe-l'œil, les colifi-
chets et les croûtes de pain sec dont sa destinée
errante l'avait forcée à se contenter jusque-là.
Comment eût-elle deviné que le même gîte ne
convient pas indifféremment à tous les hôtes, que
le terrier d'une marmotte, par exemple, quelque
hospitalier qu'il soit, ne peut en aucune façon
suffire aux besoins, aux habitudes de la voya-
geuse hirondelle? Perle sentait beaucoup mieux
qu'elle, en revanche, que les associations entre
des êtres d'espèces différentes sont impossibles,
et elle s'accusait de cette clairvoyance comme
d'une noire ingratitude. Madame Simon ne la
traitait-elle pas comme elle eût traité sa propre
fille? Que lui fallait-il de plus? Hélas! une voix,
qui partait à la fois de cette tombe encore fraîche
et de son propre cœur, lui criait : — Il te faut
le théâtre, ton vrai foyer, ta vraie patrie, Rien
ne remplacera jamais pour toi ses prestiges :

4

Elle n'avait pas cru l'aimer autant jusque-là,
parce qu'il ne lui avait jamais manqué ; un instant, il est vrai, elle l'avait perdu de vue, sous
le coup d'émotions nouvelles et terribles, mais
chaque jour sa magie absentè la ressaisissait davantage et d'autant plus qu'elle ne pouvait penser
à son père adoptif sans évoquer en même temps
ce cadre de leur existence passée. Le théâtre !
elle le voyait partout ! A travers le crépuscule
du cimetière se dessinait un monde artificiel en
toile peinte et en papier doré qui lui semblait
plus beau mille fois que la nature même, et
qui l'appelait, qui l'attirait invinciblement. Si,
pour fuir ces visions, elle se réfugiait à l'église,
la lumière des lampes saintes lui représentait
les profanes quinquets ; le dimanche, toutes les
pompes du culte, par leur mise en scène pittoresque, la transportaient loin du lieu de prières,
dans une atmosphère mieux connue, où des paroles qui n'avaient rien de religieux se mêlaient
aux sons du grand orgue, rappelant à la nouvelle
convertie tel ou tel lambeau de poésie lyrique. Et
le pire, c'est qu'elle s'abandonnait sans aucun
scrupule à ces obsessions. Sa piété même s'ac-
commodait fort bien d'aspirations ferventes vers
ce qui lui semblait être un ordre de choses non
seulement respectable, mais supérieur. Elle était

là-dessus de l'avis de ce héros fantasque et charmant dont elle connaissait par cœur les aventures, l'acteur sentimental *Wilhelm Meister*, qui prononçait sa prière du soir en costume oriental, pour paraître plus noble et plus beau sous le regard de Dieu, et qui se félicitait d'avoir fait de son âme le miroir de tout ce que les passions humaines ont de sublime, en servant d'interprète habituel au génie.

Telles étaient les chimères que Denneval avait logées dans le cerveau de son élève et que l'enseignement même de l'abbé Chapdelaine avait été impuissant à chasser, tout en se faisant une place à côté d'elles. Si madame Simon avait su ce qui se passait chez sa protégée à l'heure où elle la croyait le plus loin du monde pervers qu'on s'imaginait lui avoir fait quitter sans retour, elle n'eût peut-être pas hoché la tête d'un air incrédule certain jour où l'une de ses voisines lui dit : — Vous vous préparez bien des mécomptes avec cette aventurière!

L'hiver se passa paisiblement néanmoins. Cette rude saison invite tout ce qui respire à chercher un refuge et à s'y tenir blotti, mais aux premiers bourgeons du printemps, Perle sentit grandir en elle cet instinct dont ne se débarrassent jamais ceux qui n'ont eu de leur vie une

demeure fixe, cette nostalgie de l'indépendance
qui pousse au hasard la maison roulante du bohémien à travers le monde : — Est-il possible,
se demandait-elle, que je sois prisonnière ici
pour toujours? — Non! lui criaient sa jeunesse
et un vague désir qui ne savait où se poser. —
Mais, pensait Perle, songeant à son cher tombeau
tout jonché de pâquerettes, si je m'en vais, il
restera seul! Et puis, où donc aller?

Elle se posait cette question un jour d'avril,
sur la promenade des remparts, tout en suivant
d'un œil d'envie les petits oiseaux que l'ivresse
du mouvement et le vertige de l'espace empor-
taient loin des noirs mâchicoulis où mille touffes
de giroflées jaunes échappaient elles-mêmes, vi-
vaces et capricieuses, aux étreintes tyranniques
des vieilles pierres féodales, leur berceau.

La campagne se faisait belle, sans être encore
complétement parée ; la séve courait dans toutes
ses veines palpitantes comme celles d'une poitrine humaine. Chaque arbre, chaque plante
nouvellement éveillée avait son arome particulier
dans ce concert de parfums. On eût dit qu'un
souffle puissant soulevait toute la nature en
travail; des spirales de fumée s'élançaient de la
terre humide vers le ciel gris de perle, pommelé
de nuages légers que dispersaient les bouffées

d'un vent tiède. Toute la plaine boisée qui se
déroulait à perte de vue au-dessous des remparts
offrait ces beaux tons violâtres, rosés et d'un vert
tendre dont l'harmonie parle à l'âme tout autrement que les riches couleurs de l'automne,
non pas en l'éblouissant, mais en y faisant naître
un périlleux mélange d'espérance et de langueur.
Perle subit cette impression : il lui sembla que
son cœur à elle aussi se fondait sous ce premier
rayon de soleil encore voilé ; accoudée au parapet,
elle resta en contemplation devant l'horizon de
forêts que semblait agiter un frisson de vie pareil
à celui qui courait dans ses propres membres,
puis des flots de réminiscences se mêlant à son
impression personnelle, comme il arrive à ceux
qui ont beaucoup exercé leur mémoire et inter-
prété l'esprit d'autrui, un joli refrain printanier
vint trouver un écho sur ses lèvres entr'ouvertes.

Perle croyait l'allée déserte, et d'ailleurs ce
trille joyeux avait jailli de son gosier sans qu'elle
en eût presque conscience. Elle s'interrompit
brusquement ; un rossignol du voisinage, comme
s'il eût été jaloux que quelqu'un empiétât sur
ses attributions en chantant l'amour et les roses,
modulait ces notes suaves qui remplissent soudain
la solitude en y faisant vibrer un soupir de tendresse infinie. Perle avait beaucoup parlé du

4.

rossignol en vers et en prose, mais elle ne l'avait
jamais entendu ; le mouvement qu'elle fit en se
tournant du côté d'où semblait partir cette mé-
lodieuse riposte la mit en face d'un jeune homme
qui, depuis quelque temps, marchait derrière elle
à son insu. Elle tressaillit, et une teinte rosée co-
lora son teint d'ambre transparent. Le beau visage
du jeune homme exprima en même temps un
mélange flatteur d'admiration et de surprise ; la
désinvolture très-particulière de Perle, qui possédait, outre la grâce naturelle propre aux enfants
du Midi, ce charme acquis des femmes de théâtre
chez lesquelles c'est une science que de marcher, avait d'abord attiré l'attention du prome-
neur, mais il ne pressentait pas sans doute la
rare et exquise beauté qui allait se révéler brusquement à lui. Perle était, à cette époque, plus
ravissante que jamais : la vie sédentaire qu'elle
menait depuis quelques mois l'avait embellie en
la reposant ; une mélancolie touchante adoucissait
l'éclat un peu sauvage de ses yeux ; son deuil
supprimait le clinquant et les élégances fripées que
l'habitude du costume plutôt que de la toilette
lui avait fait quelquefois transporter des planches à la ville ; les vêtements noirs sont toujours
de bon goût. Sur ses cheveux négligemment
tressés en un gros nœud qui, trop lourd pour la

délicatesse du cou qui le supportait, entraînait en arrière sa petite tête, elle avait jeté une sorte de voile dont les façons de mantille s'harmonisaient bien avec le caractère pittoresque du pur ovale qu'il encadrait. On eût dit quelque belle fleur des tropiques éclose par miracle sur ces vieux remparts bretons.

De son côté, Perle constatait la distinction, le type élégant et noble de son admirateur; lui aussi semblait égaré dans ce cadre provincial, il s'en détachait comme une anomalie. La jeune comédienne lui donna tout de suite dans sa pensée l'emploi qu'il eût rempli par excellence au théâtre : celui d'amoureux. Tous deux restèrent une minute immobiles à se regarder, comme purent le faire Juliette et Roméo, ces héros de l'amour à première vue : — « Quel est ce gentilhomme? son nom? » demande Juliette après avoir reçu le premier baiser de Roméo. Puis elle ajoute aussitôt : « S'il est marié, mon tombeau sans doute sera mon lit de noces. »

Le coup de foudre vainqueur qui unit deux âmes est bien rare sans doute. N'importe, il faut y croire. Enchaînés par une fascination inexprimable, Perle et le bel inconnu souriaient, lui, les yeux fixés sur elle, et elle, les paupières à demi baissées, sans oser faire un pas l'un vers l'autre, mais avec l'émotion intime de deux êtres qui se retrouvent à l'improviste et qui se reconnaissent ; cependant le hasard les mettait en présence pour la première fois. On eût dit que le jeune homme allait parler, et Perle n'en aurait pas été surprise. Le passage d'un tiers importun mit fin à cette situation pleine d'embarras et de charme. Un pied léger effleura le sable. D'une des rues latérales qui aboutissent aux remparts, venait de déboucher une forme féminine svelte, blanche et blonde, puis, derrière elle, une servante portant le gentil bonnet de mousseline empesée du pays, si légèrement posé sur le chignon avec ses brides flottantes, qu'on le croit toujours prêt à s'envoler.

Le jeune homme, s'arrachant à sa contemplation presque extatique, aborda, un peu confus, la blonde promeneuse :

— Mademoiselle Fréhel, s'écria-t-il, je ne m'attendais guère au plaisir de vous voir ici.

— Le beau temps m'a tentée, répondit la personne ainsi interpellée. Je vois que vous aussi...

— Oh ! je regardais le soleil se coucher, en fumant un cigare, voilà tout, et je rentre...

Ces quelques mots échangés étaient arrivés à l'oreille de Perle, tandis qu'elle s'éloignait précipitamment, une étrange déception au cœur. Elle en voulait à mademoiselle Fréhel, comme on la nommait, d'être intervenue si mal à propos. Qu'avait-elle troublé cependant?... N'importe! elle lui en voulait de la rougeur qu'elle avait vue courir sur sa joue à l'approche de l'inconnu; elle lui en voulait d'avoir tendu la main à ce dernier d'un air timide et réservé sans doute, mais qui marquait une certaine intimité. En rentrant chez madame Simon, elle était de mauvaise humeur.

— Connaissez-vous, demanda-t-elle à la bonne femme, une demoiselle Fréhel?

— Ici tout le monde se connaît plus ou moins, répondit madame Simon, et, quant à mademoiselle Yvonne, il n'est personne qui ne l'aime et qui ne la respecte. Elle est si bonne et si pieuse, l'exemple de la confrérie! C'est elle qui a brodé la nouvelle bannière; tout son argent passe en aumônes. Elle a de qui tenir; sa mère était une Guicaznou, et vous savez qu'on lit en breton sur un tombeau de Morlaix: « Les premiers habitants de la terre furent les Guicaznou et les Kerret. » C'est de la pure noblesse et une lignée de saints. M. Fréhel, son père, n'est ni si grand seigneur ni si bon chrétien, mais elle ne tient pas de lui... un brave homme, du reste, perdu dans les livres. Où donc avez-vous vu mademoiselle Yvonne? Elle a la mine d'une sainte Vierge, n'est-ce pas?

— Je l'ai rencontrée sur le rempart, repartit
froidement la petite Perle, et, ma foi ! toute Guicaznou qu'elle puisse être, je ne l'ai pas trouvée
si bien que cela ! Elle a une figure trop longue,
avec des yeux de brebis qui ne disent rien...
Vous ne faites pas honneur à la sainte Vierge,
madame Simon ; je la vois autrement.

— Bon ! ma fille, chacun la voit à sa guise
et elle ne s'en fâche pas, dit en riant la fleuriste.

Perle avait parlé avec un dépit et une ani-
mosité qui la surprirent elle-même. De son autre
rencontre, la plus intéressante, elle ne souffla
mot, gardant en elle-même, comme un parfum
subtil qu'on craint de laisser évaporer, ce petit
secret fort innocent, en somme. Un homme l'avait
admirée respectueusement et passionnément.

D'ordinaire, lorsqu'elle passait, les austères
habitants des Porches s'entre-disaient tout bas :
« La comédienne ! » — Il semblait que ce seul
nom fût la désignation d'une nature différente
de la leur, et par conséquent suspecte. Leurs
regards n'exprimaient que la méfiance et l'inquiétude ; l'étrangeté effraie toujours les gens
vulgaires. Ceux qui faisaient consister la beauté
dans l'embonpoint et la fraîcheur appréciaient
médiocrement son minois d'Égyptienne, comme
ils disaient : c'était le grand nombre ; ceux qui

la trouvaient jolie ajoutaient, en riant à demi, que
ces figures-là devaient aller au sabbat. Sous ses
longs cils noirs couvait en effet cette magie qui
jadis, dit-on, dans un pays assez semblable à X.,
conduisit au bûcher les sorcières basques. Perle
avait pourtant besoin d'encens, étant femme et
de plus comédienne; elle était trop habituée au
succès pour pouvoir s'en passer; les bravos lui
étaient aussi nécessaires que le pain quotidien.
Après un long jeûne, elle se sentit donc toute ré-
confortée par une goutte inattendue d'ambroisie.

Cette nuit-là, elle rêva qu'elle débutait, dans
un pays où tout était lumière, harmonie, l'empyrée
sans doute, au milieu des applaudissements
enthousiastes d'un public nombreux, et, chose
prodigieuse, chacun des spectateurs qui composaient ce public avait le même visage qui lui
plaisait infiniment, les traits pensifs et l'élégante
tournure du bel inconnu.

Le lendemain, Perle prit de nouveau le chemin
des remparts pour revenir du cimetière où elle
ne s'était arrêtée qu'un instant comme s'il eût
été le prétexte de sa promenade, et elle ne fut
nullement surprise de retrouver le jeune homme
à la même place. Perle semblait parée ce jour-là,
bien qu'elle n'eût rien ajouté à sa simple toilette
ordinaire, mais mille détails imperceptibles,

l'arrangement étudié des cheveux, des plis de
la dentelle, une fleur au corsage, que sais-je,
trahissaient un art secret, un soin inusité, le désir de plaire.

Lorsqu'elle passa devant lui, l'étranger s'inclina profondément. Ce fut quelque chose de plus
qu'un salut, elle sentit qu'il jetait son cœur à ses
pieds et, en répondant d'un léger signe de tête,
elle crut avoir témoigné qu'elle acceptait ce don.
Qu'allait-il penser d'elle ? Il supposerait peut-être
qu'elle était revenue tout exprès pour le revoir ?...
Quelle honte ! — Perle hâtait le pas, les joues en
feu, sans regarder ni à droite ni à gauche. Toutes
les délicatesses de la pudeur et de la réserve
féminines qu'on n'avait jamais enseignées à son
innocence lui furent révélées soudain. Cependant
le jeune homme la suivait de loin. Aucun fâcheux
ne vint cette fois se jeter entre lui et la jolie apparition. Il atteignit les Porches en même temps
qu'elle, il la vit entrer dans une des obscures
boutiques qu'abritent ces galeries couvertes, d'un
aspect si bizarre, et, caché sous l'auvent, derrière
l s vitres éclairées, il put admirer l'intérieur le
plus curieux qui eût jamais tenté le pinceau d'un
peintre hollandais.

La chambre basse était grandie par les ténè-
bres fourmillantes qui l'emplissaient au second

plan, dessiné nettement par la grosse poutre trans-
versale d'un plafond de chêne noir. Le ton en-
mé du lambris faisait ressortir çà et là des
ombres moins opaques rousses ou blanchâtres, et
sur ce clair-obscur se détachaient ici les faïences
ébréchées d'un buffet, plus loin des groupes mêlés de pavots et de dahlias, dont le feuillage d'argent, la rosée de verre filé resplendissaient comme
des diamants et de l'orfévrerie véritables, à la
lueur indécise d'une petite lampe. Cette lampe
était posée sur une table devant laquelle travaillait
madame Simon. Des clartés vacillantes, effleurant
ses mains grasses et blafardes, teintées de carmin
au bout des doigts, faisaient briller tous les ins-
truments d'acier poli qui servent à friser, à plisser,
à gaufrer pièce à pièce une corolle de rose. Le visage aux lignes molles et doucement effacées de
cette Flore sexagénaire rappelait certaines matro-
nes dont Rembrandt a su rendre sympathique la
vulgaire laideur. Elle levait les yeux vers la petite
Perle, qui lui parlait debout, sa fine silhouette se
profilant en pleine lumière, de telle sorte qu'il
semblait que ce fût elle qui illuminât tout le tableau d'un rayon d'idéal rendu plus frappant par
le contraste des trivialités environnantes.

Pendant les jours qui suivirent, et qui lui
parurent d'une longueur mortelle, la jeune fille

5

s'interdit de sortir, mais celui qu'elle fuyait ainsi à regret savait désormais sur elle tout ce qu'il voulait savoir.

Le dimanche vint. Au milieu du prône qu'elle s'efforçait d'écouter dévotement dans le banc de madame Simon, Perle chuchota tout à coup à l'oreille de cette dernière :

— Qui donc est là, debout, à droite, près de la chapelle de la Vierge ?

En la grondant d'avoir des distractions et de lui en donner, madame Simon mit ses lunettes, puis regarda du côté qu'elle indiquait.

— Tiens ! dit-elle presque à haute voix dans l'excès de son étonnement, M. Amaury, le fils du maire !... Je ne savais pas qu'il vînt à la grand'messe !

V

Si quelqu'un s'ennuyait à X. autant que Perle elle-même et s'y sentait, comme elle, exilé, c'était assurément le jeune Amaury Rémonville. La nature et l'éducation, à l'envi l'une de l'autre, avaient fait de lui un héros de roman. Madame Rémonville expliquait volontiers qu'ayant promené sa grossesse en Italie, parmi les dieux de marbre, ceux-ci s'étaient plu à douer l'enfant qu'elle portait dans son sein ; Raphaël, Léonard et le Corrége avaient voulu aussi sans doute être ses parrains, et, pour achever l'œuvre de tant de génies tutélaires, elle avait, de son côté, paré ce fils chéri d'un nom prédestiné à une poétique mélancolie. La tendresse maternelle de madame Rémonville s'exhala en pièces fugitives intitulées *le Berceau*, *Premier sourire*, *Premier pas*,

plutôt qu'elle ne se manifesta par des soins judi-
cieux. Entre les mains de cette mère déraisonna-
ble, nerveuse, imprudente et maniérée, le pauvre
Amaury fut, pendant toute son enfance, victime
d'avantages physiques auxquels on attachait trop
de prix. Il en était venu à considérer comme un
grand malheur d'être beau et de se l'entendre
répéter sans cesse. Les papillotes quotidiennes
pour accentuer le mouvement de ses cheveux,
les costumes de fantaisie hongrois ou écossais,
propres à faire ressortir la forme élégante de ses
jambes, de son buste et de son cou, les chaussures plus petites encore que le pied, les gants
plus petits encore que la main devant lesquels
on s'extasiait, et d'autres menues tortures lui
furent prodigués en même temps que les adula-
tions. Combien de fois envia-t-il les polissons qui
jouaient librement à la poussette, sans crainte de
se gâter le teint ou de tacher leur blouse déguenillée! Mais, au lieu de le laisser courir en plein
air, on le faisait veiller à la lueur des bougies pour
entendre des lectures ou de la musique. Tels
étaient les premiers souvenirs d'Amaury.

N'ayant ni frère, ni sœur, ni camarades, il
passait son temps à lire des ouvrages de fiction
qui le transportèrent une fois pour toutes dans
ce monde chimérique d'où certains êtres ont

tant de peine à redescendre pour aborder les
rudes réalités de la vie. Tendre, impressionnable,
aventureux, il rêvait déjà le sort d'un prince
Charmant favori des fées. Il n'y avait pas dans le
beau parc des Gogardières un seul coin dont il
n'eût fait le théâtre de quelque prouesse imaginaire, et il n'eût guère été surpris d'entendre
soudain, sur une branche, l'oiseau bleu couleur
du temps l'appeler à de merveilleuses destinées.
Sa mère développait en lui complaisamment ce
qu'elle appelait le germe d'une brillante intelligence, ou même du génie. — Avec ces yeux-là,
disait-elle, il ne peut manquer d'être poëte, et ce
serait un crime de contrarier sa vocation. — Mais
sans doute Amaury n'avait d'un poëte que les
yeux, bleus et profonds comme l'eau d'un lac de
montagne, car jamais l'idée ne lui vint d'aligner
deux rimes.

Cependant M. Rémonville, — bien qu'il finît
toujours par s'incliner devant tout ce que pensait,
voulait et rêvassait sa femme, qu'il avait épousée
assez tard, sa fortune faite, et qui avait sur lui
l'ascendant qu'une distinction relative prend inévitablement sur la vulgarité invétérée, — M. Rémonville émettait quelquefois des opinions assez
saines qui lui étaient personnelles. Il avait donc
fait observer qu'avant de décider de la carrière

d'un fils, il fallait l'élever, et qu'à dix ans le
jeune Amaury ne savait encore rien que les
fables et fabliaux tracés à son intention par la
plume maternelle. Il parla du collége, mais les
protestations véhémentes de sa femme le rédui-
sirent vite au silence. — Amaury subir le niveau
banal, les contacts grossiers de l'éducation publique, c'était impossible! Il lui fallait pour le
corps et pour l'esprit un régime tout exception-
nel, qui lui laissât son exquise originalité :

— Vous ne prétendez pas encore m'enlever
mon fils! s'écria-t-elle avec un geste éloquent,
après avoir énuméré les nombreux sacrifices
qu'elle avait pu faire autrefois à l'âge et à la position sociale de son mari, qui l'avait, selon son
expression, murée en province.

— Mais, hasarda M. Rémonville, si nous nous
sommes fixés en province, c'est que vous l'avez
voulu.

— Pouvions-nous rester à Paris, où tout le
monde savait que vous aviez auné de la toile, où
votre nom s'étalera éternellement sur une ensei-
gne? A Paris, vous n'auriez jamais été qu'un
marchand retiré; ici, vous avez quelque chose de
plus que de l'argent, une certaine importance
qui peut grandir encore. Il est heureux que j'y aie
pensé pour vous, que je me sois immolée à la

considération dont jouira notre cher Amaury. —
Dans ce temps-là, madame Rémonville n'avait pas
encore éprouvé combien la province reste impi-
toyablement fermée aux intrus, et elle croyait
naïvement devenir la première de X.

— Oui, oui, répliqua le futur maire républi-
cain, irrité au fond de n'avoir jamais pu faire
régner au coin de son feu les principes qu'il devait
appliquer si rigoureusement par la suite dans
l'exercice de ses fonctions publiques, oui, il est
convenu que votre fils se croira pour le moins de
lignée royale et que vous lui persuaderez qu'il a
été apporté en palanquin du pays des *Mille et une
Nuits*, jusqu'à ce qu'une impertinence de quelque
jeune gentilhomme du cru lui ait appris le contraire, ce qui ne tardera pas... car vous ne pourrez
toujours l'isoler!...

— Mon Dieu! laissez-moi faire! interrompit
avec une impérieuse suffisance madame Rémonville.

Elle terminait d'ordinaire par ces mots toutes
les discussions, et son mari la laissait faire, en
effet : il avait vingt ans de plus qu'elle et
commençait à vieillir, tandis qu'elle n'avait encore
rien perdu de son énergie, ni du prestige de ses
charmes.

Amaury n'alla pas au collége, il eut un pré-

cepteur choisi par sa mère. On savait peu de
chose de M. Samieski, sauf que c'était un réfugié
polonais; ce seul titre avait séduit madame Rémonville, à qui les poëtes et les romanciers avaient
inspiré une sympathie exaltée pour la Pologne, et
qui professait en général le culte du malheur. Or
les malheurs de Samieski eussent pu servir de
sujet à un poëme épique. Il avait été émissaire,
puis exilé en Sibérie; le fouet des bourreaux,
le sabre et les balles avaient laissé des traces
sur ses membres chétifs, sur son visage ravagé
d'ascète et de visionnaire. Quand il parlait de la
patrie absente et du glorieux passé, sa laideur
s'illuminait d'extase, sa voix rauque et brisée
devenait vibrante, une éloquence passionnée jail-
lissait de ses lèvres. Malgré cette séduction
particulière à ceux de sa race, Samieski aurait
pu être, sans que madame Rémonville s'en doutât,
un simple aventurier indigne de la mission
qu'elle lui confiait à la légère. Le hasard voulut
que ce fût un honnête homme, d'une instruction
profonde. Il initia son élève sans beaucoup
d'ordre, en le conduisant à travers champs pour
ainsi dire, aux connaissances les plus variées; il
se fit en outre aimer de lui comme Amaury
savait aimer ce qu'il admirait, avec idolâtrie. Le
jeune garçon voyait dans son maître un héros, de

même qu'il voyait dans sa mère une muse, et à
plus juste titre; il lui faisait raconter ses exploits,
et se promettait de l'imiter un jour. Samieski,
en dépit ou peut-être en raison de son mérite,
était l'ennemi du sens commun, qu'Amaury méprisait par-dessus tout et qui était le seul dieu de
M. Rémonville. C'est dire qu'entre le père et le
fils il n'y avait que peu d'affinités. Quand,
Amaury ayant atteint ses dix-huit ans, son père
lui demanda : — Quels sont tes goûts? que veux-
tu être? — il éprouva une sorte de choc comme
si on l'eût soudain fait tomber des nuages qui
avaient bercé son enfance. Ses goûts, chacun les
connaissait : errer dans la campagne, par les
chemins creux, le fusil sur l'épaule, sans rien
tuer le plus souvent, la chasse n'étant pour lui
que le prétexte de la rêverie. Quant à une carrière,
qu'entendait-on par là? Certes, la vie d'un étudiant
de ces académies d'où sortirent Dante et Pétrarque,
la vie d'un soldat du temps des grands coups
d'estoc où chacun faisait preuve de valeur indi-
viduelle, la vie d'un navigateur partant pour
quelque voyage de découverte, tout cela l'eût
tenté; mais la discipline des écoles, la mono-
tonie de la garnison, la routine de l'administration,
tout l'ensemble de cette lutte égoïste et terre
à terre contre des obstacles sans grandeur, lutte

5.

à laquelle ne peut échapper aujourd'hui quiconque
ambitionne un emploi, un succès, soulevait en
lui d'invincibles répugnances. Il se serait donné
de toute son âme à une cause, à une œuvre
qui l'eût enthousiasmé; mais cette œuvre, cette
cause, où étaient-elles? Ses premières années
s'étaient écoulées dans un cercle magique où
n'avaient retenti, avec les déclamations senti-
mentales de sa mère, que les tirades patriotiques
d'un maître dont l'existence entière n'avait été
qu'une longue illusion et qui ne pouvait lui
offrir que des exemples impossibles à suivre.
Comme il enviait Samieski et ses équipées roma-
nesques, quitte à souffrir autant que lui! Mais,
au lieu de souffrances et de gloire, il n'avait
en perspective que la pesante et malsaine oisiveté
d'une ville de province, où devaient avorter tous
les élans généreux dont il se sentait confusément capable.

— Êtes-vous satisfaite? dit une fois à sa femme
M. Rémonville hors de lui, après avoir eu avec
son fils une conversation sérieuse dans laquelle
les deux interlocuteurs ne s'étaient pas mieux
compris que si chacun d'eux eût parlé une langue
inconnue à l'autre.

— Attendez! répondait la mère, un peu inquiète
elle-même du résultat de sa périlleuse expérience.

Elle avait toujours compté sur une éclosion qui tardait à se produire. Réservé, taciturne, Amaury semblait trouver dans ses entretiens avec son unique ami et ses courses errantes en pleine solitude toutes les joies qu'il fût susceptible de ressentir; il fuyait la société de la petite ville, n'avait point de compagnon de son âge et ne souhaitait pas d'en avoir; les femmes de l'intimité de sa mère étaient trop inférieures à celle-ci pour qu'il pût en remarquer aucune; la seule jeune fille qu'il vît fréquemment, mademoiselle Fréhel, aurait peut-être ému son cœur, qui, gonflé de vagues aspirations, ne demandait qu'à s'ouvrir, si elle eût été elle-même moins timide, moins glacée en apparence par l'éducation du couvent, et surtout s'il n'eût pas soupçonné son père de prétendre la lui imposer pour fiancée.

— Puisqu'il ne veut être rien, disait en effet M. Rémonville, nous le marierons jeune, et il fera valoir les terres que sa femme lui apportera en dot.

M. Fréhel possédait tout près de X. la belle propriété du Val, l'une des plus importantes du pays.

— Le marier déjà, enchaîner sitôt sa vie, pauvre enfant! soupirait madame Rémonville.

— Mais, rugissait sourdement son mari, ce

n'est pas vivre que de se promener du matin
au soir un carnier vide en bandoulière, un livre
dans la poche, et un chien sur les talons, en
bayant à l'aurore ou au clair de la lune! Je pré-
férerais mille fois les pires folies...

— Vous ne le comprenez pas plus que vous
ne m'avez comprise, interrompait madame Rémonville. Quelque chose fermente là! — Et elle se
touchait le front de son doigt chargé de bagues.

— J'ai grand'peur que ce vin-là ne soit jamais
buvable! disait avec une grimace M. Rémonville.
Moi qui avais rêvé d'avoir un fils préfet!

On put mettre d'abord sur le compte du chagrin
que lui causait la mort de son vieux précepteur
la tristesse d'Amaury, tristesse qui n'était, comme
il arrive souvent à cet âge, qu'un trop-plein de
désirs indécis et tumultueux.

— Vous devriez le faire voyager, conseilla
M. Fréhel. Ses idées se débrouilleront chemin faisant, et, au retour, peut-être verra-t-il clair en
lui-même.

Au fond, le digne homme souhaitait qu'Amaury
s'éloignât, ayant reconnu chez sa fille une incli-
nation naissante qu'il ne convenait pas d'encourager avant d'être bien sûr qu'elle fût partagée.

Amaury partit pour les pays du soleil et des
arts, et vécut pendant quelques mois dans un état

d'ivresse intellectuelle. Les grands spectacles de
la nature, les monuments des différents siècles,
la nouveauté des habitudes, des types, du langage,
tout le ravissait; il revint transformé; l'adolescent
était désormais un homme; mais M. Rémonville
s'aperçut bientôt que l'homme avait, comme l'adolescent, le dégoût des choses ordinaires, et que
la contemplation du beau sous toutes ses formes
l'avait encore détourné du genre de réflexions pra-
tiques et de sordides calculs personnels auxquels
il eût voulu plier son esprit rebelle. Il constata
également que mademoiselle Fréhel produisait
sur lui moins d'impression que jamais; ce n'est
pas quand on vient de quitter la maîtresse du
Titien et la Fornarina, la Madeleine de Canova
et la Béatrice du Guide que l'on peut être sensible à des ingénuités de pensionnaire.

Madame Rémonville causait volontiers avec son
fils pendant des heures entières de Venise et de
Florence, en déclarant, attendrie, qu'ils auraient
dû l'un et l'autre naître patriciens de ces idéales
républiques; mais M. Rémonville ne se contentait
pas de belles phrases. Tous les jours il sommait
Amaury de choisir entre deux partis décisifs : aller
faire son droit à Paris, ou prendre racine dans
la vie de province par un bon mariage. Partagé
entre les gâteries et les bourrades, flatté d'un

côté, harcelé de l'autre, le jeune homme allait peut-être opter pour celui des deux projets qui, du moins, ne l'engageait que temporairement, et il pesait certain soir ses résolutions de fraîche date, tout en longeant d'un pas paresseux la monotone promenade des remparts, lorsque soudain le hasard, un hasard inévitable, vaguement pressenti, passa en la personne de Perle devant ses yeux éblouis et le fit tomber dans de nouveaux atermoiements.

Il était amoureux, amoureux pour la première fois. Tout ce qu'il avait ignoré, la cause secrète de son incertitude, de son inexplicable ennui, de ses maladives mélancolies, lui fut révélé en une seconde : le miracle qu'attendait son cœur désœuvré s'était produit, l'oiseau bleu avait chanté, le soleil avait lui, embellissant soudain les lieux maussades qu'il appelait jusque-là sa prison et lui inspirant l'ardent désir de ne les jamais quitter.

Dès lors il ne pensa qu'à revoir celle qui avait opéré dans sa vie cette révolution merveilleuse ; mais comment faire ? Perle ne se promenait plus sur le rempart, et, d'ailleurs, il ne se serait point contenté désormais de la regarder passer. Quant à pénétrer dans le repaire bien gardé de madame Simon, il n'y pouvait songer : sous quel prétexte ?

Cependant Amaury ne s'oublia pas trop longtemps à réfléchir; l'amour le plus candide est fécond en ruses et en stratagèmes.

Assez naturellement, un soir, aux Gogardières, pendant le dîner, il amena la conversation sur la tentative théâtrale avortée dont en son absence M. Rémonville avait été le promoteur. Ce sujet mettait toujours son père de mauvaise humeur, mais Amaury n'y prit pas garde.

— Vous rappelez-vous encore, dit-il en s'adressant à sa mère, certaine comédienne qui portait un nom de bijou, et dont le jeu, la figure, avaient produit sur vous alors tant d'impression?

— Si je m'en souviens! s'écria madame Rémonville, mais c'est tout un poëme que cette enfant! Elle m'a inspiré un petit acte que je comptais lui demander de jouer chez moi : *Sarah la Gipsy,* et elle y eût été parfaite... Je me flatte de n'avoir rien écrit de meilleur. Malheureusement, la pièce n'était pas achevée que l'actrice avait déjà disparu, et jamais, ajouta l'auteur avec un soupir, jamais ma pauvre *Gipsy* ne verra le jour. Certains rôles exigent l'assemblage de qualités rares, presque introuvables. Il me fallait une interprète étrange avant tout, et romantiquement belle. Cette petite Perle était la beauté et l'étrangeté mêmes.

— L'étrangeté, soit! repartit Amaury avec une

froideur hypocrite, tandis que son cœur battait à
coups redoublés ; mais je ne saurais la trouver
belle. J'ai horreur des femmes noires, dit-il en
jetant un regard de caressante admiration sur les
boucles cendrées de sa mère, qui était particulièrement sensible à ces flatteries filiales.

— Quant à cela, je suis de ton avis en général ; les anges et les femmes doivent être blonds ;
mais tu ne peux avoir aucune idée de ce genre
de brune, n'ayant pas vu mademoiselle Perle.
Figure-toi...

— Je n'ai pas besoin de me la figurer, interrompit Amaury ; je la connais.

— Tu la connais ? Es-tu sûr ?... Où l'as-tu rencontrée ? quand donc ?...

— Il y a cinq ou six jours, ici, sur les remparts, répondit le jeune homme, les yeux attachés
au fond de son assiette, et affectant toujours l'indifférence.

— Elle serait restée à X... ! Tu dois te tromper !
Qu'y ferait-elle ?

— Des fleurs en papier, m'a-t-on dit, chez une
veuve Simon, des Porches.

— Une cagote s'il en fut, exclama M. le maire,
l'âme damnée de ce vieux fanatique de Chapdelaine. Comment ! ces gens-là accaparent les actri-
ces ? Leur maudit esprit de prosélytisme va jusque-

là! Ils enlèvent à l'art ses prêtresses pour en faire des sacristaines! Quelle puissance ont-ils donc? C'est à n'y rien comprendre... Échanger volontairement la liberté, les succès du théâtre, pour un travail de manœuvre au fond d'un trou pareil...; Non, la chose n'est pas vraisemblable. Je flaire là-dessous quelque ténébreuse captation dont je m'assurerai par moi-même.

— Eh! mon père, dit le jeune homme d'un ton moqueur, il doit y avoir des degrés au théâtre comme partout, et les comédiens qui se sont résignés à essuyer ici tous les affronts et les dédains dont vous m'avez parlé, ne devaient pas être de trop grands seigneurs dans leur sphère. Sans doute la pauvre fille n'avait d'autre liberté que celle de mourir de faim. Elle l'aura sacrifiée sans trop de peine.

— Oui, dit avec émotion madame Rémonville, des nécessités impitoyables étouffent souvent le talent dans son germe. Hélas! tant de courants contraires arrêtent en ce monde le développement des plus belles facultés! soupira la femme auteur, faisant un retour douloureux sur elle-même. Pour celle-ci, c'est un entourage positif et bourgeois, les préjugés, l'obligation de se soumettre aux plates corvées du monde; pour celle-là, c'est la misère : toujours un écueil ou un autre... N'y aurait-il pas moyen de remettre cette pauvre enfant dans sa véritable voie?

Amaury abandonna sa mère à ses réflexions généreuses, et son père à ses tirades furibondes contre l'esprit clérical qui se mêle de tout, touche à tout, paralyse tout; il continua de dîner du meilleur appétit, mais, en sortant de table, il se rapprocha de madame Rémonville.

— Chère mère, dit-il d'un air de regret, pourquoi tout à l'heure avez-vous dit qu'on ne jouerait jamais *la Gipsy*?

— Parce que, pour la jouer, nous n'avons pas d'acteurs.

— Comment! ce n'est qu'une pièce à deux personnages, il me semble, une sorte d'idylle dialoguée. Le rôle d'homme est court et facile.

— Oui, mais la femme... Tiens! dit brusquement madame Rémonville, dont le front s'éclaircit, tu me donnes une idée...

Amaury se garda de lui demander laquelle. Il connaissait cette idée d'avance, puisque son but avait été de la faire germer; mais il n'avait pas cru réussir aussi vite.

Madame Simon fut fort troublée le lendemain en voyant entrer dans sa boutique madame Rémonville, qui jamais jusque-là n'avait rien acheté chez elle; ce qui domina dans le mélange

d'impressions diverses qui d'abord lui firent perdre contenance, fut une vive satisfaction d'amour-
propre. L'élégante épouse du maire recevait
toutes ses emplettes de Paris. C'était par exception
qu'elle honorait de sa présence un magasin de l'endroit, et le magasin favorisé se trouvait être celui
de madame Simon !

Madame Rémonville, s'inspirant de l'immortel
exemple du renard devant le corbeau, commença
par des compliments ; elle passa en revue tout
l'étalage et acheta sans marchander deux ou trois
de ces abominables garnitures de cheminées qui
s'épanouissent sous des globes.

— Je les relèguerai, pensait-elle, dans les man-
sardes.

En même temps elle se faisait expliquer les
procédés du travail de fleuriste avec un intérêt
plein de bienveillance.

— C'est parfait ! répétait-elle. On ne trouverait
pas mieux à Paris. Et... êtes-vous satisfaite de
cette gentille apprentie ? demanda madame Rémonville en s'interrompant pour sourire à Perle
qui, dans un coin de la boutique, tournait des
tiges entre ses doigts effilés.

Madame Simon fit l'éloge de la jeune
fille.

— Vous ne m'étonnez pas, dit madame Rémon-

ville avec grâce, elle doit être digne de vos bontés,
son joli visage l'atteste ; il est garant de son
esprit et de son cœur.

Perle trouva le compliment très-bien tourné ;
madame Simon en fut plus flattée qu'elle-même.
Sans insister davantage, la femme du maire se
remit à examiner les fleurs.

Assise devant le comptoir chargé de cartons
ouverts, son petit lorgnon d'or à la main, elle avait
un air de reine, pensait madame Simon, toute
glorieuse de recevoir d'aussi belles visites et de
voir ses voisins haletants d'envie ou de curiosité
passer et repasser avec insistance devant la
porte.

— Ah ! par exemple, s'écria madame Rémonville avec une sincérité pleine de bonhomie,
voilà une branche de camellias que je ne puis
admirer comme le reste. Vous me permettez
d'être franche, madame Simon ? Eh bien ! la
forme, la couleur, la monture laissent à désirer.
Je ne reconnais plus cette fidélité de ressemblance dont je vous félicitais tout à l'heure. Peut-
être n'avez-vous que rarement l'occasion de
copier des camellias naturels ?

Madame Simon avoua humblement qu'elle
n'avait jamais vu ces fleurs magnifiques qu'en
images.

— Eh! mais, dit madame Rémonville de sa voix la plus affable, n'avez-vous pas, pour vous inspirer, les serres des Gogardières? Je les mets à votre disposition. Nous vous fournirons des modèles.

Et comme madame Simon remerciait avec force révérences, s'excusant sur ses mauvaises jambes, sur l'ouvrage qui pressait:

— Qu'est-ce qui vous empêche, ajouta la châtelaine des Gogardières, en montrant Perle, de voir nos camellias par les yeux de cette jeune personne? Quand elle m'apportera le carton dont je ne puis me charger aujourd'hui, étant venue à pied, je lui remettrai pour vous quelques beaux échantillons. — Voulez-vous? dit madame Rémonville à Perle, qui déjà bondissait de sa chaise. A votre âge, mademoiselle, on aime le mouvement et les fleurs.

— C'est trop d'honneur que vous nous faites, répliqua la marchande, en accompagnant sa nouvelle cliente jusque dans la rue. Nous sommes tout à votre service.

— Demain donc, et n'oubliez rien de ce que j'ai choisi!

— Convenez, fit observer madame Simon, que ces dames de Paris ont du goût et se connaissent en belles choses! Comme le monde parle sans savoir ce qu'il dit! Bien des gens prétendent que celle-ci est fière ; je le croyais moi-même avant de l'avoir vue de près... et c'est tout le contraire. Quel dommage qu'une femme si aimable ait un mari qui ne croit pas en Dieu!

VI

Les Gogardières sont situées à l'extrémité de la
ville; leurs avenues plantées d'arbres séculaires,
rejoignent d'un côté les vieilles fortifications, et
de l'autre vont se perdre dans la campagne. De
l'ancien château, détruit pendant la Révolution, il
ne reste plus qu'un pan de mur; le château neuf à
clochetons, à tourelles et à poivrières de fantaisie,
brique et pierre, ressemble aux villas les plus
prétentieuses des environs de Paris; on dirait un
joujou moderne égaré dans ces bois antiques où
la hache d'un jardinier paysagiste a fait malheureusement de trop nombreuses brèches. Jamais
Perle n'avait eu le cœur aussi joyeux, aussi léger
que ce jour-là en franchissant la grande grille
qui s'ouvrit devant elle. Il lui semblait que la
Providence fût intervenue pour prendre dans sa

main les fils d'un imbroglio dont l'intérêt ne pouvait plus que croître. La démarche imprévue de madame Rémonville, le hasard qui la rapprochait d'Amaury, tout cela, du reste, lui paraissait fort simple; de pareilles choses sont fréquentes au théâtre.

Elle monta lestement les marches d'un perron tourmenté, se trouva au milieu d'un vaste vestibule et entendit aussitôt la voix de madame Rémonville répondre avec empressement au domestique qui l'avait introduite :

— Qu'elle entre !

Pourtant, dans le premier salon où elle pénétra, elle ne trouva de madame Rémonville, que son portrait, ou plutôt celui d'une sylphide quelconque, — l'original était un type de belle femme, dans toute l'acception du terme, grande, forte et colorée; mais le peintre avait voulu flatter une faiblesse de madame Rémonville, qui était de posséder tout juste assez d'enveloppe terrestre maladive et transparente pour loger une belle âme et un grand esprit. En face de cette poétique créature, un gros monsieur, muni d'un collier de barbe et d'un toupet, une bague de diamant à l'index, et plongé dans la lecture du *Constitutionnel*, représentait M. le maire...

Certaines caricatures bourgeoises qu'elle avait

vues revinrent à la mémoire de la petite Perle, et elle eut peine à s'empêcher de sourire devant ce couple mal assorti.

— Vous regardez mon portrait, dit derrière elle madame Rémonville debout sur le seuil de la pièce voisine. Oui, j'ai changé, beaucoup changé ; mais ma santé, malgré l'apparence, est restée délicate.

Perle lui remit le carton qu'elle avait apporté. Sans y jeter les yeux, madame Rémonville prit la main de la jeune fille :

— Ma chère enfant, dit-elle, j'espère que vous ne m'en voudrez pas de vous dire tout de suite que l'envoi de cette brave madame Simon m'importe beaucoup moins que sa messagère. Ayant apprécié une fois le charme de votre talent, j'ai tenu à vous dire tout le bien que j'en pensais et mon désir de le voir échapper à l'étouffoir où de maladroites protections l'ont plongé. Vous excuserez ma curiosité ; elle est tout affectueuse, je vous assure. Comment se fait-il que je retrouve fleuriste, dans une province comme la nôtre, l'actrice à laquelle je prédisais, sans crainte de me tromper, une brillante réputation à Paris ?

Perle expliqua brièvement et simplement le concours de circonstances qui l'avait arrêtée et retenue à X., en insistant sur les bontés de l'abbé

6

Chapdelaine et de madame Simon, sur la reconnaissance qu'elle leur devait :

— Du reste, dit-elle, je n'avais pas le choix ; mes camarades étaient dispersés, je n'aurais su où les retrouver ; l'argent me manquait, et je n'avais aucun projet arrêté. Et puis, jusque-là, — ses yeux se mouillèrent, — jusque-là, un autre avait pensé pour moi et tout prévu...

— Pauvre enfant ! Il fallait vous adresser à nous ! Rien n'est perdu heureusement ! Je veillerai à ce que vous ne restiez pas enfouie dans un milieu si peu conforme à vos dispositions naturelles et à vos véritables intérêts...

Sans plus de préambules, madame Rémonville exposa nettement à Perle ce qu'elle attendait d'elle : — Malgré la pénurie de gens d'esprit dans son entourage, elle trouvait moyen de réunir parfois quelques personnes capables d'apprécier les arts ; mais l'aliment faisait défaut à ses soirées sérieuses : M. Fréhel lisait bien un rapport archéologique sur tel monument des environs, elle faisait bien pour sa part un peu de musique avec le substitut, qui jouait très-joliment du violon ; souvent néanmoins elle avait regretté qu'une jeune voix inspirée, comme celle de Perle, n'eût déclamé, pour le plaisir de cette assemblée choisie, quelques beaux vers de nos grands poëtes... et les siens peut-être, ceux de madame Rémonville, tout indignes qu'ils fussent, si les invités l'exigeaient. Il y avait aussi, tout au fond de ses cartons, une bluette, un simple croquis de pièce, oh ! rien... mais une fantaisie originale du moins qui, bien interprétée, pourrait paraître agréable aux amis conviés pour l'entendre... madame Rémonville avait compté sur son concours. Avait-elle eu tort ?...

En rougissant un peu, de plaisir et de regret sans doute, car au seul mot de théâtre, même de théâtre de société, Perle éprouvait la sensation d'un cheval de sang auquel on montre la piste, la jeune fille répondit qu'elle n'était libre en ce moment ni de son temps ni de ses actes.

— Mon Dieu ! s'écria madame Rémonville, il va sans dire que nous aurons nos petits secrets. Il y a des choses que ne saurait comprendre madame Simon et qu'il est tout à fait inutile de dire à M. le curé. Faut-il vraiment vous indiquer cela, ingénue que vous êtes? N'avez-vous pas appris dans votre répertoire à duper les tuteurs et les duègnes ? Je ne vous conseillerais rien de semblable si ce ne devait être dans un but innocent, ajouta madame Rémonville, prenant soudain un air grave qui eût rassuré la personne la plus timorée.

Et Perle n'en était pas aux scrupules exa-
gérés. Elle trouvait assez piquant de jouer à
la fois au théâtre et à la ville une double comédie,
surtout d'entrer en complicité secrète avec la
mère de son inconnu. Plus que jamais la Providence lui paraissait ingénieuse et bienveillante.
Elle hésitait encore cependant lorsqu'à l'une des
fenêtres, ouvertes sur de vastes pelouses velou-
tées qu'entrecoupaient des bouquets de mélèzes,
surgit un visage que depuis son entrée aux Gogardières elle avait cherché vainement des yeux.

— Suis-je importun ? demanda du dehors
Amaury à sa mère avec un salut cérémonieux
à Perle.

— Non pas, répliqua madame Rémonville ;
viens vite, au contraire, tu ne seras pas de trop
pour décider mademoiselle Perle, que voici, à
se faire entendre un de ces soirs chez nous, en
petit comité.

— Mais, madame, je n'ai pas refusé, dit vivement la jeune fille, craignant de paraître céder
aux instances d'Amaury.

— A la bonne heure ! Pour achever de vous
décider, je veux vous lire le rôle que je vous
destine. Ainsi nous ne perdrons pas de temps...
Mais j'y songe, reprit madame Rémonville, il y
aurait peut-être quelques retouches à donner ça

et là... C'est que vous m'imposez comme un vrai
public ! Vous avez déjà une telle expérience en
ces matières... Si vous alliez faire un tour dans
les serres, et même dans le parc ?... Entends-
tu, Amaury, accompagne mademoiselle Perle...
Je me retirai un peu...

Le jeune homme ne se le fit pas dire deux fois.
Il emmena Perle avec autant de hâte fiévreuse
que s'il se fût agi d'un enlèvement définitif.

— Ce n'est pas la première fois que nous nous
rencontrons, mademoiselle, dit-il en descendant
les marches du perron à ses côtés.

— En effet, répondit Perle, le hasard nous
remet en présence pour la troisième fois, n'est-
ce pas ?

— Vous les avez comptées, vraiment?... Mais
croyez-vous qu'aujourd'hui ce soit bien le pur
hasard ?

Perle leva sur lui des yeux étonnés, puis, pour
dissimuler son embarras, elle se mit à parler avec
volubilité, admirant les plantes des corbeilles, les
poissons rouges du bassin, l'ancien jeu de paume,
d'où l'on jouit d'une vue magnifique sur la vallée
qui encaisse un étang ordinairement caché dans
des masses de verdure, mais dont la légère
dentelle des peupliers permettait en cette saison
de mesurer la vaste étendue. Elle remarquait

6.

tout, s'extasiait, interrogeait sur tout avec
une animation, un entrain babillard, bien faits
pour surprendre un jeune homme accoutumé à
la réserve des demoiselles de province. Peut-
être voulait-elle donner ainsi le change à un
trouble secret et empêcher ces redoutables silences
qui, entre deux êtres près de s'aimer, ont presque
la signification d'un aveu. D'ailleurs, Perle n'était
pas timide. Elle savait causer comme toutes les
comédiennes qui, sur les planches, acquièrent plus
ou moins l'art de la repartie preste, facile et brillante; elle osait aborder tous les sujets. La longue
habitude qu'elle avait eue d'égayer par sa bonne
humeur un homme malade, découragé, souvent
triste, rendait sa conversation vraiment amu-
sante.

Amaury se sentit bientôt à l'aise et ils se
mirent à rire des moindres choses comme deux
enfants. En lui-même, le jeune homme comparait
cette heureuse causerie, déjà libre et confiante, à
d'autres promenades qu'il avait faites dans ces
mêmes allées avec Yvonne Fréhel. La première
fois qu'ils s'étaient trouvés en tête à tête, il
n'était encore qu'un écolier et elle portait sur
sa petite robe noire le ruban croisé bleu d'azur
qui distinguait les pensionnaires les plus sages.
Pour sa part, il ne savait que lui dire, car rien

ne paraissait l'intéresser, et elle avait marché
à côté de lui pendant une heure, uniquement
préoccupée de sa propre contenance, que cette
préoccupation même rendait assez gauche.
Depuis, elle s'était aventurée à ouvrir la bouche,
à lever ses paupières, mais quelle contrainte
toujours dans leurs rapports mutuels ! Et c'était
là cependant la compagne qu'on lui destinait !...
Comment aurait-il deviné qu'auprès de lui
Yvonne était aussi émue qu'il avait pu être ému
d'abord auprès de Perle, et que la pudeur qui
l'empêchait de se montrer avec tous ses avantages, naturels, intelligente, aimable et tendre,
était de l'amour tel qu'on peut le ressentir
au couvent ? Yvonne portait en elle-même cet
amour profond et voilé, avec une sorte de
recueillement craintif, comme elle eût fait d'une
coupe trop pleine; s'il lui fût arrivé d'en laisser
déborder la moindre goutte, elle serait morte de
honte, les leçons des religieuses étant encore
toutes fraîches dans sa pensée. Jamais l'indulgence d'une mère n'en avait tempéré pour elle
l'austérité. Entre cette enfant et un homme aussi
jeune, les malentendus étaient inévitables.

A l'âge qu'avait Amaury, on fait peu de cas
des trésors qui se dérobent; c'est le plein épa-
nouissement de la beauté, de la grâce et de

l'esprit qui vous arrête, qui vous fascine. On
ne se demande guère sous quelle influence l'éclosion s'est produite, ou si déjà la première fleur
des impressions virginales ne s'est pas effacée
au contact de la vie. Non, l'imagination et les
sens parlent à la fois ; quelle autre voix plus
puissante leur imposerait silence ? Ce n'est pas
celle de la raison, qui ne se fait entendre
qu'aux désillusionnés.

Certes, Amaury se trompait moins grossière-
ment que beaucoup d'autres ; Perle était, de
fait, aussi chaste, aussi parfaitement irréprochable que pouvait l'être mademoiselle Fréhel ;
mais elle avait joué trop souvent la comédie pour
ignorer ce que c'est qu'un brin de coquetterie,
un encouragement discret et même une imper-
ceptible nuance de provocation. L'amour, dont
elle avait de bonne heure étudié le langage et
parodié les transports, ne trouvait pas en elle
une novice, bien qu'elle le goûtât en réalité pour
la première fois, et ces traditions de théâtre qui
lui revenaient malgré elle par bouffées, réglant
ses allures et ses paroles, contribuaient, après
tout, à charmer Amaury autant qu'elles le décon-
certaient. Du reste, le ton folâtre et dégagé
qu'avait pris Perle ne réussit pas à se soutenir.
Peut-être l'aspect des lieux environnants eut-il

part au changement qui se produisit peu à peu dans l'entretien sans qu'aucun des interlocuteurs en eût conscience.

Une partie seulement du parc des Gogardières a été transformée en jardin anglais ; partout ailleurs subsistent ces interminables charmilles, ces allées régulières et droites du bon vieux temps si propices à la rêverie solitaire et aux promenades à deux. A mesure que la petite Perle s'enfonçait avec Amaury dans ces grandioses profondeurs, sous ces voûtes assombries, semblables à celles d'une église, elle n'osait plus rire, ni seulement parler haut. La majesté des bois la rendait toute pensive ; sans bien s'en rendre compte, elle subissait l'impression mystérieuse qui fit murmurer au poëte antique : « Ici, il y a des dieux ! » Toute cette pâle verdure, à travers laquelle le soleil ne pleuvait déjà plus qu'en menues étincelles, l'enveloppait d'une ombre fraîche qui soudain la fit frissonner. Amaury ramena autour d'elle les plis de son petit châle. Elle s'aperçut ensuite qu'elle avait pris son bras, et leurs pas, assourdis cependant par les feuilles rousses qui jonchaient le sol, continuèrent à remplir la sonorité de ces hautes futaies solennelles.

Ce fut au tour d'Amaury de parler ; il lui nom-

mait chaque clairière, chaque salle de verdure ;
il lui faisait remarquer les lointains ensoleillés,
les points de vue et tous les menus accidents,
tels que le jeu de la lumière sur la blanche colon-
nade des hêtres, les sauts d'un écureuil bondis-
sant de branche en branche, une tête de biche
inquiète derrière la ramure, un nid d'où partaient
des gazouillements étouffés ; il lui montrait ses
sites de prédilection. Sur la lisière du parc, un
pavillon se dérobait entre les sapins :

— Tenez, lui dit-il, c'est là que je demeurais
avec mon précepteur. J'ai passé mon enfance
dans ce réduit écarté, et je l'aime ; j'y ai laissé
mes livres ; il me semble que j'y retrouve la
présence du guide excellent que j'ai perdu.

Alors il se mit à parler avec vivacité de
Samieski, de ses talents, de ses vertus, des études
qu'il lui avait fait chérir, du bonheur qu'il avait
trouvé à s'isoler avec lui, loin de ce monde banal,
où maintenant on voulait qu'il prît place.

Perle l'écoutait attendrie, un peu confuse aussi.
Elle craignait de paraître à l'élève de ce savant,
de ce sage, une petite sotte ignorante ; elle rougissait des puérilités qui avaient pu lui échapper ;
puis elle songeait avec un malaise indéfinissable
que sa propre jeunesse n'offrait rien qui pût
être mis en parallèle avec ces belles années

cloîtrées pour ainsi dire dans un cadre favorable
aux plus doux mirages, et garanties contre tout
contact vulgaire par une opulence dont celui qui
l'a toujours possédée ne sent pas le prix. C'est
la richesse en effet qui permet de ne jamais descendre au calcul d'aucun détail matériel. A ce
titre, elle est enviable, car elle nous ennoblit.

Perle avait été lancée jeune au contraire dans
ce rude combat pour l'existence où s'émoussent
maintes délicatesses. Elle avait conscience d'une
certaine infériorité, elle souffrait de penser à
ce qu'avait été son genre de vie, tandis
qu'Amaury tenait aux dryades de ce splendide
séjour une si poétique compagnie ; elle se
revoyait petite fille, dans les coulisses, bar-
bouillée de fard, tutoyée par les gens sans
éducation et sans mœurs qu'elle appelait ses
camarades. C'était la première fois qu'elle éprouvait cette honte. Cependant Amaury l'avait fait
asseoir près du pavillon, sur un banc de marbre
envahi par les ronces grimpantes, et auprès
duquel tombait d'une roche moussue un filet
d'eau limpide avec de petits bruits intermit-
tents et argentins.

— Tenez, dit-il, c'est ici que nous venions
le soir nous entretenir de toutes les grandes
questions que tant de gens, incapables de les

comprendre, appellent des folies. Souvent ma
mère se joignait à nous...Vous ne connaissez pas
encore ma mère, dit Amaury avec abandon.
Et, quittant l'éloge de Samieski, il entama celui
de madame Rémonville, en prêtant à celle-ci les
sentiments sublimes qu'elle professait en théorie.

— Oh ! s'écria Perle, je ne doute pas que
vous ne disiez vrai. Elle paraît si bonne !

— C'est un ange, décida Amaury, et une
femme supérieure... vous en jugerez... Quelle
mère surtout! ajouta-t-il en s'exaltant au souvenir des gâteries sans nombre dont l'avait en-
touré une tendresse aveugle. Et maintenant,
concevez-vous mon chagrin? La mort m'a
enlevé mon meilleur, mon unique ami, et les
événements, en m'éloignant d'ici, vont encore
me séparer de ma mère... Que mettrai-je à sa
place dans le vide de mon cœur?

— Hélas ! je vous comprends, dit Perle avec
un soupir : moi aussi, je suis seule.

Par un mouvement irréfléchi qui ressemblait à
l'élan d'une sympathie fraternelle, il lui tendit
la main et elle y plaça la sienne.

Un silence se fit, puis doucement, Perle dé-
gagea sa main et dit avec effort :

— Vous vous ennuyez à X. pourtant ?

— Dans la disposition où je suis, je crois

que je m'ennuierais partout, répondit le jeune homme. Il n'y a rien au monde qui me paraisse valoir la peine d'un effort... Tout est mesquin et inutile... tout, sauf une chose, ajouta-t-il à demi-voix, les yeux fixés sur Perle, qui baissa les siens, comme si elle eût compris, sans qu'il l'exprimât, ce qu'il voulait dire.

— Il doit être tard, fit-elle observer ; madame votre mère nous attend sans doute.

Elle se leva et il la suivit.

— Eh bien ! où étiez-vous donc ? demanda, en les voyant rentrer, madame Rémonville. On vous a cherchés partout.

Amaury lui montra quelques camellias qu'en passant devant la serre il avait cueillis précipitamment, et madame Rémonville se contenta de cette réponse.

Tout entière à des pensées dont rien n'aurait pu la distraire, elle fit entrer Perle dans son cabinet de travail. Comme Amaury s'y glissait sur ses talons :

— Reste là, si tu veux, lui dit-elle, tu nous donneras ton avis.

Ce sanctuaire était sévèrement meublé de vieux chêne, avec une muse drapée sur la pendule et de beaux volumes, trop magnifiquement reliés pour être lus bien souvent, dans la bibliothèque; une harpe dorée, relique du dix-huitième siècle, occupait l'un des coins; le bureau monumental était chargé de manuscrits et d'engins pour les fabriquer : porte-plumes d'or, buvards peints et brodés, encriers de luxe, flambeaux à écrans verts. Au-dessus du bureau, une glace reflétait le visage de l'auteur, tour à tour méditatif, animé par la fièvre de la composition ou par la joie d'un enfantement heureux.

— Tenez, dit madame Rémonville, remettant entre les mains de Perle un cahier de papier glacé, noué de faveurs roses, tenez, lisez-nous cela. J'en suis maintenant à peu près satisfaite; n'importe, ne craignez point de critiquer. Ce ne sont pas les compliments que je recherche, tous mes amis le savent.

Perle lisait en actrice, c'est-à-dire avec des qualités de mimique et d'accent qui prêtaient à chaque rôle une couleur, un relief, que l'auteur n'y avait pas toujours mis. Elle sut si bien déguiser l'affectation des phrases pathétiques, faire valoir les mots, jeter ici l'émotion d'une larme, plus loin la gaîté d'un éclat de rire, que madame Rémonville reconnaissait à peine son œuvre :

— C'est beaucoup mieux que je ne croyais, ne

put-elle s'empêcher de dire. Qu'en penses-tu? ajouta-t-elle, s'adressant à son fils.

Amaury n'avait suivi que le mouvement des lèvres de la lectrice, il n'avait observé que les nuances de sa physionomie mobile, il n'avait entendu que les inflexions pures et changeantes de sa voix :

— C'est adorable, dit-il en toute sincérité.

— Et vous mademoiselle, demanda madame Rémonville à Perle, trouvez-vous vraiment que cela mérite d'être joué?

Perle avait été conquise par le sujet. La scène était une bruyère d'Écosse ; une de ces bohémiennes que les Anglais appellent *Gipsies*, qui ailleurs sont des *Gitanas*, y rencontre le jeune *laird* du château voisin et lui dit la bonne aventure, à laquelle naturellement l'amour vient se mêler. Le seigneur entreprend de fixer auprès de lui cette fille de l'espace sans limites et des capricieux hasards. Elle répond en lui vantant les nuits passées à la belle étoile, l'abri précaire d'une tente, le bruit des chariots errants dans le steppe infini, les feux de bivouac, les migrations du côté du soleil quand le froid chasse les hirondelles, les refrains de la joyeuse bohème qui ne connaît ni lois ni chaînes.

Le jeune seigneur, qui croyait la séduire par le

tableau de la mollesse et du luxe, se sent à son tour tenté par cette misère vagabonde, tout prêt à suivre en son essor l'oiseau qu'il avait prétendu mettre en cage; et il la suivrait, en effet, si la femme, toujours capable de s'immoler, à quelque race qu'elle appartienne, ne faisait à l'amour le sacrifice de sa liberté. En devenant l'épouse du *laird* et la dame du château, c'était la *gipsy* qui accordait une grâce.

— Quelle grandeur dans les sentiments ! s'écria Perle n'osant trop louer la forme, car elle s'était aperçue que presque tous les vers clochaient.

— Voilà, dit madame Rémonville en l'embrassant, une appréciation à laquelle je suis sensible. Tout le reste est le résultat du travail, mais les sentiments jaillissent du cœur.

— Le vôtre, madame, ne peut être que bien généreux.

— Il est plein de sympathie pour vous en tout cas, ma chère petite, répliqua madame Rémonville qui traversait une crise d'attendrissement.

Son mari vint l'interrompre :

— Ah! ah! dit-il, on travaille ici? Je veux cependant présenter mes hommages à cette Perle que vous avez su découvrir...

M. le maire était galant, et il avait atteint l'âge.

où l'on est particulièrement sensible aux grâces
de la première jeunesse. Il adressa donc à Perle
une série de madrigaux un peu lourds qui eussent été embarrassants pour toute autre qu'une
ingénue de théâtre ; celle-ci n'avait pas été habituée à beaucoup de délicatesse dans les compliments
qui souvent étaient venus la chercher. Elle répondit avec une gaîté qui acheva de conquérir
M. Rémonville et qui mit Amaury au supplice.
Il eût voulu qu'on ne traitât Perle qu'avec tous
les respects, et qu'elle ne souffrît pas qu'un vieillard même lui fît la cour, cette cour fût-elle sans
conséquence.

— Eh bien ! est-ce arrangé entre vous ? demanda M. le maire.

— Elle sera divine, répondit madame Rémonville. Je prierai M. Desroches de lui donner la
réplique.

M. Desroches était le substitut qui jouait bien
du violon.

— Pourquoi M. Desroches ? s'écria aussitôt
Amaury. Je suis prêt à m'offrir.

— Toi ? Tu t'en tirerais trop mal, n'ayant
jamais essayé.

— Laissez-le faire son apprentissage, chère
amie, dit M. Rémonville goguenard. Je comprends
qu'il revendique ce privilége. Autant qu'il m'en

souvienne, il y a un baiser, deux baisers dans le
rôle, n'est-ce pas?.. Deux baisers à mademoiselle
Perle!.. A sa place, je ne voudrais les laisser
accaparer par personne.

Faute de mieux, M. le maire appuya ses grosses
lèvres sur la petite main brune et fine de la
future *gipsy*, qui prit congé là-dessus, emportant
les camellias comme un gâteau pour Cerbère.

Ce ne fut pas chose facile d'amadouer celui-ci :
madame Simon avait encore force préventions
contre les Rémonville, qui n'allaient guère aux
offices et qui étaient posés par la ville en ennemis
de M. le curé. Il fallut que Perle lui racontât
tout l'emploi de son temps. Sans mentir, elle
trouva moyen de ne pas dire la vérité.

A quelques jours de là, elle fut de nouveau
mandée aux Gogardières, et, en revenant, expliqua timidement à sa protectrice que madame
Rémonville l'avait priée de dire chez elle quelques vers de Lamartine et d'Alfred de Musset.
Sans connaître ni l'un ni l'autre de ces noms
illustres, la vieille femme se récria d'abord ;
mais bientôt, prise d'une faiblesse de grand'mère,
elle se demanda si elle avait le droit d'éloigner
Perle de ses nouveaux amis, d'interdire à cette
enfant un milieu où elle était évidemment appré-
ciée, traitée avec toute sorte d'égards, où elle

pourrait, pensait-elle bourgeoisement, trouver s'établir, grâce à sa gentillesse :

— Tandis qu'ici, reprenait madame Simon en elle-même, avec une compassion involontaire, elle est sous le boisseau !

— Oh! disait Perle, je serais si contente! Un peu de plaisir me donnerait tant de courage pour vous obéir ensuite ! Tout est assez triste ici... non que je m'en plaigne! cependant... n'avez-vous jamais été jeune que vous ne me comprenez pas?...

Elle pleurait et riait tout à la fois; on eût dit une pluie légère dans un rayon de soleil.

— Voyons, soupira la vieille femme à demi vaincue, voyons quels sont ces fameux vers?.. N'y a-t-il pas de péché?..

Perle lui récita un fragment des *Méditations*, qu'elle trouva inoffensif et même religieux, puis *la Nuit de décembre*, pendant laquelle elle s'endormit, bercée par le mélodieux murmure inintelligible pour elle.

— S'il n'y a que cela, déclara-t-elle en s'éveillant, je ne vois pas grand mal...

Le lendemain arriva une nouvelle commande de madame Rémonville. La marchande n'y résista point et l'appât du gain eut raison des derniers tiraillements de conscience de la dévote. Comment

eût-elle osé mécontenter une aussi bonne cliente?
Si M. Chapdelaine eût été là, elle l'eût proba-
blement consulté, bien qu'elle commençât à juger
que son pasteur avait tenu rigueur bien à tort à
la famille du maire, qu'il eût suffi sans doute de
quelques concessions pour rapprocher de l'Église;
mais M. Chapdelaine était alors retenu à l'évêché
par des affaires paroissiales, et, quand il regagna
son presbytère, l'imprudence était commise; il ne
restait plus qu'à la cacher.

VII

Jamais Perle n'avait été troublée par aucun début comme elle le fut par ses débuts dans le monde, dont elle ne connaissait que le simulacre, souvent très-peu ressemblant : le bal, pour elle, c'était ce quadrille qui se forme au fond de la scène tandis que l'on procède à une déclaration d'amour ou que l'on échange un cartel sur le premier plan ; le grand dîner, c'étaient ces coupes et ces plats vides autour desquels on devise en feignant de manger et de boire. Le seul mot de salon lui représentait le temple même de l'élégance et de l'esprit. Quelle figure y ferait-elle ? Hélas ! elle n'avait pas d'autre robe que sa vieille robe noire ; elle serait donc mal mise, éclipsée par toutes les autres devant *lui !*.. — Il va sans dire que l'opinion de tout ce qui

7.

n'était pas Amaury importait peu à Perle. Heureusement, l'obligeante marraine de Cendrillon
devait lui venir en aide.

Une toilette blanche très-simple, mais fraîche
et de bon goût, arriva au dernier moment avec
un billet de madame Rémonville. Ce billet avait
un tour délicat et affectueux qui toucha Perle
plus encore que le présent lui-même ; elle n'eut
pas un instant l'idée que ses hôtes pussent tenir,
par amour-propre, à ne recevoir que des gens
correctement vêtus. Pour la première fois de sa
vie, elle s'habilla avec un extrême plaisir. S'habil-
ler avait été longtemps, en effet, sa corvée de
chaque soir ; ce n'était pas elle que l'on parait,
mais bien la figure imaginaire à laquelle elle
devait prêter sa personnalité, modifiée selon les
vraisemblances, au point d'être souvent mécon-
naissable. Cette robe blanche, au contraire, était
faite expressément à l'intention de la petite Perle.
Être elle-même autrement que pour travailler ses
perpétuelles métamorphoses, cela ne lui était
jamais arrivé encore, sauf aux heures de chagrin !
On ne peut donc s'étonner que la pauvre enfant
fût naïvement émue, en cette circonstance, à
l'égal de toute autre demoiselle qui n'eût point,
depuis l'âge le plus tendre, parlé, chanté, dansé,
au besoin, sous les yeux et pour le plaisir de la

foule. Le regard qu'Amaury arrêta sur elle lorsqu'elle entra dans le grand salon des Gogardières,
brillamment illuminé, mais encore désert, dut
la rassurer : « Il me trouve bien ! » pensa-t-elle
avec une soudaine confiance.

— Enfin ! dit M. le maire, nous vous avons
donc ressaisie ! Vous voici échappée au cloître, qui
n'était pas fait pour vous ! Si Chapdelaine s'en
doute, il doit écumer de rage !

La pensée du chagrin que son escapade dans
le camp ennemi causerait au digne curé mit une
goutte d'absinthe dans la joie de Perle, mais
bientôt elle fut toute au plaisir du moment, —
Amaury s'était assis auprès d'elle, — et à la curiosité aussi, car les habitués des mardis de madame Rémonville arrivaient les uns après les
autres : le receveur d'abord, ancien officier d'infanterie, qui se souciait peu des coteries de
province et ne tenait qu'à distraire le plus possible
sa femme, gentille personne au minois fripon, une
grisette de Paris tardivement épousée, assuraient
les médisants ; puis un certain docteur Crouais,
le médecin de la société mal pensante, un maté-
rialiste de profession ; M. Baratin, notaire, et
enfin le président veuf, obèse et majestueux, qui,
nourrissant pour madame Rémonville une flamme
platonique, entraînait chez elle par son exemple

un certain nombre de magistrats gourmés dans leur cravate blanche; les femmes de ces messieurs entraient au bras de leurs maris, en atours surannés, car une robe habillée dure toujours trop longtemps en province : on a rarement l'occasion de la mettre, et on s'obstine à l'user.

— M. Desroches ! annonça un valet.

Et le beau substitut se présenta, rasé, de frais, pommadé, le bras et l'échine arrondis, à la façon d'un commissaire de bal, non pas, toutefois, sans une nuance de gravité professionnelle.

Les invités continuaient à défiler : M. Menu de Germanchières, ainsi nommé des mines de houille où il avait gagné la grosse dot de ses quatre filles, desquelles on disait toujours : — « Elles sont si bien élevées! » n'en pouvant dire autre chose; madame Guignet, née de Peillac, veuve d'un filateur et retranchée de la noblesse, qui lui avait décerné une réputation de transfuge et d'apostat, tandis que, de son côté, elle accablait de ses dédains la société où l'avait fait tomber, pauvre et bossue qu'elle était, l'appât des richesses; sa fille, mademoiselle Reine, sèche personne de trente ans, furieuse d'attendre encore le mari qui devait la faire remonter au rang d'où sa mère était descendue par une mésalliance; M. Pousquellec,

un banquier-mélomane atteint d'aphonie chronique,
qui prétendait néanmoins avoir résolu le problème
de chanter sans voix, à force d'intentions et de
finesses; M. Roque, le jeune directeur de *l'Abeille
armoricaine*, journal que la noblesse flétrissait en
le désignant comme une feuille vénale aux gages
du gouvernement; le professeur Canogan, accusé
par les parents qui avaient des fils à l'institution
Notre-Dame d'initier la jeunesse à l'esprit révolutionnaire et à l'impiété; mademoiselle Céleste
Gouëdic, la directrice de poste, vieille fille
d'esprit, que l'on invitait par crainte de sa
langue affilée : mieux valait encore l'avoir dans
la place, dût-elle y faire sourdement le métier
d'espion, qu'au dehors, où elle eût été un ennemi
déclaré.

Mademoiselle Gouëdic ne venait que pour
supputer le prix des sirops et des glaces, critiquer
les toilettes, bref, amasser les matériaux de la
petite chronique qu'elle devait le lendemain
porter dans « la première société, » où elle était
admise sur le pied subalterne de parasite et de
gazette vivante.

Tel était l'auditoire de choix dont madame
Rémonville avait promis les suffrages à Perle.
Celle-ci s'aperçut bien vite, en effet, qu'elle
était le point de mire de l'attention générale;

les hommes la dévisageaient avec hardiesse, les femmes chuchotaient entre elles.

— Jolie?.. dit assez haut mademoiselle Reine Guignet, relevant un mot que lui avait dit tout bas le substitut ; c'est selon les goûts... Je n'entends rien au genre de beauté qui convient à une baladine.

— Non pas jolie peut-être, interrompit le gros président d'un ton conciliateur ; mais, ne trouvez-vous pas?.. assez intéressante.

— Qui peut-elle bien intéresser ici? demanda mademoiselle Gouëdic en riant et en promenant autour d'elle son regard de vipère.

Amaury surprit ces dernières paroles.

— Ma mère, Mademoiselle, répondit-il vivement; elle intéresse beaucoup ma mère, qui fait grand cas de son mérite.

Les deux dames s'inclinèrent en disant :

— Madame Rémonville est si bonne!

Et Amaury retourna s'asseoir auprès de Perle, comme pour la protéger. Il lui parlait d'un air de respect cérémonieux, très-différent du ton intime de leur première causerie, car il avait senti que déjà l'on observait ses moindres mouvements et jusqu'à la physionomie trop vive de son interlocutrice.

Perle n'avait rien entendu que le murmure

banal des politesses échangées, et un bruisse-
ment de soie froissée qui soudain s'éteignit dans
le plus profond silence. M. Desroches mettait son
violon d'accord en secouant la tête d'un geste
inspiré, à la façon de quelques grands virtuoses,
pour accompagner madame Rémonville, qui joua
un de ces morceaux classiques que l'on trouve
toujours trop longs et que, non moins immanqua-
blement, on déclare excellents. A peine était-il
terminé, que M. Fréhel fit son entrée avec
Yvonne. Celle-ci était mal attifée, comme le sont
d'ordinaire les jeunes filles privées de mère; mais
Perle, malgré l'antipathie instinctive qu'elle lui
avait inspirée naguère, ne put s'empêcher de
reconnaître en elle une grâce dont étaient dépour-
vues toutes les autres dames présentes : la grâce
inimitable d'une parfaite simplicité.

— Ah! vous êtes en retard, chère enfant, lui
dit madame Rémonville. Je m'efforçais de faire
prendre patience à nos amis; sans M. Desroches,
il m'eût été impossible d'y réussir.

Madame Rémonville parlait avec une extrême
facilité ce langage doré de la maîtresse de
maison qui se croit obligée de distribuer équi-
tablement les flatteries autour d'elle. Pour toute
réponse, Yvonne sourit d'un air incrédule et
timide à la fois, qui voulait dire :

— Ne cherchez pas à me faire accroire que
mon absence ait été remarquée.

Puis avec résignation :

— Puisque vous l'exigez, je jouerai, dit-elle.

Amaury la conduisit au piano ; elle retira ses
gants avec un tremblement nerveux qu'elle cherchait à réprimer, et joua une sonate.

Quand ce fut fini elle respira ; toutes les dames
l'entourèrent à l'envi.

— Je vous en prie, répondait-elle, il me semble
qu'en me complimentant on se moque de moi.

Sa confusion était si différente de la fausse
modestie qu'affectent certaines jeunes filles, que
l'on finit par avoir pitié d'elle. Un plateau de
rafraîchissements circula ; puis madame Rémonville, interpellant Perle de l'autre bout du salon,
lui demanda, comme si le courant de la conversation l'y eût entraînée, bien que le programme
fût réglé d'avance, de chercher à se rappeler tels
vers de Musset :

— Non ! non ! ce sont les vôtres que nous
voulons, chère madame, s'écria-t-on de toutes
parts.

Mademoiselle Gouëdic surtout réclamait à grands
cris, elle qui pourtant avait dit chez madame de
Laruedubourg et ailleurs que les rimes de sa
« pauvre amie » étaient dignes d'un mirliton.

Bien entendu, madame Rémonville fit une vive
défense ; mais enfin la clameur générale eut
raison de ses scrupules expirants, et, au milieu
du recueillement le plus flatteur, Perle, debout
auprès de la cheminée, entama une petite élégie
qu'elle avait apprise ; on applaudit sincèrement ;
ce galimatias sentimental s'était transformé en
passant par ses lèvres. L'attitude de la jeune
fille, légèrement appuyée à la console de marbre,
était celle qu'un artiste eût choisie pour une sta-
tue de la Réflexion.

— Elle me rappelle Rachel, dit en frottant
ses lunettes M. Canogan, qui avait fréquenté
le Théâtre-Français au temps où il était maître
d'études à Paris.

Le directeur de *l'Abeille* prit ostensiblement
des notes au crayon sur son calepin.

Amaury, blotti dans une encoignure sombre
contemplait Perle de loin. La douce mélancolie
de cette voix l'enveloppait, ces yeux noirs si profonds l'attiraient comme un lumineux abîme où
il eût voulu se perdre.

Yvonne, de son côté, regardait Amaury, qui ne
la voyait pas. Les lignes un peu froides de son
visage régulier semblaient s'être détendues pour
exprimer une sorte d'angoisse qui la rendait très-
touchante.

A la prière de ses auditeurs, Perle dit encore plusieurs pièces de Lamartine et de Victor Hugo qu'on lui désigna en ayant soin de les choisir parmi les plus chastes, car le regard anxieux de M. de Germanchières semblait avertir chacun que ce père de famille tremblait pour les oreilles de ses filles, et mademoiselle Reine elle-même prenait des airs de colombe effarouchée ; puis on revint aux poésies de madame Rémonville, qui, bien entendu, reçut plus d'encens que ses deux immortels confrères réunis. C'était dans l'ordre. L'interprète eut sa large part de succès. Tous les hommes s'empressaient à la fois autour de Perle.

— Allons, un mot obligeant à ma petite protégée, dit madame Rémonville, au groupe féminin qui persistait à se tenir à l'écart après avoir payé le tribut de quelques bravos du bout des doigts. Ne voyez-vous pas que les compliments de ces messieurs, si vous n'y mêlez les vôtres, n'auront rien que d'embarrassant pour elle ? Parlez-lui, vous me rendrez service.

La femme du receveur continua de s'éventer, les yeux fixés au plafond ; ne devait-elle pas se montrer d'autant plus prudente que son propre passé était quelque peu suspect ? Les dames de la magistrature continuèrent de causer entre elles comme s'il leur eût été impossible d'admettre qu'une pareille requête s'adressât à des personnes de leur importance.

— Ce qui m'émerveille le plus, je l'avoue, dit l'épouse revêche du juge d'instruction, c'est la mémoire imperturbable et intarissable de cette jeune personne.

— Et quelle mobilité d'expression ! reprit madame Guignet ; avez-vous remarqué comme sa voix, sa figure même changeaient selon les sentiments qu'elle avait à exprimer ? Et l'on s'étonne, reprit-elle à voix basse en se tournant vers sa plus proche voisine, on s'étonne que ces créatures transportent dans la vie une duplicité sans égale ! Cela me paraît tout simple à moi. L'habitude devient nature. Un vrai caméléon que cette fille ! ajouta-t-elle en laissant tomber plus bas encore que de coutume les coins dédaigneux de sa bouche.

— Soyez sûre, chère amie, disait pendant ce temps mademoiselle Gouëdic à madame Rémonville qui s'éloigna mécontente, soyez sûre que l'encens que l'on brûle à ses pieds en ce moment est celui qui lui convient le mieux. Elle trouverait le nôtre bien fade !

Peut-être Yvonne Fréhel rencontra-t-elle le regard suppliant d'Amaury. Par un effort qui

coûta beaucoup à sa timidité, elle se leva tout
doucement et glissa jusqu'au canapé où Perle
était assise. Arrivée là, elle chercha, craintive,
à découvrir dans les yeux de M. Fréhel, installé
à la table de whist, s'il blâmait son action.
Elle y lut un mélange d'étonnement et d'approbation assez difficile à déchiffrer ; mais Amaury,
qui passait, une tasse de thé à la main, lui dit
tout bas :

— Vous êtes la bonté même.

Et elle se sentit récompensée.

Lorsque Perle s'aperçut de la présence de
mademoiselle Fréhel auprès d'elle, sa situation devenait critique. Tous ceux qui lui avaient
formé jusque-là une petite cour s'étaient éloignés
à regret pour aller joindre leurs instances aux
prières de madame Rémonville, qui voulait
obtenir des demoiselles de Germanchières un
petit morceau à quatre mains... toujours le
même. Perle se trouvait donc dans un complet
isolement. Penchée sur un album, elle feignait
d'en feuilleter les gravures. La voix bienveillante
de mademoiselle Fréhel la fit tressaillir.

— Que vous êtes heureuse !.. disait-elle.

Yvonne s'arrêta une seconde, ne sachant trop
comment achever, tandis que Perle la regardait
surprise.

— Que vous êtes heureuse, reprit Yvonne, de savoir ainsi charmer!..

— Sous ce rapport, mademoiselle, repartit vivement Perle, vous n'avez rien à envier à personne.

Et, en effet, Yvonne était charmante elle-même, animée par le soudain courage que lui avait prêté son bon cœur triomphant d'une vague jalousie.

Les deux jeunes filles se mirent à causer tout bas, avec une gaîté, une bonne harmonie apparentes qui les faisaient ressembler à deux amies.

Dans tous les groupes, du reste, la glace s'était un peu rompue.

Personne ne s'entendait comme madame Rémonville à prélever de petits tributs sur le savoir-faire de chacun : après les fausses notes des demoiselles de Germanchières, il fallut écouter une des fameuses chansonnettes de M. Pousquellec, qui jeta les gens les plus graves dans des convulsions d'hilarité.

Au moment où l'on parlait de se retirer, madame Rémonville servit à ses hôtes ce qu'elle appelait le bouquet du feu d'artifice.

Perle se dirigea de la façon la plus naturelle vers une fenêtre ouverte qui permettait d'apercevoir un pan de ciel tout baigné par le clair de lune. On avait laissé à dessein cette partie de la chambre dans l'obscurité. Le visage levé vers la poétique clarté qui l'inondait tout entière, elle commença les strophes les plus belles peut-être et les plus tendrement émues du chantre des *Nuits* : *Pâle étoile du soir*.

M. Desroches, assis près du piano, promenait une de ses mains sur le clavier, accompagnant d'un murmure faible comme celui de la brise ou du ruisseau cette voix palpitante de passion et de jeunesse.

On eût dit que, du haut de la voûte étoilée, Vénus, semblable à un diamant animé, venait, docile et subjuguée, répondre à l'évocation :

> ..... Un seul instant arrête,
> Étoile de l'amour, ne descends pas des cieux !

Perle avait achevé depuis longtemps, et le silence se prolongeait, chacun attendant la reprise de cette plainte éolienne et craignant de faire un mouvement qui la troublât.

— Mademoiselle Perle ira loin ! prononça enfin la voix discordante de M. Rémonville.

Chacun fut de son avis. Perle eut beaucoup de peine à s'arracher, pour partir, aux hommages de M. Desroches et du directeur de *l'Abeille*, les plus enthousiastes de ses admirateurs. Madame Rémonville l'enveloppa maternellement d'un châle, en l'avertissant que la voiture l'attendait; elle la remerciait avec effusion :

— Vous reviendrez souvent, disait-elle.

Yvonne lui tendit la main ; une larme tremblait encore à sa paupière.

Ce fut Amaury qui lui donna le bras jusqu'au bas du perron : il était sérieux, presque triste.

— Savez-vous, dit-il après une pause, ce que c'est que la jalousie? J'ai pu à peine vous parler ce soir. Ma mère me dérangeait à chaque instant, et tous ces hommes en revanche, ce ridicule substitut surtout...

Au-dessus d'eux, la porte venait de retomber, des pas résonnaient sur les marches. Il la fit monter en voiture précipitamment. Elle était là blottie dans l'obscurité. Penché à la portière, il ne l'entrevoyait que confusément. Un courage dont il ne se serait pas cru capable une minute auparavant lui vint.

— Si vous saviez, murmura-t-il, si vous saviez comme je vous aime !

La voiture s'ébranla, tout disparut, et Perle s'enfonça dans les coussins, les yeux fermés, éperdue de bonheur timide.

Le bruit des roues sur le gravier du parc lui faisait l'effet d'une musique céleste accompagnant les paroles qui semblaient avoir jailli de son propre cœur en même temps que des lèvres d'Amaury :

— Si vous saviez comme je vous aime !

VIII

Les répétitions de la comédie de madame Rémonville menacèrent d'être interminables, tant Amaury se pressa peu d'apprendre son rôle; il eût voulu éterniser ces rendez-vous réguliers avec Perle. D'autre part, celle-ci ne pouvait prendre la clef des champs aussi souvent qu'elle l'eût désiré, bien que madame Simon ne fût pas un Argus très-rigoureux. Jamais l'excellente femme n'avait été aussi satisfaite du travail de Perle, ni surtout de sa gaîté, de sa bonne mine toujours souriante.

— L'oiseau est décidément acclimaté, expliquait-elle à ses voisines, ma petite Perle se plaît parmi nous, et, pour cela, il a suffi de ne pas lui rendre sa prison trop dure. Je vois bien qu'elle prie de meilleur cœur qu'auparavant. A

8

l'église, on dirait qu'elle n'en finira pas de remer-
cier le bon Dieu.

Lorsque Perle, tout en gaufrant ses roses, décla-
mait à demi-voix, madame Simon la regardait
comme une poule peut regarder le caneton qu'elle
a couvé s'ébattre dans l'eau, et haussait doucement les épaules. — C'est un grain de folie,
pensait-elle; mais la folie est bien innocente!

— Assez travaillé, reprenait tout haut la
vieille fleuriste; allez respirer l'air un peu. Je
sais que la promenade n'est pas gaie quand on la
fait toute seule; mais de ce que je ne puis marcher, il ne s'ensuit pas pas pourtant que vous
deviez rester sous cloche! Le soleil est fait pour
vous.

Perle rougissait de tromper cette bonne âme
confiante. Elle n'allait plus au cimetière maintenant; la tombe du pauvre Denneval était
bien négligée; elle courait droit aux Gogardières,
où se poursuivait en cachette l'œuvre importante
des répétitions. Souvent Amaury l'attendait à la
grille, comme si un pressentiment lui eût révélé
son approche, et ils se dirigeaient vers la maison
ensemble, la main dans la main, incapables
d'abord de prononcer un mot, mais échangeant
des regards furtifs et de radieux sourires, accablés
l'un et l'autre sous l'excès de la joie.

— Tout a changé dans ma vie, disait Amaury ; tous mes doutes, toutes mes incertitudes sont fixés. C'était cet amour que j'attendais, c'était lui qui m'empêchait de prendre aucun parti qui pût m'en éloigner. Il me semble vous avoir aimée toujours. Je ne me souviens plus de mon passé qui ne pouvait avoir qu'une fin : ce bonheur où je me plonge, qui m'emporte comme un tourbillon...

Où le tourbillon l'emportait-il? Amaury ne se le demandait pas et Perle n'y songeait guère non plus. C'est l'honneur d'un premier amour d'être au-dessus de tout calcul, de toute arrière-pensée. L'enchantement présent leur suffisait et leurs projets d'avenir se résumaient en un seul mot : — Toujours ! incessamment répété. — Oui, il en sera toujours de même. — Ils ne mesuraient pas ce toujours à la vie ; elle leur eût paru trop courte.

Perdus ainsi dans la contemplation l'un de l'autre et dans la plénitude de leur bonheur, ils atteignaient lentement certain point du parc où ils se séparaient par un accord tacite.

Madame Rémonville recevait Perle avec de grandes démonstrations d'amitié. On se mettait sans retard à répéter la pièce : Amaury était d'une inexpérience dont il exagérait encore les effets pour forcer Perle à prolonger son rôle de professeur. Il avait fallu lui enseigner l'art difficile de mar-

cher en scène, de s'asseoir avec aisance. Jouer
la comédie produit pour celui qui n'en a pas
l'habitude cette gêne, cette gaucherie que connaissent tous ceux qui ont posé devant un peintre ;
les gens les plus simples deviennent maniérés ;
ils récitent au lieu de parler ; ils ont des gestes
de marionnettes.

Perle reprenait son élève, qui ne se lassait ni de
ses leçons, ni de ses moqueries ; chaque fois
cependant que madame Rémonville déclarait, impatientée, qu'elle lui retirerait son rôle pour le
confier à M. Desroches, Amaury faisait tout à coup
des progrès merveilleux. Il y avait certaine scène
d'amour dans laquelle l'artiste et l'amateur se
montraient mauvais presqu'à l'égal l'un de l'autre :
l'amoureux était consterné d'avoir à exprimer
en aussi faible prose ce qu'il ressentait ; quant à
l'amoureuse, elle avait reçu en scène bien des semblants d'aveux et de caresses dont elle tenait compte
comme d'un semblant de coup de bâton ; mais
il ne s'agissait plus de semblants, et son
trouble n'aurait pu échapper à madame Rémonville si celle-ci n'eût été absorbée par
ses fonctions d'*impresario*. C'était elle-même
qui enjoignait à son fils de reconduire Perle.

Silencieux à l'arrivée, ils avaient alors tant de
choses à se dire, des riens, l'emploi de leurs jour-

nées, bien vidés pourtant quand ils étaient séparés !
L'essentiel était de fixer l'instant de leur prochaine
réunion, et cet instant se trouvait toujours trop
éloigné. Comme la longue avenue leur paraissait
courte en revanche jusqu'à la petite porte qui
ouvrait sur le rempart ! Parfois Amaury se hasar-
dait à suivre Perle sous les ombrages de la promenade publique ; mais plus souvent la crainte
d'être aperçu par mademoiselle Gouëdic ou tout
autre chasseur de scandale qui n'eût pas manqué
de calomnier leur tête-à-tête, qui l'eût peut-être
empêché ainsi de se renouveler, l'arrêtait, et il se
bornait à suivre des yeux la silhouette pâlissante
de Perle jusqu'au moment où, avant de disparaî-
tre, elle se retournait pour l'apercevoir une fois
de plus par-dessus la haie qui servait de clôture
à cet endroit, et lui envoyer un baiser.

Combien de baisers furent envoyés et reçus
ainsi avant qu'Amaury osât en demander un
véritable ! Ce jour-là, Perle ne le refusa pas.
D'Amaury, elle ne craignait rien et elle avait
raison, car jamais maîtresse de *l'Astrée* n'eut
d'amant plus respectueux, plus soumis. Tous les
manéges d'une coquetterie calculée qui se tient
sur ses gardes, imposent moins à un homme
d'honneur, que l'abandon naïf d'une âme qui se
livre sans conditions.

Chez Amaury les délicatesses de la première
jeunesse étaient encore intactes ; à peine avait-il
senti se dissiper, comme les brumes de l'aurore
aux rayons du soleil, cette indicible amertume, cet énervement sans nom, cet ennui
de vivre qui, lorsqu'ils se produisent dans une
phase plus avancée de la carrière humaine, se
nomment égoïsme et sceptique misanthropie, qui,
à vingt ans, ne sont que le prélude de la passion
prête à s'éveiller et victorieuse de tout ce qui
n'est pas elle. La lumière s'était faite autour de
lui; il en était au premier éblouissement plein de
craintes et d'extases. D'ailleurs, quand on ne
prévoit pas de terme à la félicité présente, on ne
se hâte pas d'en jouir. Ce jour-là, il s'était cru
bien audacieux en parlant à Perle d'un projet
qu'elle n'avait pas combattu. Il s'agissait de se
rencontrer non plus dans le parc, mais en pleine
campagne, avec le monde entier, le libre espace
devant soi, à l'heure où la lune baigne les prés
de sa lumière. Un entretien nocturne dans la
solitude et le silence de la nature parée pour
eux seuls, c'est le rêve de tous les jeunes amants,
c'est surtout l'accompagnement obligé de tous
les amours de théâtre; il était aussi familier à
Perle que la classique sérénade; elle ne fut donc
nullement scandalisée de la requête d'Amaury.

A l'heure, peu avancée du reste, qui était celle
du couvre-feu chez madame Simon, tandis
qu'on la croyait endormie, elle se glissa hors de
sa petite chambre et gagna la poterne ruinée,
sans chaînes, ni barres, ni verrous désormais, qui
ouvre sur un de ces vieux escaliers de pierre
nommés en terme de fortification, des *pas - de
souris*. Amaury, effacé contre la muraille, l'attendait là, et tous deux descendirent dans les fossés
de la ville, qui ne sont plus que de grandes
pelouses.

Les tours et les bastions se dessinaient nettement au-dessus de leur tête comme de mornes
sentinelles, et projetaient sur le gazon, à leurs
pieds, des ombres démesurées, fantastiques. Mille
étoiles scintillaient comme autant de regards
curieux et bienveillants tout ensemble; il y avait
dans l'herbe tant de fleurettes argentées par la
lune, que le sol aussi paraissait jonché d'étoiles.
Une fraîche odeur de baume sauvage se dégageait sous les pas des deux jeunes gens, et,
aussi naturellement que monte le parfum des
plantes ouvertes à la rosée, montaient de leur
cœur épanoui toutes les divines divagations
de l'amour. De temps à autre, Amaury prêtait
l'oreille; il avait peur d'un craquement, d'une
ombre; les épiait-on peut-être? Bien entendu,

il n'avait peur que pour Perle, et c'était elle qui
le rassurait.

Des fossés ils passèrent dans la vallée, dont les
fuyantes profondeurs avaient toute la magie
des horizons illimités ; de blanches clartés prêtaient au flanc des collines un aspect neigeux ;
les châtaigneraies formaient des masses grandioses et mille petits chemins creusés sous
ces voûtes, aussi sombres que celles d'une
caverne, semblaient les appeler en promettant
de les conduire au même but : le bonheur.
Ils marchèrent longtemps dans cette sorte de
buée lumineuse dont notre imagination entoure
l'essor triomphant des esprits ; à peine croyaient-
ils toucher le sol, les mêmes mots se pressaient
sur leurs lèvres, monotones comme le murmure
lointain des eaux courantes, et aussi harmo-
nieux.

Minuit avait sonné à la cathédrale quand ils
regagnèrent l'angle du jardin de madame Simon.
Alors seulement, Amaury prononça tout bas la
prière qu'il avait tout le temps réprimée dans
son cœur avec un courage qui était peut-être
la meilleure preuve d'amour. Perle laissa tomber
sa tête sur l'épaule du jeune homme, et le bruit
d'un baiser se mêla au bruit léger de la brise
dans les branches d'acacias qui frangeaient la

crête du vieux mur. Au même instant, le chant
non pas de l'alouette, elle avait encore devant
elle des heures de sommeil, mais du coq enroué
de madame Simon, les fit tressaillir. Si le coq
eût chanté plus tôt, ils eussent aperçu, passant
précipitamment devant la petite ruelle où ils
se disaient adieu, Toussainte, l'une des servantes de madame Guignet, qu'une indisposition de
sa maîtresse avait fait sortir à cette heure in-
due pour aller chercher le docteur Crouais : —
Tiens! pensa Toussainte, qui était une commère
fort éveillée, on s'embrasse ! — Elle n'avait vu
que le dos du galant, qui resta par conséquent
anonyme, mais la petite Perle était facile à reconnaître.

Ces mystérieux rendez-vous furent plusieurs fois
renouvelés, sans préjudice des réunions avouées
et de plus en plus fréquentes aux Gogardières ;
ceci ne suffisant pas encore aux exigences crois-
santes d'Amaury, une correspondance clandestine
s'établit dans les intervalles pourtant bien courts.
Sans doute la corde poétique dont madame Rémonville avait si longtemps prédit la secrète existence
chez son fils vibrait enfin à l'improviste : le
jeune homme passait les nuits à écrire des lettres
que Perle trouvait sublimes, et auxquelles, se
méfiant de son orthographe, elle ne répondait que

par l'envoi sous enveloppe d'une fleur cueillie de
sa main et pressée mille fois contre ses lèvres.
Amaury goûtait l'éloquence muette de ces réponses
dont il avait la clef, tout autant que Perle pouvait
admirer l'ardente rhétorique de ses propres épîtres.
La Jean-Jeanne, une petite mendiante à moitié
idiote dont on croyait s'être assuré la discrétion
par des largesses, servait de messagère; cette Iris
déguenillée ne faisait guère autre chose dorénavant que de courir des Gogardières aux Porches,
et des Porches aux Gogardières, en feignant ici ou
là de demander l'aumône.

Assurément, madame Rémonville n'avait jamais
pu rêver d'idylle plus belle ni jusque-là plus pure;
pourtant nous sommes en droit de douter que les
péripéties de celle-ci l'eussent trouvée indulgente.
Elle était de ces mères qui, après avoir préparé
de leur mieux les accidents les plus inévitables
et avoir fait apparemment tous leurs efforts pour
en précipiter le cours, sont aussi surprises que
courroucées quand ils surviennent.

— Amaury a changé depuis quelque temps, lui
disait son mari. Il perd de plus en plus ses airs
de beau ténébreux.

— Vous plaindrez-vous de sa gaîté, après avoir
si rudement critiqué sa tristesse?

— Certes non, chère amie; mais je m'étonne

que vous ne vous soyez pas avisée, vous qui êtes observatrice, de chercher les causes de ce changement.

— Il est à l'âge où les hommes se transforment.

— En effet, mais c'est ordinairement sous une influence à laquelle n'a pu échapper notre fils, dit M. Rémonville, qui se rappelait avoir perdu l'appétit et maigri au point de devenir presque intéressant à ce même âge, sous l'influence d'un mauvais œil, très-brillant du reste, et plein d'agaceries, l'œil noir de certaine demoiselle de magasin.

—Vous voulez dire qu'il est amoureux ? Eh bien ! je le crois aussi. On ne l'a jamais vu aussi attentif auprès d'Yvonne Fréhel qui, de son côté, embellit prodigieusement. Mademoiselle Gouëdic en faisait l'autre soir la réflexion.

— Méfiez-vous des réflexions de mademoiselle Gouëdic; elles doivent cacher un sous-entendu ou un avertissement; mais il est très-vrai qu'Yvonne embellit; on dirait, ma foi ! qu'elle s'éveille, elle aussi ! Prenez-y garde cependant ; s'il se montre attentif auprès d'elle, c'est peut-être pour mieux cacher son jeu.

— Quel jeu ?...

— Cette petite Perle, dont vous le rapprochez si souvent, est, ma foi ! bien attrayante....

— Qu'allez-vous donc vous mettre en tête, bon Dieu ! Vous voyez le mal partout, monsieur Rémonville, le mal grossier, invraisemblable. Votre fils n'est pas de la même pâte que vous, sachez-le une fois pour toutes. Il est tout naturel que la vivacité, la gentillesse de cette enfant l'égayent et lui plaisent ; mais autre chose entre eux est impossible...

— Pourquoi ?

— Parce que... vraiment, vous m'impatientez ! La petite est une honnête fille.

— On peut s'éprendre d'une honnête fille, ma chère Éléonore, dit M. Rémonville, qui trouvait parfois plaisir à taquiner sa femme. D'ailleurs, permettez-moi de vous dire que je ne crois guère aux vertus de coulisses. Que savez-vous de celle-ci ?

— Tout ce qu'il importe qu'on en sache ; elle fera certainement réussir ma pièce.

M. Rémonville s'inclina devant cette raison péremptoire :

— Votre pièce réussira d'elle-même, mais après ?..

— Après ? dit madame de Rémonville d'un ton bref, très-différent des intonations mielleuses auxquelles l'oreille de Perle était accoutumée de sa part; après, je n'aurai plus de raison pour la recevoir jusqu'à nouvel ordre.

— A la bonne heure! Du reste, ajouta entre ses dents, M. Rémonville, ce ne serait jamais qu'une amourette sans conséquence.

Il comprenait que la jeunesse fît l'école buissonnière, dans une mesure modérée, s'entend, et qui n'engageât pas l'avenir.

Ainsi, aux Gogardières, chacun était aveuglé sur les amours d'Amaury, soit par l'intérêt personnel, soit par l'insouciance. Une seule personne voyait clair : c'était Yvonne. Les attentions toutes nouvelles dont l'entourait Amaury n'avaient pu l'abuser qu'un instant; sans entrer dans le secret des menues perfidies qui servent plus ou moins de ortége à toute intrigue amoureuse, sans devint qu'en s'empressant autour d'elle Amaury ne voulait que satisfaire son père et dissimuler la vérité par des feintes, elle sentait que Perle lui était secrètement préférée, et cette préférence ne l'étonnai pas, bien qu'elle la désespérât. N'ayant ni prétentions d'aucune sorte, ni confiance, même justifiée, en elle-même, Yvonne n'était que trop disposée à s'effacer devant sa rivale.

— Je suis la personne du monde la plus ordinaire, pensait-elle, et celle-ci est étrangement douée... Mais sa mère ne permettra pas qu'il l'épouse. Non, sans doute... pauvre garçon ! .

Les jeunes filles du monde, même les plus naïves, sont mises par leur éducation au courant de toutes les questions de convenances et de préjugés. Yvonne avait donc prévu tout de suite ce qui ne s'était encore présenté ni à l'esprit d'Amaury ni à celui de Perle.

— Pauvre garçon ! Il sera malheureux en ce cas, comme je suis malheureuse aujourd'hui.

Parfois les deux jeunes filles se rencontraient aux Gogardières, et, chose bizarre, Perle témoignait à mademoiselle Fréhel, qui, seule de toute la société de madame Rémonville, la traitait en égale, une froideur voisine de la répulsion. Madame Simon lui avait parlé du projet de mariage bien connu entre Yvonne et Amaury; cela suffisait. Yvonne, pour elle, était désormais l'ennemi, et un ennemi assez redoutable, car M. le maire avait raison, elle embellissait depuis qu'une première et cruelle déception était venue l'arracher à ces limbes de la vie où toutes nos facultés flottent encore somnolentes, attendant la secousse souvent douloureuse qui doit les éveiller. Elle avait compris combien Amaury lui était cher en sentant qu'elle le perdait, et la fillette insignifiante avait fait place à une femme capable de souffrir, par conséquent de

charmer : ses yeux bleus avaient des lueurs
humides inaccoutumées, ils s'étaient légèrement
creusés et semblaient avoir grandi ; ses lèvres,
habituellement entr'ouvertes comme celles d'un
enfant, se serraient l'une contre l'autre pour garder un secret; son front était devenu le siége
d'une pensée mystérieuse et profonde, d'une de
ces énigmes qu'on est tenté de deviner; sa voix
avait pris un timbre nouveau qui donnait aux
choses simples qu'elle disait une portée nouvelle. On commençait à tenir compte de la petite
pensionnaire. M. Roque, l'un des oracles du
cercle Rémonville, avait dit dogmatiquement à
propos d'elle : « La beauté qui attache le plus
est celle qu'il faut d'abord chercher, et qui ne
s'impose qu'après l'estime du caractère. »

Elle jouait du piano avec âme désormais, sinon
avec beaucoup de talent. Il fallait être aussi complétement absorbé ailleurs que l'était Amaury
pour ne pas la trouver aimable, et les craintes
mêmes de Perle, son aversion à peine déguisée
auraient dû faire comprendre à mademoiselle
Fréhel que la lutte entre elles était devenue
possible. Mais la pauvre Yvonne ne songeait pas
à lutter; sa métamorphose s'était accomplie sans
qu'elle en eût conscience; elle ne haïssait, elle
ne blâmait personne; son regard, quand il

s'arrêtait sur Perle, n'exprimait que de la tristesse et une curiosité sans mélange de colère.
Combien sa rivale différait du modèle féminin
qu'au couvent on lui avait toujours proposé, le
seul, lui disait-on, qui pût gagner l'affection d'un
honnête homme ! — Et cependant, il lui semblait
tout simple qu'on l'aimât.

Au milieu de l'été, elle prit prétexte d'une fête
de la Vierge pour aller faire une retraite chez les
religieuses qui l'avaient élevée. Son recueillement
édifia toute la communauté. Ce fut pendant cette
retraite que, rentrée le soir dans sa cellule, elle
transcrivit sur son album ce passage d'un auteur
ascétique dont la supérieure avait mis les œuvres
à sa disposition :

« La preuve que notre cœur n'est fait que pour
» Dieu, c'est que nul n'est digne de cet amour
» infini, exclusif, que pourtant chacun porte en
» soi-même. Il est logique de conclure que ce
» que tout homme possède et ce que nul homme
» ne mérite n'appartient qu'à Dieu. »

Elle relisait souvent ces mots tracés en
tremblant par sa plume, et, la retraite terminée, elle écrivit au-dessous d'une main plus
ferme :

« C'en est fait, je me résigne ! »

Quand elle fut de retour chez son père, elle

lui dit, les bras passés autour de son cou et en
évitant de le regarder :

— Tu ne te figures pas, cher père, avec quel
plaisir j'ai retrouvé mon vieux couvent, comme la
règle m'en a été douce après avoir goûté du monde,
même auprès de toi! Et ces dames paraissent si
heureuses ! Je les envie...

— Tu seras heureuse autant qu'elles, d'une
autre façon, répliqua M. Fréhel, tout en conti-
nuant de lire son journal.

— Mais que diriez-vous, papa, si je vous
avouais que j'étais presque tentée d'être heureuse
à leur manière, de jeter l'ancre pour l'éternité
avant la traversée et les naufrages, comme disait
le prédicateur de la retraite? Tout ce qui change
ne vaut pas un regret. J'ai essayé le bandeau
de sœur Athanase, ajouta gaiement Yvonne,
voyant que M. Fréhel avait posé son journal
d'un air inquiet, et je vous assure qu'il me va
très-bien.

— Je dirais, répondit le père, que tu ne retour-
neras plus en retraite chez ces dames, et que ton
prédicateur calomnie un voyage qu'apparemment
il n'a point fait. Tout n'est pas écueils en ce
monde, et les écueils sont peut-être moins à craindre que le calme plat, soupira M. Fréhel, en songeant que les brises aventureuses n'avaient jamais

gonflé la voile de sa propre barque, condamnée
au *statu quo* de la province. Eh! que deviendrais-
je sans toi, petite folle? Que deviendraient?... Mais
je n'ai pas à plaider la cause de *ceux-là* : ils sau-
ront bien le faire eux-mêmes!.. A propos, songe
à être belle pour lundi, jour de comédie et de
bal aux Gogardières.

Yvonne ne rougit pas comme c'était son habitude de rougir cent fois par jour, au moindre
mot, et souvent sans motif. Elle s'en tint à un
sourire contraint et désabusé tout à fait inexpli
cable.

IX

Tandis qu'Yvonne Fréhel vidait la coupe amère d'une première désillusion, Perle touchait à ce degré de l'échelle des félicités humaines après lequel nous n'avons plus qu'à redescendre, trop heureux quand nous ne sommes pas précipités. Son règne fugitif eut pour apothéose la fête des Gogardières.

Cette fois, une assemblée nombreuse, sinon choisie, remplissait le grand salon où se dressait le plus doré, le plus enguirlandé, le plus coquet des théâtres improvisés. Le luxe déployé en cette circonstance par les Rémonville défraya la médisance de la ville entière pendant plus de six mois, et la sous-préfète elle-même, qui se plaçait d'ordinaire fort au-dessus des jalousies locales, en eut du dépit ; heureusement, bien des détails donnaient prise à la critique.

Amaury, par exemple, se contentait d'être superbe dans son costume de *highlander* ; d'ailleurs,
il jouait plus mal encore qu'aux répétitions, et
son rôle, d'un bout à l'autre, fut jugé assez faible.
En revanche, aussitôt que Perle ouvrait la bouche,
l'action cessait de paraître vide et mal conduite;
tout le monde se disait : « Madame Rémonville
a décidément du talent! » Et les hommes
d'ajouter : « Quelle délicieuse créature! » En
s'évertuant à lui trouver des défauts, les femmes
ne faisaient qu'ajouter à son triomphe. Lorsque,
la pièce terminée, elle vint, conduite par Amaury
qui était rentré dans son habit de bal, se mêler
au public, les dissidences s'accentuèrent de plus
en plus entre le goût masculin et le goût féminin. D'un côté, l'on critiquait, de l'autre on
admirait la figure, la toilette de l'actrice. Madame
Rémonville l'avait habillée pour le bal, mais en
consultant sa fantaisie : elle était tout en blanc
avec une sorte de corselet couleur cerise qui
soulignait la gracieuse ténuité de sa taille et
d'où sortaient ses frêles épaules presque trop
tombantes, ses jolis bras arrondis en fuseaux.
Une finesse de formes et d'attaches digne de la
race arabe la faisait remarquer au milieu de toutes
les demoiselles massives et hautes en couleur qui
représentaient la jeune bourgeoisie de X... Lors-

que son cou se dressait fier, inquiet et flexible,
on ne pouvait s'empêcher de penser à l'élégance
farouche d'une gazelle : des grenades naturelles
se mêlaient à sa chevelure noire, disposée
avec un art qui en faisait valoir la richesse
presque invraisemblable. Cette beauté pittoresque
était trop saisissante et trop rare pour le cercle
banal où elle se produisait.

— Comment madame Rémonville reçoit-elle de
pareilles créatures?.. dit à mademoiselle Gouëdic
la petite femme du receveur, qui tenait à paraître aussi collet-monté que qui que ce fût.

— C'est le mauvais côté de la fureur qu'elle
a d'écrire des pièces. Toutes les originalités
ont de graves inconvénients.

— Mais ne pourrait-on faire jouer ces gens-
là dans son salon sans les recevoir intimement?

— Mon Dieu! répliqua mademoiselle Gouëdic,
qui volontiers faisait le bon apôtre pour encourager la malice d'autrui, — le bal ayant lieu immé-
diatement après le spectacle, il était peut-être
difficile de ne pas la retenir. D'ailleurs, un bal
n'a rien à faire avec l'intimité.

— On croirait cependant à de l'intimité entre
elle et M. Amaury, insinua la femme du receveur, qui en voulait au jeune Rémonville de ne
pas lui faire la cour.

9.

— Quel genre excentrique et, tranchons le mot, sauvage ! disait dans un autre coin du salon mademoiselle Reine Guignet à Yvonne Fréhel en lui montrant Perle du bout de son éventail.

— Je crois, répondit Yvonne, le cœur serré, qu'il est impossible d'être plus séduisante.

— Séduisante !... Comment l'entendez vous ?... C'est-à-dire que c'est scandaleux. Pouvez-vous vraiment admirer cela ? Vous qui... pardonnez-moi la comparaison, vous qui êtes mille fois mieux ! Oh ! dans un genre décent ! Je sais bien que cela fait toujours moins d'effet. Mais, d'abord, vous la dépassez de toute la tête, et votre teint, heureusement pour vous, ne rappelle pas un vieux cuir tanné au soleil.

— Épargnez-moi, dit Yvonne avec un sourire moitié triste et moitié moqueur, épargnez-moi, ou vous me forcerez à vous faire aussi des compliments. Mieux vaut avouer qu'elle nous relègue toutes dans l'ombre et en prendre notre parti.

— Jamais ! s'écria la vieille fille avec un geste indigné qui fit saillir les os de sa maigre poitrine. J'aimerais mieux être laide que belle de cette façon-là.

Les demoiselles de Germanchières, rouges comme des coquelicots dans leurs robes à la vierge, de taffetas rose vif, furent absolument de l'avis de Reine.

— Et quelle infernale coquetterie! reprit cette dernière. Je ne m'étonne pas qu'elle accapare tous ces messieurs.

Bien que Perle n'eût besoin de recourir à aucun des manéges qu'on lui imputait pour retenir un groupe serré de courtisans autour d'elle, le reproche de coquetterie était fondé jusqu'à un certain point. Elle jouissait d'être trouvée belle, d'être recherchée, adulée, en présence d'Amaury, n'ignorant pas combien l'enthousiasme de la foule prête de prestige aux comédiennes. « Et très-certainement, pensait-elle, il en est de même dans le monde! » L'atmosphère qu'elle respirait, chargée de musique et de parfums, ajoutait à son ivresse. Perle aimait passionnément la danse : les premières ritournelles du violon lui montèrent à la tête comme des fumées de vin de Champagne. Si Amaury eût été libre d'agir à sa guise, il n'eût ouvert le bal qu'avec elle; sa mère lui enjoignit de faire danser mademoiselle Fréhel :

— Bah! se dit-il, ce n'est qu'un quadrille, et la première valse me dédommagera.

Mais madame Rémonville avait encore disposé de son fils pour la première valse : elle lui dé-

signa la sous-préfète, et Amaury vit, avec une
rage concentrée, Perle s'envoler, en lui jetant un
coup d'œil de reproche, au bras d'un pis aller
de bonne mine, monsieur Roque, le directeur
de *l'Abeille armoricaine*, celui de tous les cavaliers
peut-être qui était le plus capable d'apprécier sa
bonne fortune, car c'était une bonne fortune de
valser avec Perle : la légèreté bondissante,
aérienne de ses petits pieds ne pouvait se comparer
qu'à celle d'un feu follet ; il semblait impossible
qu'elle dût se fatiguer jamais, et plus l'orchestre
pressait le mouvement, plus ses grands yeux je-
taient de flammes, tandis que son sourire exprimait une joie si enfantine, qu'on eût dit que son
cœur dansait avec tout le reste de sa souple et
vive petite personne.

— Enfin ! dit Amaury s'emparant de Perle,
après avoir rempli consciencieusement ses devoirs
fastidieux de maître de maison auprès de mademoiselle Reine et des trois Grâces de Germanchières.

Ils prirent la fuite dans les bras l'un de l'autre, portés par le rhythme entraînant d'une valse
de Strauss, jusqu'au fond de la longue galerie
transformée en serre qui faisait suite au salon. Arrivés là, ils s'arrêtèrent une seconde sous prétexte
de respirer et se cherchèrent mutuellement
querelle :

— Méchante! dit tout bas Amaury, comme vous vous passiez facilement de moi tout à l'heure!

— Vous me le rendiez bien, riposta Perle ; j'ai cru que vous ne finiriez jamais de marivauder avec cette dame en vert-perruche.

— Il fallait se borner à la conversation, puisqu'elle ne dansait pas en mesure! Mais, si vous m'accusez de marivaudage, comment dois-je qualifier, moi, votre conduite avec Roque, avec le substitut, et même avec ce vieux fat de Pousquellec? Fi! un homme chauve!...

— Oh! vous ne savez pas tout encore! le substitut s'est déclaré... Il est très-éloquent, ce jeune homme.. Et voyez ce que M. Roque, là-bas, respire avec tant de fureur! C'est une fleur de mon bouquet!

— Vous la lui avez donnée?

— Non, je la lui ai laissé prendre.

— Je suis bien à plaindre d'aimer une coquette.

— Et moi, un être aussi volage...

— Par ordre...

— Vous me le jurez?.. Eh bien, si vous n'avez été que trop obéissant, je vous pardonne et je renonce à me venger. Exigez-vous, dit-elle, redevenue soudain sérieuse, exigez-vous que je ne danse plus?...

— Je veux, répondit Amaury enivré, je veux
que tu n'appartiennes à personne, fût-ce pendant
l'espace d'une valse; je veux que personne n'ait
jamais le droit de te serrer dans ses bras; je
veux... Oh! Perle, ma Perle chérie, jure, toi
aussi, que tu seras à moi, à moi seul, et que
rien ne pourra nous séparer.

Elle riait, en répétant après lui ses paroles,
comme si elle eût trouvé oiseux de renouveler
tout haut les serments que cent fois déjà elle lui
avait faits dans son cœur.

Lorsque Perle reparut, le rayonnement ingénu
de ses traits scandalisa les automates de différents
âges qui garnissaient les banquettes du salon.
Amaury comprit qu'au risque de la compromettre
il fallait la reconduire à sa place et la négliger
un peu; mais, comme aucune des demoiselles
présentes ne dansait que l'irréprochable quadrille, il put, tout en s'occupant suffisamment des
deux ou trois dames qui se permettaient « les
danses tournantes », l'inviter pour presque toutes
les valses. Quand il ne l'invitait pas, Perle refu-
sait les autres cavaliers; l'expression de sa
physionomie en revanche, chaque fois qu'il s'ap-
prochait d'elle, équivalait à un cri de joie.

Madame Rémonville, préoccupée de quelques
chuchotements, pensa, vers la fin de la soirée que

M. le maire n'avait peut-être pas eu tort de lui
signaler un danger ; cette réflexion était naturelle
et venait à son heure ; elle n'avait plus besoin de
Perle. Cependant madame Rémonville trouva fort
mauvais que mademoiselle Reine, au moment de
commencer une figure de contre-danse, eût brusquement tourné le dos en s'apercevant qu'elle
avait Perle pour vis-à-vis ; ses hôtes devaient
être respectés ; il lui sembla que l'injure s'adressait à elle-même. De fait, elle la sentit beaucoup plus vivement que Perle ; celle-ci supposa
en toute simplicité que mademoiselle Reine s'était
trouvée subitement incommodée et ne s'en
tourmenta pas davantage.

Elle était dans cette stupide et bienheureuse
disposition d'esprit où nous débordons de bons sentiments pour le prochain et où nous refuserions de
croire à sa malveillance, cette malveillance nous
fût-elle prouvée ; elle se disait : « Je rêve ! La
vie est trop belle ! Pourvu que tout ne s'évanouisse
pas avec cette fête ? Je voudrais qu'elle ne finît
jamais... »

Aucun pressentiment, quoi qu'on dise de ces
sortes de choses, ne l'avertit de ce qui s'était passé
le soir même en son absence chez madame Simon.

A une heure que celle-ci trouva des plus indues,
alors que les volets de sa boutique étaient

depuis longtemps fermés, l'abbé Chapdelaine s'était présenté chez elle de l'air sévère d'un juge d'instruction qui vient constater un délit :

— Je vous croyais une honnête femme, lui dit-il à brûle-pourpoint. Qu'avez-vous fait de la petite Perle ?

La voix de son pasteur sonna aux oreilles effarées de madame Simon, comme dut sonner celle de Jéhovah aux oreilles de Caïn. Elle commença, tremblante, des explications qu'il n'écouta point.

M. Chapdelaine n'était pas de ces prêtres qui visitent fréquemment leurs paroissiens ; il ne voyait les siens qu'à l'église, à moins qu'il ne les sût, soit malades, soit dans quelque affliction, ou bien encore qu'une quête le conduisît chez eux. Il avait donc pu ignorer longtemps que Perle se fût engagée de nouveau dans un sentier de perdition, sous les yeux mêmes de la tutrice qu'il lui avait donnée. Le dimanche, il apercevait, toujours attentive à l'office, cette petite brebis, qu'il était allé, selon l'enseignement de son Maître, chercher dans le désert pour la ramener au bercail, et qui lui inspirait à ce titre une certaine prédilection. Sa régularité le touchait ; il ne doutait pas qu'elle n'apportât une conscience pure au pied des autels. Quelle fut donc sa douleur

le jour où il apprit que ni Perle ni madame Simon
n'étaient incorruptibles! Il fallut, pour que le
pauvre prêtre fît cette découverte, qu'une cause
sans proportion avec les effets qu'elle devait produire, l'obligation triviale de recommander une
lettre, le fît entrer au bureau de poste. Arrivé
là, il ne put échapper aussi vite qu'il l'aurait voulu
à l'intarissable caquet de la directrice. Celle-ci
lui était peu sympathique; M. Chapdelaine tenait
en médiocre estime la dévotion qui s'allie à la
méchanceté; néanmoins, mademoiselle Gouëdic
étant reçue chez madame de Laruedubourg, il ne
pouvait lui fausser brusquement compagnie. Sans
trop se faire prier, il s'attarda donc à écouter
les dernières nouvelles, et d'abord celles de la
fête qui devait avoir lieu le soir même chez
madame Rémonville. En apprenant que le profane
talent de Perle, qu'il s'imaginait avoir enterré à
tout jamais, allait en faire les frais, le pauvre
homme laissa percer une émotion qui éclaira mademoiselle Gouëdic sur l'intérêt qu'il portait à cette
jeune fille. Alors, pour le bien de Perle apparemment, elle n'hésita pas à lui confier, sous le sceau
du secret, une histoire qu'elle tenait de madame
Guignet, qui la tenait elle-même de sa servante
Toussainte: l'histoire de certain rendez-vous nocturne au pied d'un mur de jardin.

M. Chapdelaine, fort agité, feignit de n'en rien
croire ; mais il résolut de s'assurer par lui-même
de ce qui, dans une aussi grave accusation, pouvait être vrai. Et voilà que l'événement donnait
raison aux propos de mademoiselle Gouëdic ! Perle
était coupable ; sa gardienne, infidèle ou négligente,
l'était mille fois davantage ! Jamais entremetteuse
infâme ne courba la tête sous un torrent de
reproches aussi écrasants que ceux qui atteignirent
madame Simon. La malheureuse femme entreprit
de s'excuser en alléguant que madame Rémonville
lui avait acheté en deux mois plus de fleurs que
toutes les églises du département ne lui en ache-
taient dans l'année entière.

— Ainsi, dit le curé, c'est au démon de l'argent
que vous avez sacrifié ? J'ai la mesure de votre
vertu, qui n'attendait pour succomber que l'heure
de la tentation !..

Madame Simon fondit en larmes : il semblait
que son péché lui apparût pour la première fois
aux lueurs du feu de l'enfer.

— Oh ! monsieur le curé, ayez pitié de moi,
je réparerai, je réparerai de mon mieux...

— Non ! non ! dit M. Chapdelaine, le mal que
vous avez fait n'est pas réparable, du moins par
vos mains. Ayant été la complice de Perle, vous
ne pouvez plus être ni son conseil, ni son juge.

La fin de tout ceci sera entre elle et moi. Envoyez-la demain matin au presbytère.

Et il sortit d'un pas délibéré, avec un geste si énergique de défi et de sainte colère, que madame Simon éperdue, se demanda s'il ne surgirait point tout fulminant au milieu de la fête des Gogardières, comme autrefois le prophète au festin de Balthazar.

X

Madame Simon était, lorsque rentra Perle, dans un tel désordre d'esprit, qu'elle ne put rien lui cacher des reproches ni des menaces de M. Chapdelaine; elle y joignit, sans beaucoup de logique, des récriminations personnelles violentes, la rendant responsable de ses propres imprudences et de toutes ses sottises. Perle, réveillée en sursaut des enchantements de la nuit, éprouva quelque chose de semblable à la sensation de cette princesse des contes de fées qui voit à l'improviste son carrosse redevenir citrouille; néanmoins, la certitude d'être aimée soutint son courage en cette épreuve. Au lieu de se coucher, elle écrivit à Amaury, la gravité des circonstances l'obligeant pour la première fois à lui livrer ses pattes de mouche;

« Un danger nous menace. Passez à midi au
bout du rempart. » — Cela fait, elle n'eut aucune peine à trouver Jean-Jeanne, qui dès l'aube
rôdait le long des Porches, en quête de com-
missions; puis elle se prépara bravement à subir l'interrogatoire rigoureux qui, pensait-elle,
l'attendait au presbytère. Elle se trompait;
M. Chapdelaine avait sans doute déchargé son
courroux sur madame Simon. Il reçut Perle d'un
air triste qui l'impressionna plus que des malé-
dictions.

— Je ne vous demande pas d'aveu, dit-il en
la voyant entrer, je n'ai plus rien à apprendre.
Tout à l'heure j'ai surpris la Jean-Jeanne sur
le chemin des Gogardières; je l'ai interrogée;
elle est trop idiote pour savoir mentir, bien
qu'elle soit assez fine pour faire un vilain
métier. C'est à M. Amaury Rémonville que
s'adressent vos lettres, c'est à lui aussi sans
doute que vous accordez des rendez-vous la
nuit?

Et, comme Perle rougissait d'indignation autant que de honte :

— Je suis bien forcé de vous épier, ajouta-t-il,
puisque vous n'avez plus ni confiance ni... Oh !
Perle !.. moi qui croyais en vous!..

Le vieillard toussa pour éclaircir sa voix, qui

s'était enrouée tout à coup ; puis il essuya ses
lunettes avec acharnement.

— Ainsi, vous aimez ce jeune homme?

Perle mit dans un geste affirmatif tout l'élan
du martyr confessant sa foi.

— Il est donc inutile de vous engager à cesser
de votre plein gré ces funestes relations avec
les Gogardières ?

Perle garda le silence, mais l'expression de
son visage répondit pour elle :

— Eh bien, dit M. Chapdelaine avec une
sombre ironie, je ne vous parlerai pas le langage
d'un prêtre, je n'insisterai pas sur le danger
que court votre âme, car sans doute vous
chérissez cette périssable idole plus que l'âme
immortelle à laquelle notre devoir est de tout
sacrifier. Je vous parlerai au nom même de ce
coupable amour. Si vous l'aimez, aimez-le réel-
lement, aimez-le pour lui-même, n'embarrassez
pas sa vie de chaînes qu'il vous reprochera un
jour, en attendant qu'il les rompe.

Et, comme Perle le regardait étonnée, sans
comprendre :

— Où pensez-vous qu'une pareille folie puisse
vous conduire? continua M. Chapdelaine.

— Je ne me le suis jamais demandé, balbutia-
t-elle très-bas.

— A votre perte, reprit durement le vieux curé, et ne me répondez pas qu'il vous est indifférent d'être perdue pourvu qu'il soit heureux. Il sera misérable... avant vous peut-être... Vous ne connaissez pas les hommes! Celui-ci vous en voudra tôt ou tard de lui avoir fait manquer un mariage riche et honorable; il vous en voudra de vos faiblesses; plus on s'oublie pour ces égoïstes, plus leur caprice se refroidit. Si jeune, il est sincère, je l'admets, il se trompe sur les sentiments que vous lui inspirez, il ne les croit pas éphémères... Craignez le lendemain, cependant; un peu plus lent à venir peut-être, il ne sera pas moins affreux que celui de toutes les amours faciles ou vénales qui de bonne heure ont souillé vos regards. Vous souffrirez même davantage, car vous vous serez donnée plus complétement. Votre père, dit M. Chapdelaine, évoquant à propos le souvenir de Denneval, votre père qui nous entend vous eût parlé comme moi.

Perle se mit à sangloter.

— Dieu soit loué! s'écria le prêtre se méprenant sur son émotion; Dieu soit loué pour ces pleurs du repentir! Oh! mon enfant, avec quelle joie je donnerais le peu d'années qui me reste à vivre si je pouvais ainsi obtenir le rachat de votre vie à vous, de votre jeune vie qui commence et où tant d'erreurs, tant de fautes, tant de regrets trouveront place !

— Hélas ! murmura Perle à demi entraînée, que voulez-vous donc que je fasse ?

— Que vous me laissiez vous sauver une fois de plus. Perle, vous n'avez pu déjà oublier les premières leçons du christianisme, aux pieds de la sainte Vierge, que je vous apprenais à prier et à laquelle je voudrais encore vous confier aujourd'hui. Écoutez, ma fille, je connais de bonnes religieuses qui vous ouvriront un asile inaccessible au démon et où les hommes n'oseront vous poursuivre, eussent-ils l'audace de ces maudits Rémonville, dit M. Chapdelaine, en frappant du pied comme s'il eût écrasé à la fois tout le nid de serpents des Gogardières ; vous disparaîtrez là, et je les défie bien de vous y découvrir !

— Non ! non ! cria Perle avec la révolte d'un être qu'on veut ensevelir tout vivant ; non ! répéta-t-elle en reculant d'horreur, comme si elle eût entendu retomber entre elle et Amaury une porte de fer ; je l'aime, et il m'aime aussi... Vous ne pouvez savoir combien il m'aime... Je ne renoncerai pas à ce qui est ma vie !

— Votre vie ! quand je vous adjure au nom de votre salut ! s'écria le prêtre, oubliant le programme de considérations tout humaines qu'il s'était tracé d'avance pour la persuader.

Perle resta muette. .

— Au nom de votre père adoptif que j'ai remplacé...

Elle devint très-pâle et un frisson convulsif passa sur ses lèvres. ..

— Il n'eût pas voulu, lui, mon désespoir, ma mort.

— Eh bien, dit M. Chapdelaine avec une résolution soudaine, puisque vous n'acceptez pas le refuge que je vous offre contre la tentation, je n'ai plus qu'une chose à faire : parler à madame Rémonville. Nous verrons bien si c'est une femme sans préjugés comme on le dit, et comme elle le prétend elle-même : elle vous a imprudemment attirée sous son toit, son fils vous a indignement compromise, il faut qu'il vous épouse !

Ce dernier mot produisit sur Perle l'effet d'un choc électrique.

Elle tressaillit et se couvrit le visage de ses deux mains, en balbutiant des protestations désespérées.

— Préférez-vous être sa maîtresse? fit l'abbé Chapdelaine avec un mépris qui la cingla non moins violemment.

Le dilemme ainsi posé dans toute sa brutalité

10

implacable s'imposait pour la première fois à l'esprit de Perle. Épouser Amaury... c'était impossible, elle le sentait sans bien comprendre pourquoi, et néanmoins ce prêtre avait raison : si l'impossible ne se réalisait pas, si elle ne devenait point sa femme... Combien en avait-elle vu au théâtre, de ces jouets d'une heure dédaignés aussitôt que flétris ! En serait-il ainsi pour elle?..

Quiconque essaye de déterminer son bonheur, de lui prêter des contours précis ou seulement un nom, risque souvent de le mettre en fuite; les spectres ne veulent pas qu'on les touche, ni les mirages qu'on mesure leur étendue ou leur durée.

XI

L'impression d'Amaury quand il apprit brièvement par Perle que l'abbé Chapdelaine comptait divulguer à madame Rémonville le secret
dont un concours déplorable d'accidents, d'indis-
crétions et de perfidies l'avait rendu maître, fut
une contrariété très-vive, mais sans mélange
d'alarmes sérieuses.

— Il faut que je le devance, dit-il à Perle,
que je prépare ma mère à cette démarche
absurde. Tous les sentiments sincères la trouvent
indulgente; elle aura pitié de nous.

Et il retourna précipitamment aux Gogardières
pour y prévenir l'orage. Le long du chemin,
Amaury se rappelait combien de fois sa mère avait
fait devant lui l'apologie éloquente des entraîne-
ments du cœur; ce jeune homme était incapable

encore de concevoir la distance qui existe entre
les théories les plus hautement proclamées et
leur application pratique. Certes, s'il se fût agi
de peindre la situation dont son fils était le héros, on eût vu madame Rémonville effacer d'un
trait de plume toutes les différences sociales,
bénir l'union des deux amants, tonner contre
les prétendues convenances et la barbarie des familles qui séparent ce qu'avait réuni l'instinct de
la nature; elle eût peut-être montré la même
générosité en conseillant le voisin. Nous en sommes presque tous là. Rien de plus aisé que les
sentiments magnanimes qui s'épanchent en paroles
ou sur le papier; mais que la destinée nous
mette en scène pour notre propre compte, ce
que nous appelions de la grandeur deviendra
duperie, le désintéressement, pure extravagance,
la sublime passion, crime, ou tout au moins folie,
tandis que les préjugés, intolérables quand il
s'agissait d'autrui, passeront au rang de devoirs
sacrés.

Amaury ne connaissait de sa mère qu'un masque
très-séduisant qu'elle-même confondait volontiers
avec son propre visage, tant elle avait pris
l'habitude de le porter; mais, aux heures criti-
ques de la vie, le masque tombe. C'est ce qui,
à la profonde consternation du candide jeune

homme, devait arriver pour madame Rémonville.
Il ne la trouva pas seule comme il l'eût désiré;
à une patère du vestibule pendait la houppe-
lande de M. Chapdelaine : « Trop tard! se
dit Amaury avec une poignante anxiété. » Indécis sur ce qu'il devait faire, il entra dans le
premier salon. Là, un bruit de voix montées au
diapason de la colère l'arrêta court. Il n'y
avait qu'un rideau de tapisserie entre le salon et
le cabinet de madame Rémonville, d'où partaient
ces voix courroucées, qui s'élevaient de plus en
plus; évidemment on ne l'avait pas entendu,
bien qu'il n'eût pris aucune précaution pour ouvrir
la porte. Le véhément dialogue qu'il surprenait
sans le vouloir dominait tous les bruits.

— C'est un complot! un guet-apens! s'écriait
madame Rémonville.

— Le seul piége réel, madame, répondait l'abbé
Chapdelaine, est celui qu'on a tendu ici même à
une orpheline sans protection au monde...

— Une ingénue, n'est-ce pas? une ingénue de
théâtre! Pensez donc à son passé!

— Eh! madame, si ce passé vous semblait si
répréhensible, pourquoi la receviez-vous?

— Je la recevais non pas comme un modèle
de vertu, mais comme une bonne comédienne.
J'aurais dû réfléchir, en effet, qu'avec de l'intrigue

10

et des conseils on peut tirer parti de ce talent
ailleurs encore qu'au théâtre!

— De quels conseils, madame, avez-vous parlé
là? demanda le prêtre, qui se voyait accusé de
quelque complicité monstrueuse.

— Il ne me convient pas de m'expliquer davantage. Je prétends dire seulement que, si quelqu'un a été séduit, ce n'est pas elle; que, mieux
que mon fils peut-être, elle était de force à se
défendre. L'expérience ne devait pas lui manquer.

— On se défend mal quand on aime, interrompit le curé, se servant, sans le savoir, d'un
argument emprunté au dernier roman de madame Rémonville.

— Surtout quand l'objet aimé est un jeune
homme riche, riposta celle-ci. Je m'étonne, monsieur, qu'un homme revêtu de votre habit
s'abaisse...

—A prendre le parti d'une enfant abandonnée?
Vous ignorez donc, madame, que le premier
devoir de mon ministère est justement la charité?..

— Charité singulière, qui pourrait être bien
mal interprétée! Du reste, monsieur, vous serez
désormais dispensé de venir ici protéger la vertu
chancelante de mademoiselle Perle et demander
réparation pour les accrocs qu'elle a pu recevoir,

car jamais cette ingrate ne remettra le pied chez
moi. A partir d'aujourd'hui, ma porte lui est fermée.

— Dois-je le lui dire?

— Si vous voulez.

— Sans doute, madame, elle sera étonnée d'un
revirement si brusque... étonnée beaucoup plus
que je ne le suis moi-même. Il ne me reste qu'à
prendre congé.

Un silence s'établit, pendant lequel de froides
cérémonies furent sans doute échangées, puis la
portière de tapisserie, lentement soulevée, livra
passage à l'abbé Chapdelaine, plus rouge que
jamais.

Amaury était demeuré dans le salon, les pieds
rivés au sol. Dix fois, il avait été sur le point
d'intervenir dans cet entretien si injurieux pour
Perle ; mais une lâcheté dont il avait honte, bien
qu'il ne pût la vaincre, l'avait retenu, et il n'était
plus temps...

M. Chapdelaine aperçut ce beau garçon visiblement confus. En passant devant lui, il le
toisa de haut en bas, d'un air qui voulait dire :
« Toi je te devine ; tu es capable de toutes
les faiblesses, et sans courage pour en réparer
aucune. » Majestueusement, il répondit au salut
du jeune homme, puis à la porte il se retourna

encore une fois et lui jeta un regard perçant où l'ironie se mêlait au dédain.

— Pauvre fille! pensait-il en s'éloignant, elle a cru pouvoir s'appuyer sur ce roseau!.. Dieu donne la croix de son divin fils pour soutien à ceux qui ont éprouvé la fragilité de tout ce qui n'est pas elle!...

Dans les austères réflexions du vieux curé, il y avait beaucoup de bonté, presque de la tendresse.

— Elle souffrira d'être désabusée, ajoutait-il; mais mieux vaut qu'elle le soit d'un seul coup. Je lui répéterai sans ménagements toutes les paroles de cette méchante précieuse. Sa fierté la guérira, et dans le grand vide de son cœur Dieu trouvera place.

Pendant ce temps, madame Rémonville s'abandonnait à son indignation.

— Maudites soient les comédies et toutes les sornettes qui m'ont jetée dans cet embarras! murmurait-elle entre ses dents serrées.

— Ah! te voilà! dit-elle à son fils qui entrait. Tu vas en apprendre de belles!

— Je sais, dit Amaury très-pâle; j'ai entendu tout à l'heure.

— Ah?... Eh bien, que dis-tu de cela?

— Je dis que je suis prêt à recevoir vos reproches ; mais d'abord daignez m'écouter...

— Des reproches à toi? s'écria madame Rémonville; en mérites-tu donc? Nous avons été dupes. Tu as laissé prendre ton cœur, comme c'est naturel à ton âge. Quels reproches te ferais-je, mon pauvre enfant? C'est moi plutôt qui ai à te demander pardon de mon aveuglement...

Cette indulgence assez inattendue déconcerta le jeune Rémonville.

— Tu es tombé dans les filets d'une aventurière.

— Ma mère, interrompit Amaury, Perle est incapable de ruse ni de calcul...

— Soit ! ses amis en sont capables pour elle; en tout cas, si j'en crois la proposition inouïe qu'on a osé me faire...

— Quelle proposition ?

— Tu l'ignores?.. Alors tu n'as pas tout entendu ! Elle prétend se faire épouser...

— Épouser?... répéta involontairement Amaury, avec l'accent de la surprise et de l'incrédulité.

— Bon ! te voilà stupéfait, toi aussi... Comprends-tu maintenant ma colère ?

— Non, non ! dit le jeune homme avec force, cette idée ne lui est jamais venue.

— Je suis bien aise de voir que l'idée te semble exorbitante. Peut-être la lui a-t-on soufflée en

effet, car enfin cette petite m'a toujours paru
coquette, c'est son métier, mais je ne l'aurais
pas crue ambitieuse.

— Ma mère, gémit Amaury, ne parlez pas
d'elle, de grâce, sur ce ton méprisant.

— De quel ton veux-tu que j'en parle ? Allons-
nous prendre au sérieux une saltimbanque tombée
on ne sait d'où, en compagnie d'un homme jeune
encore et de bonne mine qui se faisait passer
pour son père...

— Et qui était ?... demanda fiévreusement
Amaury.

— Naïf ! que voulais-tu qu'il fût ? Ces mal-
heureuses ont des excuses, je ne le nie pas:
l'abandon, l'ignorance de tout principe, la pauvreté...

— Mais, grand Dieu ! vous ne m'aviez jamais
dit toutes ces horribles choses, murmura Amaury,
qui se croyait le jouet d'un cauchemar ; vous
m'aviez au contraire représenté Perle avant que
je l'eusse vue...

— Comme une charmante créature, digne
d'inspirer un peintre ou un poëte... à distance,
en passant... Allais-je m'imaginer que tu t'en-
flammerais pour elle, toi qui peux prétendre aux
plus brillants partis ?... Et d'abord, se hâta d'a-
jouter madame Rémonville, voyant son front se

rembrunir, et d'abord mener la vie indépendante
et gaie qui convient à ta jeunesse à ta situation
dans le monde... Dis-moi vite que ce n'était
qu'un feu de paille, que jamais tu n'as eu
l'idée de t'attacher à cette fille... J'ai été un
peu vive tout à l'heure, je le regrette. Il
eût mieux valu rire des divagations de ce vieux
fou...

Et elle se mit à rire en effet, tandis qu'Amaury,
entendant le pas de son père dans la pièce
voisine, s'enfuyait, hors de lui, après avoir laissé
insulter celle qu'il aimait. Chacun des coups
portés à Perle était retombé cependant sur son
propre cœur pour le meurtrir et le déchirer.

— Qu'a donc Amaury? demanda M. Rémonville à sa femme. Il vient de passer auprès de
moi sans me répondre, d'un air égaré. Je ne vois
aujourd'hui que des gens qui ont perdu la tête.
Fréhel me quitte à l'instant après une scène...
Ne s'en prend-il pas à nous de la résolution imprévue de sa fille? Notre future bru veut se
faire carmélite. Elle le lui a signifié en rentrant
du bal l'autre soir.

— Il s'agit bien de M. Fréhel et des carmélites, répliqua madame Rémonville impatientée.
Quand vous saurez ce qui se trame contre
nous...

Et elle raconta en détail la visite de l'abbé Chapdelaine.

— Cette robe noire chez moi ! s'écria M. le maire. Il fallait me faire appeler, je lui aurais répondu de la belle manière, je l'aurais démasqué... le traître ! Ne voyez-vous pas qu'il veut fomenter un scandale autour de notre nom, ameuter la coterie légitimiste et cléricale, faire de cette amourette une affaire de parti, mêler la politique à tout cela et nous déconsidérer ? Oh ! l'occasion est bonne, ils ne la lâcheront pas ! La petite sera un instrument précieux dans des mains aussi habiles. Amaury est majeur... il l'épousera, vous dis-je, s'ils se sont mis en tête de la lui faire épouser.

— Calmez-vous, il n'ira pas jusqu'au mariage, balbutia madame Rémonville épouvantée.

— Pourquoi pas ? Il s'en fait de bien plus extraordinaires dans vos livres avec votre approbation ! C'est vous qui avez faussé l'esprit de votre fils, c'est vous qui de sensiblerie en imprudence l'avez livré au danger, c'est vous qui l'aurez poussé à sa perte, à notre honte...

La peur donne, dit-on, du courage aux poltrons. M. Rémonville, épouvanté par la perspective des événements désastreux suspendus sur sa tête, osait, pour la première fois, s'emporter contre sa femme.

Celle-ci reculait devant lui, affolée; elle balbutiait :

— Mon ami... de grâce!... est-ce qu'on pense tout ce qu'on écrit... tout ce qu'on dit ?...

En reculant et balbutiant, elle atteignit son fauteuil et s'y laissa tomber avec une attaque de nerfs qui répondait à tout.

XII

Combien l'entrevue de Perle et d'Amaury, ce soir-là, fut différente de celles qui l'avaient précédée ! L'enthousiasme, la confiance en étaient bannis ; Perle y apportait un cœur ulcéré par le fidèle récit que lui avait fait de sa visite aux Gogardières l'abbé Chapdelaine. En un jour, elle avait appris à se méfier des fausses protestations et des fausses caresses ; elle avait perdu ses illusions sur la prétendue bienfaitrice qui, après lui avoir inspiré tant de reconnaissance et de dévouement, la chassait de sa maison sans l'entendre ; elle en était venue à douter presque d'Amaury, qui avait paru faiblir dès la première difficulté, lui qui se déclarait naguère prêt à tout supporter, à tout braver pour l'amour d'elle. Et Amaury, de son côté, doutait de Perle ; les

insinuations perfides de sa mère avaient déposé
en lui un germe de scepticisme et de mépris. Il
eût voulu demander compte à Perle de ces
années ténébreuses durant lesquelles il ne l'avait
pas connue, et, tout en s'efforçant de lui cacher
ses soupçons, il dut les laisser percer involontairement dans des questions qui la firent rougir
comme une coupable, bien que ce symptôme
accusateur ne fût que la révolte d'une pudeur et
d'une fierté désormais ombrageuses et susceptibles.

— Ma mère aurait-elle raison ? se disait
Amaury à chaque réponse contrainte ou embarrassée. Faut-il ne plus croire à sa candeur,
à son désintéressement, à rien que sa beauté ?
Est-il possible que le vice, le mensonge et l'ambition cupide se déguisent sous tant de charmes ?
Et je suis assez lâche pour l'aimer plus que
jamais, maintenant que je ne me sens plus
aussi sûr de l'estimer !

Une sorte de combat se livrait entre ses sentiments de la veille, que tout le venin jeté par
madame Rémonville n'avait pas réussi à éteindre,
et ses sentiments nouveaux, à l'amertume desquels se mêlait l'impatience de désirs naguère
tenus en échec par le respect et aujourd'hui
déchaînés. Les paroles de tendresse accoutumées

revenaient bien sur ses lèvres, mais entrecou-
pées d'allusions, de sarcasmes péniblement con-
tenus, qui offensaient Perle sans qu'elle démêlât
bien toute leur portée. Il en vint à parler de
Denneval avec un tel accent de haine et d'ironie,
que Perle se redressa soudain en jetant un cri
de douleur, comme si elle eût senti la morsure
d'un serpent.

— Ah ! c'en est trop ! dit-elle ; que supposez-
vous donc ?

Le regard qu'elle attachait sur lui l'effraya ;
elle n'eût pas regardé autrement un ennemi, et,
en effet, ils étaient ennemis à cette heure, armés
l'un contre l'autre de méfiance, de crainte et de
vagues rancunes. Amaury comprit qu'il venait de
se faire à lui-même un tort irréparable. Ceux
qui croient que l'amour peut tout pardonner se
trompent ; plus l'amour est exalté, moins cet
axiome est vrai ; on n'adore que ce qu'on
admire ; si le dieu a des pieds d'argile, il faut
qu'il les dissimule avec soin, sous peine de perdre
son prestige et sa toute-puissance. Amaury, en
témoignant à Perle une jalousie outrageante,
en incriminant une mémoire sacrée pour elle,
était tombé de son rang d'idole. L'amour qu'é-
prouvait encore Perle devait lui laisser à l'avenir
des moments de lucidité, de prévision, de volonté ;

il était devenu le vertige contre lequel la raison peut se débattre, au lieu de rester ce qu'il avait été d'abord : l'abîme où l'on se précipite les yeux fermés, par une loi aussi naturelle et irrésistible que celle qui pousse le fleuve à courir vers l'Océan et à s'y perdre.

Cependant Amaury s'était jeté à ses pieds et couvrait de baisers impétueux ses mains glacées.

— Pardonne-moi, je t'offense, je suis un misérable, mais bien malheureux, vois-tu, bien malheureux! Ah! si je pouvais te posséder dans le passé, si je pouvais lire ce livre mystérieux de ton âme qu'on m'a montré plein de désolants secrets ! Pourquoi ne pas tout me dire?... Ou plutôt non, reprenait-il avec effroi, continue toujours à me tromper. Je ne demandais pas à savoir... Perle, je ne croirai que toi seule... Jure-moi que l'on t'a calomniée !

— Non, répondit Perle en le regardant d'un air de reproche et de pitié ; non, vous ne me croiriez pas ! Vous ai-je jamais, moi, demandé des serments?... J'ai eu confiance, une confiance que le monde entier conjuré contre vous n'aurait pu me faire perdre.

Elle s'assit et couvrit son visage de ses mains qu'elle lui avait arrachées ; il vit, entre les doigts convulsivement serrés, couler de grosses larmes.

— Hélas ! je la torture ! pensa-t-il ; à quoi
bon ? Est-ce sa faute si elle n'est pas telle que mon
imagination a voulu se la représenter contre toute
vraisemblance ; si, presque enfant, elle a été victime d'une flétrissante destinée ? Peut-être souffre-
t-elle, pauvre fille, de ne s'être pas gardée pure
pour le premier amour, — car elle m'aime, —
cela, on ne pourra m'empêcher de le croire. De
quel droit exigerais-je d'elle, en outre, une vertu
dont elle n'a jamais cherché à me convaincre, et
devant le sacrifice de laquelle je reculais presque,
hier encore, — je m'en rends compte aujourd'hui,
— comme devant un présent trop magnifique qui
devait engager l'avenir d'un honnête homme ? Ce
scrupule, je ne l'ai plus... Mon bonheur, placé
moins haut sans doute, sera complet, en revanche... Pourquoi le gâter en essayant d'y ajouter cet idéal que j'ai trop souvent poursuivi déjà,
et dont peut-être dans la vie il faut apprendre
à se passer ?...

Combien la leçon favorite de Samieski : « Ne
nous lassons jamais de désirer l'impossible, »
était loin de son souvenir, tandis qu'il retombait
ainsi dans l'ornière commune ! Toutes les nua-
geuses chimères que lui avait dictées l'éducation
devaient s'envoler de même une à une, sous le
souffle desséchant de la vie, de ce cœur faible

dont les aspirations n'étaient servies ni par la
volonté ni par la constance, jusqu'à ce qu'il ne
restât plus rien du jeune rêveur qu'avait connu
la petite Perle.

Cependant il s'était remis aux genoux de celle-
ci, tout en raisonnant de la sorte, et il couvrait
de pleurs amers et brûlants ses deux mains qu'il
avait reprises, car on ne profane pas en soi-même
sans de grandes angoisses la pureté d'un premier amour.

— Je t'aime ! répétait-il tout haut.

Mais ce n'était plus de la même voix que par le
passé, de cette voix respectueuse autant que tendre
qui chassait toute alarme du cœur de la jeune
fille ; c'était avec l'emportement d'une passion
exigeante et troublée. Son accent, l'expression
de son visage rappelaient à Perle certains souvenirs
de sa carrière d'actrice, de prétendus hommages
insultants, grossiers, contre lesquels la prudence
de Denneval l'avait mise en garde, et dont in-
stinctivement elle aurait eu horreur. D'un geste
violent elle le repoussa, et Amaury, ne comprenant rien à cette défense toute nouvelle, se
souvint, malgré lui, des avertissements de madame Rémonville.

Les alternatives d'abandon et de froideur ont un
attrait irritant dont la coquetterie sait se servir.

Il crut sentir sous ses pas la chausse-trape d'un mariage forcé.

— Pourquoi me redoutes-tu? Pourquoi as-tu changé ? lui demanda-t-il.

Elle aurait pu lui répondre : « Parce que tu n'es plus le même. »

Pendant les jours qui suivirent, Perle traversa un véritable enfer. L'abbé Chapdelaine l'obsédait de ses sermons bien intentionnés; madame Simon ne lui cachait pas qu'après le scandale qui commençait à se répandre, elle ne pouvait plus la garder auprès d'elle; puis Amaury venait la rejoindre, pénétré, à son insu, des idées de madame Rémonville, qui continuait un système de demi-mots terribles, de sous-entendus transparents, d'attaques discrètes. L'âpre curiosité d'apprendre ce qui le désespérait finissait toujours par livrer le jeune homme à l'influence maternelle, quoiqu'il se fût promis de fermer les yeux et de se boucher les oreilles pour conserver une illusion chaque jour pâlissante. Le poison de la calomnie faisait trop bien son œuvre, et Perle s'en apercevait à ses audaces nouvelles. M. Rémonville exigeait que son fils s'éloignât pour mettre fin aux propos qui circulaient maintenant à X. dans tous les rangs de la société.

— Autrement, disait-il, je serai forcé d'user

de mes pouvoirs de maire et de faire partir cette vagabonde.

Amaury n'entretenait Perle que de lui-même, de la persécution dont il était l'objet.

— Écoute, lui dit-il un jour, j'ai consenti à partir pour Paris; c'est encore là qu'on peut le mieux se cacher. Tu y viendras, toi aussi, un peu plus tard. Tes traces se perdront dans la grande ville. Là, nous serons libres...

Souvent Perle s'était représenté la joie de suivre Amaury au bout du monde, à quelque titre que ce fût, et pourtant cette offre ainsi faite la laissa morne et silencieuse. Il lui sembla qu'Amaury conciliait bien prudemment l'obéissance à la volonté paternelle et la satisfaction de son égoïsme.

— Est-il vrai, dit-elle sans lui répondre, que vos parents aient voulu vous faire épouser mademoiselle Fréhel ?

— Oh ! c'est un ancien projet.

— Mais il fut un temps où vous ne le repoussiez pas...

— Alors je ne t'avais pas rencontrée...

— Est-il vrai aussi, que le chagrin que lui cause votre abandon va la faire entrer aux Carmélites ?

— Dit-on qu'elle y entre pour cela ? demanda vivement Amaury avec un éclair de fatuité juvénile.

11.

— Madame Simon, qui est l'écho de toute la ville, me l'a affirmé, en me rendant responsable...

— Pourquoi parler d'elle? interrompit Amaury. Sois à moi, et je ne me marierai jamais.

Sois à moi! Sur ce seul mot elle se fut donnée sans hésitation, sans arrière-pensée, sans remords, au temps où elle était sûre de lui comme il était sûr d'elle, mais maintenant elle prétendait défendre son honneur dont il avait paru douter.

— Rien ne pourra nous séparer, poursuivit Amaury en la serrant dans ses bras, rien, si tu me prouves que tu m'aimes...

Il ne lui avait pas dit : « Je suis à toi seule, pour la vie et malgré tout. » Il lui demandait des preuves de cet amour, auquel en réalité il ne faisait aucun sacrifice.

Qui peut dire sous quelle influence une résolution ébauchée dans l'esprit de Perle pendant la cruelle épreuve des jours précédents s'affermit soudain jusqu'à devenir irrévocable? Elle se rappela peut-être un mot prophétique de l'abbé Chapdelaine : « Ayant perdu le respect de vous-même, vous n'aurez pas le sien pour compensation. » L'orgueil, qui, quelque mal qu'on dise de lui depuis la chute des anges, sauve plus souvent qu'il n'égare, lui vint peut-être en aide encore une fois. Quoi qu'il en fût, elle rentra en elle-

même l'espace d'une minute, puis prononça tout
bas un seul mot : « Demain !... »

— Demain, tu me répondras ? dit Amaury,
resserrant son étreinte.

Elle ne le repoussa pas cette fois, elle l'embrassa
longuement à son tour avec une sorte de ferveur
et de solennité, comme s'il se fût agi d'un adieu.
Mais Amaury ne chercha pas à interpréter ses
baisers, enivré qu'il était d'espérance. Il les reçut
et les lui rendit. Comme il allait s'éloigner, elle
le rappela et le retint encore une fois contre son
cœur qui se brisait.

— A demain ! répéta-t-il, ne songeant plus
à se demander s'il avait affaire à une vierge ou
à une courtisane ; il aurait la plus aimante,
la plus dévouée, la plus délicieuse des maî-
tresses ! Vivre auprès de Perle sans entraves,
dans une intimité dont il se retraçait d'avance
les ravissants détails, vivre ainsi quelques mois,
quelques semaines, quelques jours seulement,
telle était l'unique perspective qu'il eût devant
les yeux. « Et après ? lui disait faiblement sa
conscience, après ? » Mais il faisait taire cette
voix importune. A quelles trahisons, à quelles
lâchetés le forcerait l'avenir ? Il s'interdisait
de les prévoir ; l'avenir n'existait pas pour lui
au delà de ce radieux lendemain si proche,

auquel son imagination n'assignait point de terme.

— Qu'importe, pensait-il en s'éloignant d'un pas joyeux, qu'importe que ma mère ait dit vrai? Les fumées dont je m'étais embarrassé l'esprit sont dissipées. Je l'aime toujours autant, si ce n'est toujours de même. Il y a plus d'une manière d'aimer! Celle dont on m'a réveillé comme d'un rêve d'enfant n'était pas la meilleure. J'ai su prendre un parti, brusquer les événements, dominer la situation. A dater d'aujourd'hui, je suis un homme.

Perle sentait cependant grandir en elle cet instinct naturel à l'animal traqué, poursuivi par les chasseurs : l'instinct de la fuite.

Échapper à ceux qui voulaient la perdre, à ceux qui essayaient de la sauver, aux exhortations de l'abbé Chapdelaine, aux persécutions de madame Rémonville, aux remontrances de madame Simon, aux entreprises d'Amaury, au malveillant espionnage de la ville tout entière, tel était le projet hardi, véritable inspiration de bohémienne, qui s'était emparé de son esprit aux abois. Fuir, secouer toutes les chaînes qui l'avaient meurtrie, se retrouver seule dans le vaste monde où elle n'entrevoyait qu'un refuge : le théâtre, de même qu'Yvonne Fréhel ne s'y connaissait qu'un asile : le couvent! Le théâtre, c'était le gagne-pain dont elle avait besoin ; c'était aussi l'unique intérêt assez puissant pour l'arracher au désespoir.

« C'est là qu'il m'eût emportée ! » disait-elle, pensant à Denneval. Et, dans le demi-délire qui la possédait, elle invoqua cet esprit tutélaire, elle le supplia de la conduire comme autrefois ; elle crut l'entendre lui répondre : « Va ! je te confie à toi-même. »

Jamais Perle ne s'était sentie aussi près de lui, aussi près de sa mère :

— Ah ! soupira-t-elle, la mort est encore la moins cruelle des séparations !

Levant la tête vers les étoiles voyageuses, il lui sembla que toutes s'accordaient à lui montrer la même route : Paris ! — Paris, où les talents se faisaient jour ; Paris, où l'on pouvait — Amaury venait de le lui dire — perdre sa trace plus aisément que partout ailleurs. Denneval y avait compté d'anciens camarades dont elle savait les noms ; elle irait les retrouver ; ceux-là n'auraient pas contre elle de préventions injustes ! Sa raison lui disait que rien n'honore une femme autant que la conquête légitime de l'indépendance par le travail, et que la vraie déchéance serait de laisser se perdre les dons que le ciel avait mis en elle. Pour l'empêcher un instant de le comprendre, il avait fallu tout l'aveuglement de la passion dont elle venait enfin de se rendre maîtresse, l'objet de cette passion ayant pris soin lui-même de lui ouvrir les yeux.

Perle avait la fièvre ; un bruit pareil à celui des vagues soulevées bourdonnait dans ses oreilles ; elle appuyait ses mains brûlantes contre ses tempes endolories pour en comprimer les battements tumultueux, et cependant, tout en souffrant ainsi de corps et d'âme, elle traçait son plan de conduite avec lucidité ; aucun détail de la situation ne lui échappait. Une course rapide la ramena chez madame Simon ; elle put entrer sans réveiller personne, en se servant pour la dernière fois d'une clef qu'elle avait dérobée au redoutable trousseau de ferraille rouillée que la vieille dame portait d'ordinaire à sa ceinture. Arrivée dans sa chambre, elle compta la faible somme que renfermait un tiroir, son salaire d'ouvrière, accumulé pièce à pièce ; puis elle pensa qu'elle devait écrire à Amaury, elle jeta sur le papier quelques explications pour les raturer aussitôt et finir par les déchirer ; les mots ne rendaient pas ce qu'elle sentait.

— A quoi bon, d'ailleurs? se dit-elle. Il ne faut pas qu'il me regrette, qu'il me cherche. Je n'ai d'adieux à faire à personne.

Pourtant Perle se ravisa et traça deux ou trois lignes qu'elle laissa sur la table ; puis, encapuchonnée avec soin, de façon à n'être pas reconnue, elle se glissa de nouveau à pas de loup hors de la maison, n'emportant rien qu'un petit sachet qui renfermait, avec quelques fleurs desséchées cueillies par Amaury, une scabieuse prise sur la tombe de Denneval. Ce sachet, elle le mit sur son cœur : il devait être son talisman, sa sauvegarde.

Onze heures sonnaient à l'horloge de l'église quand elle passa devant le vieil édifice dont la masse imposante se dessinait à la clarté des astres; le train ne partait qu'à onze heures et demie. Elle s'arrêta devant la porte close, et, dans une courte prière, remercia Dieu d'avoir permis cet amour dont le souvenir était le seul bien qui lui restât, un bien qu'elle ne pouvait perdre, d'avoir permis aussi ce suprême déchirement qui devait lui servir d'égide contre tous les périls futurs ; elle mit sous sa protection l'aventureux voyage qu'elle allait entreprendre, et lui demanda naïvement de bénir cette carrière flétrie par les préjugés du monde, à laquelle cependant elle revenait pour pouvoir garder l'estime d'elle-même.

Dans les rues silencieuses on n'entendait que le bruit de son pas furtif ; les vieux pignons hérissés de gargouilles grimaçantes que grandissait la nuit, semblaient la regarder d'un air méchant, comme l'eût fait mademoiselle Gouëdic ou madame Guignet. Arrivée sur la place d'où l'on apercevait un coin du parc des Gogardières, elle détourna la tête et se mit à courir. Elle avait peur de s'arrêter, peur de laisser les doux fantômes auxquels elle ne croyait plus, mais qui toujours lui étaient chers, reprendre sur elle leur empire à peine évanoui.

— Adieu ! murmura-t-elle, adieu !

Et elle ramena son voile sur les pleurs qu'elle ne pouvait retenir.

Cependant, quand la locomotive qui l'emportait s'ébranla cinq minutes après, elle éprouva une impression presque joyeuse de délivrance. Tel un oiseau, ayant brisé le piége qui le retenait captif, s'envole à tire d'aile sans plus sentir, en présence de l'espace et de la liberté, la blessure qu'il porte au flanc et dont il va peut-être mourir. Perle avait reconquis, elle aussi, sa liberté, la seule liberté vraie, absolue, qui soit à l'abri de tout complot et de toute surprise, celle de l'âme qui se possède, qui a repris pour toujours le gouvernement d'elle-même et qu'il n'est désormais au pouvoir de personne de troubler. Le tumulte formidable de la grande ville, quand elle l'attei-

gnit, ne l'effraya pas; il lui sembla que du sein
de cette incessante activité, de cet effort sur-
humain perpétuellement renouvelé, de cette foule
qui allait l'absorber comme un atome de plus,
partait un appel encourageant, hospitalier, que
tout lui criait : « Ici tu te feras une place ! »

XIII

Le lendemain, à son réveil, madame Simon trouva, dans la chambre de Perle un pli adressé « à l'abbé Chapdelaine pour être communiqué à M. Amaury Rémonville ». Ce pli n'étant pas cacheté, elle se hâta d'en prendre connaissance la première :

« Je pars, disait Perle. Qu'on ne cherche pas à me retrouver! ce serait inutile. Je pars seule, et seule je veux vivre. Je retourne au théâtre que je n'aurais jamais dû quitter. Le mal et le bien tels qu'on me les présente ici m'effrayent autant l'un que l'autre; je n'écouterai plus que moi-même et Dieu, qui saura bien me parler là où je serai, puisqu'il voit et comprend tout. Que ceux qui m'ont connue m'oublient; moi, je n'oublierai rien ni personne. »

L'effet qu'une pareille lettre produisit sur l'abbé Chapdelaine, quand madame Simon la lui porta en sanglotant, est facile à concevoir.

— Ah! murmura-t-il, on ne me prendra plus à m'intéresser à des coureuses de grands chemins! Le louveteau a souvent la gentillesse d'un petit chien, mais gare au moment où les crocs lui poussent! il mord la main qui l'a nourri!

— Qui l'aurait crue capable de retourner ainsi volontairement à la perdition, après tout ce que nous avions fait pour elle? gémit la gouvernante Catherine.

— Quel travail, reprit le curé, quelle responsabilité que la direction de pareilles âmes! Mieux vaut peut-être que j'en sois déchargé. C'était une espèce à part que je n'avais pas eu l'occasion d'étudier encore, et qui m'eût à chaque instant placé dans un cruel embarras. Oui, mieux vaut peut-être qu'elle soit allée se perdre ailleurs! J'ai fait mon devoir... je me lave les mains du reste.

Il n'en continua pas moins à prier pour elle tous les jours par pure charité, disait-il, et en écartant avec soin de son propre cœur un intérêt spécial que désormais Perle ne méritait plus. Pourtant, lorsque sa gouvernante le voyait méditer pendant les longues soirées d'hiver, son

bréviaire oublié sur ses genoux, ses pieds gout-
teux étendus devant l'âtre, le front creusé par une
grande ride profonde et douloureuse, elle se disait
en hochant la tête :

— Il pense encore à la petite Perle.

Le désespoir d'Amaury passa toute mesure. Il
s'accusa de la résolution de Perle ; il la reprocha
surtout à sa mère avec cette violence que les gens
faibles appellent à leur secours dans certaines
crises, et qui peut tromper un instant sur leur
véritable caractère ; il voulut courir à la recherche
de la fugitive ; il se déclara prêt à toutes les
folies, même à l'épouser pour la ressaisir.
En vain madame Rémonville essayait-elle de lui
prouver la duplicité de Perle, qui lui préférait le
théâtre au moment où il se croyait le plus sûr
de son cœur ; en vain, peu soucieuse de mentir,
déclara-t-elle que la comédienne lui avait plus
d'une fois confié à elle-même qu'elle ne pouvait
vivre que sur les planches, que la situation la
plus brillante ne la déciderait pas à y renoncer,
que tôt ou tard elle y retournerait.

Elle réussit mieux à lui démontrer l'extraordi-
naire sécheresse du dernier billet laissé par Perle,
où « aucun cri parti de l'âme », disait-elle, ne
trouvait place. Certains mots habilement interprétés pouvaient témoigner, à la rigueur, que,

désespérant de se faire épouser, elle fuyait pour
être suivie et ajouter du prix à sa défaite.

Quoique frappé de ces insidieux commentaires
plus qu'il ne voulait le laisser voir, Amaury, sur
la pente de révolte et d'exaspération où il se
trouvait engagé, eût fait quelque coup de tête
irréparable si mademoiselle Fréhel ne se fût mêlée,
avec l'abnégation d'une sœur de charité, de panser
ses blessures. Elle s'y prit adroitement sans le
savoir. La divination d'un tendre dévouement
rendit sa main douce et légère.

Comme elle avait enfin obtenu de son père
la permission de prendre le voile et que peu de
jours seulement la séparaient du noviciat,
Amaury ne put voir, dans la sympathie qu'elle
lui témoigna, la moindre intention de renouer des
liens que chacun considérait comme définitivement rompus. Yvonne, depuis cette rupture,
avait perdu la timidité qui jusque-là empêchait
Amaury de démêler tout ce qu'elle valait. Une
fois quitte de la position embarrassante de fiancée désignée plutôt que choisie, elle était devenue spontanément son amie avec une générosité
dont il fut surpris et touché.

Elle provoquait ses confidences, le plaignait
en lui épargnant les conseils importuns, ne com-
battait aucun de ses projets, quelque extravagants

qu'ils fussent, et comprenait à merveille qu'il voulût rejoindre Perle, l'arracher au théâtre.

— Vous l'aimez, disait-elle en levant sur lui ses grands yeux bleus noyés de chaste tendresse, vous l'aimez, cela répond à tout. Il est impossible qu'elle n'y soit pas sensible, qu'elle ne renonce pas pour vous avec joie à ses desseins les mieux arrêtés. Comment de vains succès lui seraient-ils plus précieux que votre affection?..

— Pauvre petite ! pensait Amaury en l'écoutant avec un trouble qu'il eût été embarrassé de définir, elle juge cette infidèle, cette parjure, cette ingrate d'après elle-même !

Il trouvait une sorte de jouissance farouche à noircir Perle dans sa propre pensée, à lui prêter toutes les perfidies, tous les torts qui pouvaient le détacher d'elle, et alors il la comparait à Yvonne, qui lui faisait l'effet d'un lys immaculé, blanche fleur de cloître, reportant au ciel les parfums dont n'avait pas voulu la terre.

Un jour vint où il accusa l'absente devant Yvonne, qui ne résista pas au plaisir féminin d'étaler, en la défendant, une grandeur d'âme quelque peu romanesque :

— Il doit y avoir un mystère qu'elle vous expliquera et qui justifiera sa conduite. Qui sait si elle n'a pas craint d'être une cause d'orages et de division entre vos parents et vous, si une fierté légitime ne lui défend pas d'entrer de force dans une famille qui la repousse?

La candide Yvonne ne doutait point que l'amour ne dût inévitablement conduire au mariage, et les périls d'une union disproportionnée lui inspiraient des réflexions justes et sensées dont Amaury était étonné parfois.

— Elle n'a pas seulement du cœur, se disait-il, elle a de l'esprit.

— Mais, ajoutait mademoiselle Fréhel, toutes les disproportions s'effacent devant un grand et pur attachement. Il sanctifie jusqu'aux imprudences.

Cependant son entrée au couvent était remise de jour en jour. Elle répondit à Amaury qui la suppliait de tarder encore, de ne pas lui enlever son amitié, sa présence, quand déjà il avait perdu tout le reste :

— Soit! j'attendrai le jour de votre départ pour Paris.

Amaury ne partit pas et continua de se laisser consoler. Or, on sait où conduit inévitablement cette sorte de commerce désintéressé, quand la consolatrice et l'affligé sont jeunes tous deux, et qu'entre eux il est question sans cesse d'un chagrin d'amour. Amaury trouvait de plus en plus douces les heures passées auprès d'Yvonne ; M. Fréhel ne mettait aucun obstacle à ces fréquents tête-à-tête, dans l'espérance qu'ils détourneraient sa fille de projets auxquels il n'avait pas souscrit sans une profonde douleur. M. et madame Rémonville encourageaient l'intimité des deux jeunes gens de tout leur pouvoir et faisaient naître pour eux les occasions d'être ensemble.

— Quand Amaury sera installé au Val, en propriétaire, auprès d'une femme riche et de bonne famille, nous pourrons convenir que nous l'avons échappé belle, s'entre-disaient les deux époux.

— Et je n'écrirai plus que l'apologie du pot-au-feu, ajoutait madame Rémonville.

— Vous auriez mieux fait, peut-être, répliquait son mari, de commencer par là et de vous en tenir à ce thème.

. . . .

Quelques années après, par une belle soirée de printemps, un jeune homme et une jeune femme entrèrent gaîment dans un des principaux théâtres de Paris. Ils y entrèrent au hasard, sans consulter l'affiche ; c'était le complément d'une de ces promenades que font volontiers les provinciaux voyageurs le long des boulevards éblouissants de lumière, et où, la nuit venue, tout le luxe, tout le bruit, toute la vie de Paris élégant, semble s'être concentrée. Dix minutes après, le jeune couple avait pris place dans une loge d'avant-scène et assistait au premier acte de la pièce en vogue. Tout en écoutant, ils échangeaient leurs réflexions ; on voyait qu'ils savouraient en commun et aussi vivement l'un que l'autre un plaisir rare pour eux.

— Il est vrai, dit la jeune femme avec un sourire qui démentait ses paroles, que nous sommes des déshérités au Val ; les plaisirs intellectuels surtout nous manquent.

— Je ne me suis jamais aperçu, répliqua vivement le mari, qu'il manquât au Val ni cela ni autre chose.

Et ils se serrèrent la main comme des gens parfaitement satisfaits de leur sort.

Au moment même, un tonnerre d'applaudissements accueillait l'entrée d'une actrice aimée du public. Il avait suffi de deux ou trois rôles pour la mettre en évidence, et celui qu'elle remplissait ce soir-là lui permettait mieux qu'un autre de déployer toutes les qualités de son jeu. L'actrice s'avança jusqu'à la rampe qui, l'éclairant d'en bas, faisait scintiller le diamant noir de ses prunelles. Elle parla, et la vibration de cette voix merveilleusement timbrée fit tressaillir les deux spectateurs de l'avant-scène.

12

— Elle ! murmura sourdement Amaury sans en avoir conscience.

Yvonne feignit de ne rien entendre, évita même de le regarder, mais elle devint pâle, et sa main se crispa au rebord de la loge.

C'était Perle en effet, Perle, qui, après les heures de luttes inévitables, si cruelles tandis qu'on les traverse, et que le succès relègue si vite parmi les mauvais rêves, s'était bravement poussée au premier rang. Tout ce qu'elle avait pu souffrir à X. l'y avait aidée, autant que son indomptable persévérance. Amaury ne se doutait guère que sans lui elle n'eût jamais réussi peut-être à exercer sur son auditoire cette autorité magnétique qui ne saurait être le résultat du seul travail. Au théâtre, comme dans la vie, — et qu'est-ce que le théâtre, sinon les événements et les émotions d'une vie précipités et concentrés dans l'espace d'une soirée ? — il faut avoir subi soi-même ce que l'on veut faire éprouver ; jamais l'artiste n'arrachera des larmes s'il ne sait lui-même pleurer ; jamais il ne ranimera le souvenir poignant de l'amour éteint, jamais il n'éveillera la sympathique allégresse de l'amour heureux s'il n'a aimé, s'il n'aime encore. Sous peine de mentir à son nom et renier le grand précepte de Dante : « Que l'art humain s'applique à suivre la nature comme le disciple suit son maître », il doit avoir fait de ses propres passions, de ses propres douleurs, l'aliment de son génie.

Perle continuait d'aimer Amaury dans tous les amants que lui imposait le hasard du drame; c'était à lui qu'elle s'adressait, lui qu'elle écoutait, pour lui qu'elle dépensait son âme. Le vit-elle ce soir-là? Put-elle le reconnaître sous ses allures nouvelles de gentilhomme campagnard, fixé dans une existence saine, active, régulière et bornée, où l'imagination n'avait plus qu'à se tenir en repos?

Elle se montra supérieure à elle-même. Jamais la salle ne l'avait acclamée avec autant d'enthousiasme. Ce joli nom de Perle, qui ajoutait comme un joyau de plus à l'éclat de sa jeune célébrité, fut répété par des centaines de voix, tandis que les bouquets pleuvaient autour d'elle.

Amaury, muet, immobile, ne l'avait pas quittée des yeux; il ne joignit pas ses applaudissements à ceux de la foule; son cœur était serré comme dans un étau par un sentiment pénible : cette étoile, cette prêtresse d'un art qui se donne à tous, n'avait plus rien de commun avec la pauvre fille obscure qu'il avait cru un instant être à lui seul, tout entière et pour toujours. Mais Yvonne, qui ne pouvait lire dans sa pensée, le crut ressaisi

par quelque maléfice et sortit de la salle aussi triste
qu'elle y était entrée joyeuse.

Ils regagnèrent en silence l'hôtel où ils avaient
pris gîte.

Arrivé chez lui, Amaury se jeta sur le canapé
avec un soupir et resta rêveur dans une attitude
qu'on eût pu prendre pour celle de l'abattement.
Yvonne s'était glissée timide à ses côtés.

— Dis, ne regrettes-tu rien ? demanda-t-elle
d'une voix inquiète et suppliante.

— Rien ! répliqua-t-il en l'attirant à lui.

L'accent de cette réponse, le geste qui l'accompagna furent d'une telle franchise, qu'elle se
sentit aussitôt rassurée.

Perle ne regrettait rien, elle non plus ; elle
trouvait dans l'art des jouissances inépuisables,
et l'unique amour de sa vie n'était plus qu'une
source d'inspiration pour son talent, un bouclier
pour son cœur. Femme, elle était honorée, fêtée ;
comédienne, elle marchait à la fortune. Deux
présents anonymes, une garniture d'autel en
argent et une somme assez ronde, envoyés l'un
à madame Simon, l'autre à l'abbé Chapdelaine, en
avaient averti déjà la ville de X. Non, elle ne
regrettait rien, et pourtant le sommeil, qui fuyait
cette nuit-là les paupières d'Amaury, n'approcha
pas non plus de son chevet. Elle revoyait ce fan-

tôme ailé, insaisissable, qui passe une fois devant chacun de nous pour s'évanouir ou changer de forme aussitôt que la main essaye de le fixer, cette illusion des jeunes années à laquelle aucun des biens réels qui viennent s'offrir plus tard en guise de dédommagement ne saurait être comparé :

— Ah ! dit-elle, c'était le bonheur !...

2.

DÉSIRÉE TURPIN

DÉSIRÉE TURPIN

I

La pluie redoublait, cinglante et glaciale, me coupant le visage de ses mille lanières serrées, sous l'impulsion d'un vent furieux qui arrachait aux vagues moutonneuses de gros flocons d'écume pour les éparpiller bien loin sur le galet.

— Ce n'est qu'un grain ! m'étais-je dit d'abord avec l'entêtement du chasseur de marais, décidé à ne pas perdre une seule des précieuses journées qui lui amènent sa proie ; mais la bourrasque prenait décidément de formidables proportions, et, à demi aveuglé, hors d'haleine, mouillé jusqu'aux os, je commençai à chercher machinalement un abri autour de moi. Recherche vaine ;

j'étais sur l'un des points les plus déserts de
cette côte picarde où des couches épaisses de
cailloux roulés se soulèvent, pareilles à des
vagues. Derrière moi, Cayeux ne montrait ses
maisons d'argile et de paille dispersées en désordre,
sa silhouette étrange de village arabe englouti
dans le sable, qu'à travers une brume grisâtre ;
je connaissais trop bien l'effet de mirage de son
phare et de sa haute église, qui dans l'immensité
plane semblent toujours proches en s'éloignant toujours, pour me laisser prendre à leur appel menteur.
Dans la direction opposée, blotti au fond d'une
anfractuosité de la longue ligne de falaises qui,
après le Tréport, s'abaisse graduellement, le bourg
d'Ault était invisible à une distance presque aussi
grande. Que faire, bloqué par la mer à droite,
par le marais à gauche ?

Le marais en question, bien connu des des-
tructeurs de canards sauvages, remplit, entre les
levées successives égalisées par le flot, ouvrage
colossal sur lequel s'amoncellent sans cesse de
nouveaux projectiles, et les gradins de riche verdure qui remplacent la falaise jusqu'à Saint-Valery,
un vaste espace qu'occupait jadis la mer. Celle-ci,
en se retirant, a découvert un sol crayeux de
mieux en mieux cultivé à mesure que l'on s'éloi-
gne du galet. Sur certains points cependant, la

végétation est purement sauvage et aquatique, fouillis inextricables de roseaux à aigrettes d'argent ou à quenouilles de velours, autour desquels se tordent de minces ruisselets peuplés d'anguilles et de salamandres qui glissent sous les lentilles d'eau et les conferves, tandis que les grenouilles tiennent leur concert plaintif. Quelques flottilles de canards, taillés en bois et montés sur du liége, émaillent la surface des étangs limoneux où sont amarrées de mauvaises barques pour la pêche du gibier. Cette amorce perfide est souvent compliquée d'un appeleur, et les hutteaux d'affût s'échelonnent sur le rivage. Je me proposais d'aller attendre la fin de la pluie dans un de ces terriers, quand une spirale de fumée, s'élevant au-dessus des remparts successifs de galet, m'avertit soudain du voisinage d'une habitation. Je me dirigeai vers ce signal, en luttant contre les flots houleux de l'océan de cailloux qui me dérobait d'autres flots dont j'entendais le bruit, dont j'entrevoyais par intervalles la crête blanchissante.

— Qui donc, pensais-je, a pu établir son foyer dans ce labyrinthe presque inaccessible? Comment des êtres humains se résignent-ils à vivre au sein de cette crau désolée où ne pousse ni un arbuste, ni un buisson, ni seulement une ronce?

— En me rapprochant de la mer, j'aperçus enfin

devant moi une ferme considérable. Elle avait,
comme le paysage qui l'entourait, un aspect
austère, presque sinistre, et sortait du galet qui
avait servi à la construire, grise comme lui et
pareille à un fort plutôt qu'à une métairie, avec
ses murs bas et massifs qui défiaient la tempête,
ses ouvertures étroites, son enceinte de véritables
fortifications soigneusement entretenues. Le porche
principal ouvrait sur un chemin carrossable qui
s'en allait rejoindre apparemment la grande route
de Saint-Valery au Tréport; j'avais dû, avant de
m'égarer, traverser ce chemin, mais sans y prendre
garde, car il ne pleuvait pas alors, et je ne pensais
qu'à me rapprocher des marécages que hantait
mon gibier de prédilection.

J'entrai dans la basse-cour; ses hôtes emplumés
s'étaient réfugiés sous les hangars, ils caquetaient
perchés parmi les fagots; un véritable déluge était
en train de noyer le tapis de paille dorée où
d'ordinaire ils prenaient leurs ébats; gens et animaux s'étaient mis à l'abri, abandonnant qui son
travail, qui sa pâture. Je pénétrai dans la ferme
sans avoir vu personne. La vaste cuisine était
déserte comme la cour; il y régnait une aisance
évidente, plus même que de l'aisance, une certaine
richesse, révélée par la surabondance d'ustensiles
de ménage qui brillaient comme de l'or. Il n'y avait

qu'un feu mourant dans l'âtre, l'heure n'étant point celle du repas. J'aurais voulu cependant pouvoir me sécher. Une porte était ouverte entre cette cuisine et une autre chambre plus petite, sur le seuil de laquelle je m'arrêtai, partagé entre le désir de conjurer une imminente bronchite et la crainte d'être indiscret.

Près de la fenêtre, une jeune femme était assise ; je voyais son profil se détacher nettement, fin, régulier et d'une pâleur brune, sur le mur lavé à la chaux. Elle était vêtue de gros camelot d'Amiens ; mais son corset sans manches, bien ajusté, dessinait une taille plus svelte que ne l'ont d'ordinaire les robustes filles de cette contrée. Deux petites galoches scrupuleusement cirées dépassaient le bord de sa jupe, et un ample fichu drapait le contour des épaules, laissant voir un cou incliné, mordu par le hâle, mais d'une forme charmante, ronde et flexible à la fois, sur lequel frisottaient des cheveux drus et noirs.

Cette tête pensive et sérieuse, qui au premier coup d'œil m'avait intéressé, quoique je ne fusse pas d'humeur bienveillante ni admirative, grelottant et trempé comme je l'étais, se baissait vers la tête mutine et drôlement ébouriffée d'un petit garçon qu'elle initiait aux premiers mystères de l'alphabet. Il semblait que l'attention de l'enfant

13

fût des plus difficiles à fixer. Il regardait tantôt
les vitres en pleurs, tantôt le plafond où se pro-
menaient dolentes les dernières mouches, tantôt
un chien qui, blotti sous la table, le museau en
l'air, semblait attendre aussi impatient que lui-
même la fin de la leçon pour reprendre des jeux
interrompus. Avec une ténacité douce, égale à
l'étourderie de son élève, la mère, — une mère
seule, pensais-je, pouvait avoir autant de patience,
— lui faisait vingt fois épeler le même mot,
répéter la même lettre. « Tu vois bien qu'il pleut,
disait-elle, c'est le moment de lire. » Tout à
coup le marmot battit des mains. Il m'avait aperçu
et saluait mon apparition comme un heureux
prétexte, le prétexte qu'il cherchait depuis
longtemps pour en finir avec l'alphabet. « Un
monsieur! s'écria-t-il, un beau monsieur! » En
même temps, le roquet couché sous la table venait
flairer amicalement mon chien, crotté plus encore
que moi-même, car depuis l'aube il barbotait
dans le marais.

La jeune femme avait levé les yeux, deux beaux
yeux d'un gris lumineux, largement fendus,
frangés de noir et d'une expression très-particulière, douce, assurée, franche surtout, et capable
de commander au besoin. « Qu'y a-t-il, demanda-
t-elle, pour votre service? » Elle n'attendi´ pas

ma réponse. Jetant un regard rapide et quelque
peu inquiet sur mes bottes fangeuses, en ménagère
qui redoute de laisser salir le carrelage immaculé
de sa chambre :

— Je vois ! dit-elle souriante, et ce sourire équivalait à un salut de bienvenue, je vois, c'est une bonne
flambée qu'il vous faut. Passez dans la cuisine.

Elle m'y suivit, mit prestement le feu à une
brassée de chènevottes ; puis, tandis que la flamme
rose dansait, petillait, en léchant les noires parois
de l'âtre, la jeune femme avança un siége sous
le manteau même de la grande cheminée, elle
me débarrassa de mon fusil, de mon carnier. En
soulevant celui-ci : « Oh ! dit-elle gaiement, il
n'est guère lourd ; je gage que vous n'avez pas
vu beaucoup de canards ni de bécasseaux. C'est
qu'il s'agit de partir de grand matin et de connaître les bons endroits ! » Elle m'indiqua quelques points particulièrement favorisés ; par une
belle nuit d'hiver bien froide, il était impossible
que le plus mauvais tireur ne fît pas de ce côté
un vrai carnage, et le gibier était de toute espèce :
pluviers, vanneaux, sarcelles, quelquefois même
des oiseaux de passage isolés bien plus rares, des
hérons, des oies sauvages, et les belles bernaches
donc ! mais le bon moment pour tuer celles-là,
c'était mars et avril.

Cette hospitalière personne causait volontiers, et avec une politesse, une sorte de distinction native qui ne m'étonna pas, habitué que j'étais déjà, depuis quelques semaines de voyage, aux mœurs douces, à l'aisance naturelle et à l'esprit éveillé des habitants de la côte; mais mon interlocutrice avait quelque chose de supérieur à tous ceux que j'eusse rencontrés encore, une grâce à part qui s'étendait jusqu'aux notes un peu graves et gutturales de cet accent picard, sans dureté dans sa bouche. A la lueur brillante du feu qu'elle avivait, dans cette salle, mieux éclairée que celle où je l'avais aperçue d'abord, je vis qu'elle n'était plus de la première jeunesse. Ses traits fatigués portaient des traces que l'on pouvait attribuer à la souffrance aussi bien qu'aux années, qui pèsent plus lourdement qu'ailleurs sur le front des rudes travailleuses des champs, en ces parages où les intempéries de la mer s'ajoutent à celles des saisons. Était-ce le climat, était-ce la vie qui lui avait été trop rude? Sa physionomie n'en était que plus frappante ; il m'y semblait voir l'empreinte d'une âme forte, éprouvée, mais victorieuse. Désirant la faire parler d'elle-même :

— Je vous demanderai des renseignements pour mes chasses futures, lui dis-je, les mains étendues

vers le feu et enveloppé comme d'un nuage par
l'épaisse vapeur qu'exhalaient mes habits. Vous
paraissez connaître votre marais sur le bout du
doigt.

— Ce n'est pas bien étonnant, dit-elle, je n'en
suis jamais sortie; je suis née ici.

Je dus la regarder d'un air de compassion,
car elle reprit aussitôt :

— Vous avez l'air de me plaindre ; le marais
vaut bien un autre pays pourtant !

— Un autre pays triste, fis-je observer.

— Je ne le trouve pas triste, j'en ai l'habitude.
Il donne beaucoup à qui sait le cultiver, et au
printemps, lorsqu'il est tout en fleurs, rien n'est
plus beau !

— Mais l'hiver?... l'hiver doit vous paraître
long !

— Le temps n'est jamais long quand on s'oc-
cupe d'un enfant et qu'on a beaucoup de besogne
dans la maison. Je mets tous mes comptes en ordre,
je file... En effet, l'hiver est terrible... Nous
sommes ici comme sur un navire, la tempête
roule autour de nous, et il faut se défendre contre
elle. On bouche vite avec de la paille et du mor-
tier les brèches que fait le vent, on lutte de son
mieux; bien souvent tout de même on craint d'être
emporté. L'an dernier, notre toiture a été enlevée

presque tout entière par les grands ouragans, les murs s'écroulaient, on a sauvé les bestiaux comme on a pu. Au printemps, notre ferme était une vraie ruine ; mais, vous voyez, tout a été bien réparé, il n'y paraît plus.

— Il faut, lui dis-je, que votre mari soit un homme résolu pour ne pas se lasser de ce continuel combat, qui doit entraîner nécessairement de grosses pertes, de grosses dépenses...

— Je ne suis pas mariée, répondit-elle simplement ; je suis Désirée Turpin. Vous avez certainement entendu parler de mon père défunt, Pierre Turpin, et de mes deux oncles, ajouta-t-elle avec un orgueil naïf. Ils étaient connus de tout le monde et bien aimés dans le pays.

— Maman ! vint crier le petit gars en se jetant dans ses jupes tout éploré.

Elle n'était pas mariée, et on l'appelait maman. Je l'interrogeai malgré moi d'un regard surpris, et je vis qu'elle rougissait un peu, tout en se penchant vers la cheminée pour y jeter une nouvelle charge de chènevottes.

— Maman, disait l'enfant, Criquet ne veut plus jouer avec moi, il ne fait attention qu'au chien du monsieur ?

En effet, le petit chien-loup tenait compagnie assiduc à mon barbet, qui, couché sur la pierre chaude du foyer, s'était montré médiocrement sensible aux avances de ce rustique jusqu'à ce que son poil fût sec et son premier besoin de sommeil assouvi. Maintenant, les paupières demi-closes encore, il daignait répondre par un gro-gnement de bonne volonté aux invitations de son nouvel ami, qui bondissait autour de lui, le mor-dillant et l'agaçant pour le décider à quelques cabrioles.

— Eh bien, mon Jeannot, dit la maman interpellée, joue avec tous les deux. Je suis sûre que le chien-canard est aussi aimable que Criquet à sa manière.

Elle passa la main sur la tête de mon chien, qui lui donna raison en allongeant un coup de langue au marmot et en ouvrant tout à fait ses bons yeux pour regarder celle qui le caressait. Il y a des êtres sympathiques aux hommes, aux enfants, aux animaux, à tout ce qui respire. Cette femme devait exercer sur ceux qui l'en-touraient une affectueuse domination et mettre les plus récalcitrants sous le joug de cette énergique bonté qui est la première de toutes les puissances.

Au nom de chien-canard, Jeannot était parti d'un éclat de rire inextinguible. Il se jeta tout de son long sur mon pauvre Fricot, qui continua de le lécher, car il était barbouillé du beurre d'une tartine que les trois camarades, après quelques menues disputes, se partagèrent fraternellement, puis chiens et enfant s'endormirent pêle-mêle.

Une paysanne de haute stature et de démarche presque masculine, l'œil farouche, le visage labouré de rides profondes, enveloppée de la tête aux pieds dans une cape goudronnée toute ruisselante, était entrée cependant à grand bruit de sabots.

— Comme te voilà faite, ma pauvre Gendarme! lui dit Désirée. Veux-tu te chauffer un peu ?

Elle lui laissait place sur le banc auprès d'elle ; mais l'étrange vieille, à qui ce nom ou ce sobriquet de *Gendarme* convenait si bien, secoua brusquement la tête, s'accroupit devant la cheminée, saisit entre deux doigts crochus un tison et l'appliqua sur la petite pipe courte qu'elle cachait sous sa cape ; après quoi elle mit cette pipe entre les deux dents qui lui restaient, et sortit du même pas délibéré, qui pouvait d'abord faire douter de son sexe.

— Quelle singulière figure! dis-je.

— Oui, répliqua Désirée, elle ne ressemble pas à tout le monde ! Elle est de Cayeux, et les gens de Cayeux passent pour sauvages ; mais la Gendarme, telle que vous la voyez, nous a rendu

de fiers services! Quand mon grand-père l'a
prise toute petite à la maison pour débarrasser
ses parents, des pêcheurs très-pauvres, de
leur dixième enfant, la ferme n'était pas ce
qu'elle est devenue; c'était un méchant corps
de garde abandonné par les douaniers. Mon
grand-père, qui était pauvre, lui aussi, s'est établi
là, faute de mieux, après des malheurs. Il a
commencé tout seul à dépierrer, à dessécher, à
amender un coin du marais. Ses trois fils l'ont
imité; ils ne se sont jamais séparés; on aurait
dit qu'ils ne faisaient qu'un tant ils étaient d'accord entre eux, et le résultat de leurs peines,
c'est le bien qui est aujourd'hui à moi, qui sera
plus tard à Jeannot, de bonnes terres, je m'en
flatte. Les pâtis du marais font de fameux
moutons. Quant à la maison, elle est mal si-
tuée certainement, à cela on ne peut rien; mais
mon père y avait ajouté bien des bâtiments
qui la rendent commode, et elle ne le serait pas
que je ne la quitterais jamais quand même,
parce qu'elle a été la sienne, que tout y a été
fait par lui. Mais, poursuivit Désirée après cette
chaleureuse profession de tendresse filiale, mais
je ne vous dis pas combien la Gendarme a aidé
mon père et mes oncles à disputer la terre qui
nous a rendus riches au galet et à l'eau, et au

13.

sable qui souffle des dunes ! Elle a partagé leurs efforts comme si elle avait dû avoir part à leurs profits, par attachement, et elle m'a élevée, car j'ai perdu ma mère en venant au monde. C'est une chèvre, ajouta Désirée, qui a été ma nourrice. On prétend que les personnes nourries par des chèvres sont toujours remuantes, et je ne fais point mentir le dicton.

En effet, elle ne restait pas une minute en place, rangeant, donnant ici un coup de balai, là un coup de torchon, vive comme un oiseau. Sa petite taille menue, son pas léger rendaient d'autant plus juste la comparaison.

Je la regardais agir, je l'écoutais parler avec un intérêt croissant et serais resté là de grand cœur sous ce chambranle hospitalier, même après qu'eut cessé le prétexte du mauvais temps. La curiosité maintenant me retenait ; mais je découvris bientôt qu'il était impossible de faire parler Désirée quand elle n'en avait pas envie.

— Y a-t-il longtemps, lui dis-je, que votre père est mort ?

— Il est mort l'année de la guerre, répondit-elle. Il n'a pu supporter de voir les Prussiens entrer dans notre pays. Mon père avait été soldat.

— Et vous vivez toute seule, sans homme pour vous protéger dans ce lieu écarté ?

Elle fit un geste d'insouciance.

— Il n'y a que des bonnes gens par ici.
D'ailleurs, j'ai mes domestiques, et la Gendarme
vaut bien un homme pour son compte; et puis,
dit-elle en riant et en montrant le petit Jeannot,
bientôt nous aurons celui-là. Le luron ne craindra
rien, allez!

Elle vit peut-être que j'allais la questionner
au sujet de Jeannot, et elle ne se soucia pas
de répondre, car, quittant le banc où elle venait
de se rasseoir, elle alla se poser sur le pas de la
porte et dit: « Il ne pleut plus! » d'un ton qui
me donnait amicalement congé.

Voyant que je reprenais mon fusil appuyé
contre le mur :

— Vous ne partirez pas, ajouta-t-elle, sans vous
être réconforté l'estomac.

Et, rinçant un verre, elle y versa du vin, qui
est la boisson de luxe par excellence dans ce
pays voué au cidre.

Comme j'en faisais l'observation :

— Oh! dit-elle, avec un bruyant cliquetis des
clefs suspendues à sa ceinture, nous en avons
d'autre à la cave, mais celui-ci est le meilleur; on
le réserve aux étrangers.

Avant de sortir, je soulevai, pour l'embrasser,
maître Jeannot, qui s'était réveillé et qui infligeait

à mon chien, en le chevauchant à sa manière, une poignée de poils dans chaque main, un véritable martyre que la bonne bête supportait patiemment.

Il se rejeta en arrière, les deux bras croisés sur ses yeux pour marquer sa profonde confusion.

— C'est un petit sauvage, dit la maman, il faut lui pardonner: presque jamais nous ne voyons de monde par ici. Quand il ira enfin à l'école, il aura de plus jolies façons. J'ai peut-être trop tardé à l'y envoyer.

— Mais non, puisqu'il a en vous un bon maître. Je gage que vos leçons en valent bien d'autres.

— Ah! dame, chez nous tout le monde sait lire. Ce n'est pas comme à Cayeux, ajouta-t-elle du ton de supériorité que les citoyens du canton d'Ault prennent volontiers au sujet de leurs voisins déshérités.

Dans la cour, les poules s'étaient remises à gratter le fumier en gloussant. Le cri bref et strident des courlis du marais déchirait l'air redevenu calme. Jeannot eut beaucoup de peine à se séparer de mon chien, que Criquet reconduisit poliment jusqu'à moitié chemin du bourg.

Désirée Turpin m'avait remis sur la route. A quelques pas de la ferme, je me retournai. Elle était adossée contre la porte, l'enfant à ses pieds, et me suivait du regard bienveillant et ferme de ses beaux yeux gris, des yeux tels qu'on en rencontre deux ou trois fois dans le courant de sa vie, et qui ensuite vous hantent à la façon d'un bon conseil ou d'une bonne pensée.

Le ciel était clair maintenant, et, quand j'eus gagné les hauteurs, la mer m'apparut toute rayée de soleil. Les lignes planes et fuyantes du lointain se coloraient doucement de lilas, de bleu et de jaune pâle jusqu'à Saint-Valery, où les sables irisés finissaient par se perdre dans le ruban d'argent de la Somme. Les moulins de la falaise tournaient sous le vent adouci.

En arrivant au bourg où j'étais descendu à l'auberge, mon premier soin fut de m'informer de ce que pouvait être Désirée Turpin, et, de côtés et d'autres, j'appris une bonne partie au moins de son histoire.

I

Le père de Désirée s'était marié fort tard, si
tard que, lorsque sa fille vint au monde, il eût
été d'âge à être son aïeul. Ce ne fut qu'après la
mort successive de ses frères, vieux garçons
comme lui, que le brave homme s'avisa de
renoncer au célibat. On disait que Léon et Fran-
çois Turpin, deux jumeaux, ayant pris de l'a-
mour pour la même fille, s'étaient défendu
l'un et l'autre de prétendre à sa main, et que
le cadet, Pierre, n'avait pas voulu donner à la
maison une maîtresse qui eût peut-être été de
trop dans l'étroite intimité dont les trois frères
avaient fait tout leur bonheur. Resté seul, il
s'ennuya, ses idées changèrent, la ferme lui
semblait désormais vide ; bref, il se dit que ce

serait grand dommage de ne pas léguer le
sol arrosé de ses sueurs à un héritier de son
nom. Dans ce temps-là, Pierre Turpin était
déjà au faîte de la prospérité. Les filles se dis-
putèrent, cela va sans dire, un si beau parti :
aux champs comme ailleurs, il se fait des mariages d'argent, et les Picards n'ont pas le
mépris des richesses. Pierre Turpin n'était pas
seulement riche, il était généralement considéré ;
sa maturité se parait encore de la beauté virile
que l'on rencontre fréquemment dans la province qui fournit à notre armée les soldats
les mieux bâtis. Il trouva donc une jeune et
gentille femme. Celle-ci malheureusement mourut
dix mois après en donnant le jour à la petite
Désirée.

Désirée devint aussitôt l'unique intérêt, la
boussole, pourrait-on dire, de cette vie austère
que la tendresse conjugale n'avait traversée que
comme un prélude fugitif à la tendresse paternelle, plus profonde et plus absorbante encore.
Elle grandit comme une petite fleur dans cette
morne solitude, menant la vie la plus saine pour
un enfant, en pleine et sauvage liberté, préservée
de tous les contacts vulgaires du village, familia-
risée dès le berceau avec la mer, qui était comme
la compagne de ses jeux, soit qu'elle allât y cueil-

lir des moules ou y pêcher des crabes, soit qu'elle courût sur les grèves à la rencontre du tribut d'algues magnifiques que le flux apporte comme des dépouilles arrachées aux prairies, aux forêts sous-marines.

Jusqu'à l'âge de six ans, elle ne connut que son père, la Gendarme, d'autres vieux serviteurs de la maison et le berger, qui, vêtu de peau de brebis, sa houlette à la main, promène sur la côte empierrée des moutons qu'on pourrait prendre de loin, grisâtres sur le sol gris, pour un troupeau pétrifié.

Vers cet âge de six ans, Désirée accompagna son père à la grand'messe du bourg. Fière et intimidée à la fois, elle trottait à ses côtés en belle toilette. Le bourg de quatorze cents âmes lui fit l'effet d'une grande ville grouillante et affairée, le magasin d'épicerie, où se confondent les étoffes, les chaussures et les barils de cidre, représenta un bazar magnifique à ses yeux éblouis, l'église enfin, avec sa tour bigarrée de brique et de pierre, son énorme horloge, son porche roman, les navires suspendus et les figures de bois peint qu'elle renferme, frappa son imagination comme un monument incomparable. Ces pompes religieuses, auxquelles jamais encore elle n'avait assisté, l'aigle du lutrin, les chants accompagnés du fracas des ophicléides, les chapes de velours des chantres, quelque fanées que fussent leurs dorures, la voix grave du curé, M. le doyen, comme on l'appelle, prononçant des paroles mystérieuses, inintelligibles, et surtout le spectacle d'une si nombreuse assemblée, tout cela émerveilla Désirée de telle sorte qu'elle n'eut pas de peine à se tenir tranquille, stupéfaite qu'elle était, jusqu'à la fin du long office, qui avait été pour elle la révélation de toutes les splendeurs divines et humaines. En sortant, son père, qui paraissait tout glorieux de la présenter à l'admiration du bourg, conduisit Désirée devant une des tombes les plus belles du cimetière escarpé qui entoure l'église et lui lut l'inscription gravée sur la croix de pierre :

« Ici repose Désirée-Clotilde Palpied, femme Turpin, décédée à l'âge de vingt ans. Priez pour elle. »

Puis il lui fit baiser cette pierre en disant : « Ta mère est là, » d'un ton solennel qui pénétra l'enfant de recueillement et de crainte, comme si elle eût senti sur ses lèvres les lèvres froides de la morte.

Bien des gens vinrent saluer Turpin avec déférence. Dans cette partie de la province où il n'existe ni château ni fabriques, le paysan-proprié-

taire marche en tête de la société ; le maître du
Corps-de-Garde, — on persistait à nommer ainsi
sa demeure, — était donc un des gros bonnets de
l'endroit. Chacun le complimenta sur la fraîche
petite figure de Désirée, sur sa sagesse à l'église.
Désirée apprit qu'elle était jolie et que c'était un
mérite de l'être ; toute honteuse, elle cachait sa
tête dans le vaste pan de l'habit paternel, elle
se sentait comme étourdie et finit par pleurer.
C'était trop d'étonnements, trop d'émotions, trop
d'impressions nouvelles en un jour.

Lorsqu'ils reprirent le chemin du marais, Pierre
Turpin et sa fille ne marchaient plus seuls ; une
jeune femme, propre et avenante, qui suivait la
même direction avec son petit gars, les avait
rejoints ; elle se mit à causer d'un ton plaintif avec
le propriétaire du Corps-de-Garde. Elle lui demandait quelque délai pour de l'argent qui lui était dû :

— Je le veux bien, répondait Turpin. Vous
êtes d'honnêtes gens, ton mari et toi, des travailleurs ; mais plus j'attendrai, vois-tu, plus vous
vous mettrez dans l'embarras. Vous m'avez loué
trop de terre pour pouvoir venir à bout de la cultiver entre vous deux.

— Et puis, disait la femme, vous nous la louez
bien cher, monsieur Turpin.

— Soixante-dix francs le *journal?* De quoi te

plains-tu? Est-ce que ce n'est pas de la bonne
terre? Je voudrais, ma foi, n'en avoir que de
pareilles.

— Oh! sans doute, cela vaut mieux que le
bas du marais, mais enfin...

— Mais enfin vous voulez vous enrichir trop
vite, mes enfants, et vous manquez de ce qu'il
faut pour réussir. Des gens qui n'ont seulement
pas de charrue, rien que leurs bras...

— Notre intention est pourtant bonne, monsieur Turpin, interrompit la pauvre femme avec
un soupir : arriver à acheter un jour le champ que
vous nous louez et à y faire travailler avec nous
notre garçon pour n'être jamais forcés de l'envoyer
gagner son pain chez les autres.

— Il ne s'agit pas d'intention, répondit Turpin,
s'armant de cette rudesse que les petits fermiers
rencontreront toujours chez les travailleurs enri-
chis dont ils dépendent, plutôt que chez les
maîtres d'une autre classe qui connaissent moins
le prix de l'argent, n'ayant pas eu la peine de le
gagner; — il s'agit du fait. Vous vous endettez,
et c'est un mauvais commencement.

Les enfants n'avaient pas prêté l'oreille à cette
conversation, qu'ils n'eussent d'ailleurs point
comprise. Ils marchaient en avant, assez éloignés l'un de l'autre d'abord et les yeux baissés

chacun de son côté. Ce fut Désirée qui insensi-
blement se rapprocha du petit gars; il venait
d'attraper un papillon, elle voulut le voir, et il le
lui donna. Tandis qu'elle hésitait à saisir ses ailes
palpitantes, le captif prit son vol, ne leur laissant
aux doigts qu'un peu de poussière et tous les deux
de le poursuivre en riant, mais sans succès cette
fois. Désirée se désolait.

— Je t'en attraperai d'autres, dit le petit gars.

— Comment t'appelles-tu? demanda-t-elle.

— Jean, Jean Paday.

Le silence se rétablit entre eux, mais Désirée
tenait désormais la main du petit Jean dans la
sienne et osait le regarder. C'était un beau garçon, d'un blond vif, les joues colorées comme un
brugnon, bien découplé de tournure et plus grand
qu'elle de toute la tête, quoiqu'il ne fût guère son
aîné que de deux ans.

—Où demeures-tu? demanda Désirée, curieuse
comme le sont les petites filles.

Il répondit : « Là! » en désignant au bas du
talus verdoyant que surmontait la route, une
méchante maisonnette couverte en chaume et
entourée de quelques ruches.

Honival, dont faisait partie cette chaumière,
est fameux pour son miel. Un bourdonnement
continu remplit le hameau, qui ne compte que

trois ou quatre *ménages*, enclavés dans des champs
de trèfle et de luzerne dont les fleurs sucrées
attirent les abeilles. Un pan de mur s'écroule à la
place qu'occupa jadis une église. Deux ou trois
arbres couchés et dénudés d'un côté par le vent
de mer indiquent l'appauvrissement de la végétation sylvestre, qui s'efface absolument à mesure
que l'on avance dans le marais dont Honival
marque la limite supérieure.

— N'entrerez-vous pas vous reposer ? dit Jeanne
Paday au père Turpin ; votre petite en a peut-
être besoin.

Paday, qui avait gardé la maison pendant la
messe, se leva du pas de la porte où il était
assis la pipe à la bouche, pour joindre ses instances à celles de sa femme. C'était un homme
jeune encore, mais usé par la fièvre et dont le
visage exprimait un profond découragement. La
malechance, disait-il, s'était toujours attachée à
tout ce qu'il faisait : si la grêle dévastait un champ,
c'était le sien, si une grange brûlait, c'était la
sienne ; ses abeilles émigraient dans des ruches
étrangères, sa chèvre s'étranglait au piquet, ses
poules pondaient moins que celles du voisin, et
ainsi de suite. Paday n'avait pas le talent de se
faire bien venir ni celui de se débrouiller ; il était
maladroit ou malheureux et il s'en rendait compte.

On le voyait à son air ahuri, timide et méfiant; la certitude de ne pas réussir qui le poursuivait avant même d'avoir rien entrepris contribuait à son échec en toutes choses. Le seul bien qu'il eût au monde était une femme courageuse et résignée qui, sans jamais se plaindre, l'aidait à réparer les coups du sort.

— Veux-tu t'arrêter ici? demanda Pierre Turpin à sa fille.

— Oh! oui, répondit la petite, qui, ayant trouvé un camarade de son âge pour la première fois de sa vie, ne tenait pas à le quitter si vite.

Elle entra donc dans la pauvre maison, mais ce ne fut pas pour s'y reposer. Jean l'entraîna partout, et la fille du riche Turpin, si accoutumée qu'elle fût à l'abondance, trouva moyen d'admirer les détails de cette pauvreté qui lui était nouvelle; par cela même tout lui paraissait plus joli que chez elle. Pendant une heure, elle resta devant les ruches, accroupie, à questionner Jean avec curiosité; elle s'extasia sur la poitrine mouchetée, l'œil cerclé de blanc et l'aile verte d'une sarcelle que Jean avait dénichée dans le marais et apprivoisée; c'était tout ce qu'il possédait en propre, il la mit dans une cage de bois et pria Désirée de la prendre, bien qu'il lui en coûtât de se séparer d'elle; mais il aimait à donner, dit sa mère.

— Eh bien, dit Désirée, partagée entre le désir d'emporter l'oiseau et le chagrin d'en priver son nouvel ami, tu viendras la voir à la maison.

— C'est cela, tu viendras quelquefois, dit le père Turpin d'un air de condescendance, et nous te garderons à souper.

Il était touché des attentions dont sa fille était l'objet, mais n'en fut pas moins dur avec le pauvre Paday, critiquant tous ses procédés de culture, lui prédisant qu'il finirait sur la paille s'il continuait à s'y prendre aussi mal.

Pendant ce temps Jeanne Paday offrait à Désirée une tartine de miel qui fut trouvée délicieuse, et raccommodait un grand accroc que la petite fille avait fait à sa robe du dimanche en grimpant au grenier pour aller voir avec Jean une portée de petits chats parmi lesquels le généreux garçon l'autorisa encore à choisir le plus beau.

— Si tu te dépouilles toujours ainsi pour les autres tu seras gueux comme ton père, c'est moi qui te le prédis, fit le père Turpin en lui frappant sur la joue.

— J'aime mieux qu'il soit gueux et bon comme son père, dit la Paday, que de le voir riche avec un cœur dur.

Le petit gars sauta au cou de son père et de sa mère successivement. Ces gens-là s'aimaient et possédaient dans leur amour mutuel un trésor qui en valait bien d'autres. Désirée voulut être embrassée, elle aussi, et lui tendit si gentiment son petit museau, que tout le monde se mit à rire et que Jean prit l'air honteux.

Sa cage d'une main, le chat dans son tablier, heureuse comme elle ne l'avait jamais été, Désirée se remit à marcher vers sa demeure sans trop sentir la fatigue.

— Je ne te croyais pas si brave, lui dit son père ; voyez-vous ces deux petites pattes qui tiendraient dans le creux de ma main et qui jamais ne se lassent !

— Papa, dit Désirée, qui, recueillie en elle-même, semblait poursuivre une idée, tout le monde ce matin à la messe avait des livres, et je n'en ai pas, moi !

— Parce que, répondit son père, tu ne sais pas encore lire.

— Je voudrais apprendre, dit Désirée, dont la petite âme éveillée s'ouvrait à l'ambition.

— On apprend à l'école, et l'école est trop loin. Nous verrons plus tard.

— L'école n'est pas plus loin que l'église, et je suis bien allée à l'église aujourd'hui, répondit Désirée avec une imperturbable logique.

— Mais tu es trop jeune pour aller seule.

— Le petit gars va aussi à l'école, il m'a
dit qu'il me conduirait, insista Désirée, qui décidément avait réponse à tout.

— Tiens! fit son père. Pourquoi pas? Il a l'air
doux et bien tranquille, ce petit Jean!

III

Depuis lors, Désirée partit chaque matin pour l'école, son panier au bras; elle traversait le marais seule parfois, mais plus souvent Jean venait à sa rencontre et tous deux s'en allaient dans le brouillard, dont le soleil pompait peu à peu les vapeurs floconneuses. Sur la route, ils rejoignaient les enfants des différents hameaux qui s'échelonnent à de courtes distances les uns des autres, retranchés derrière les haies vives et les bois. Des récrues nouvelles grossissaient peu à peu la procession enfantine jusqu'au bourg; mais Jean et Désirée se tenaient volontiers à part du groupe tapageur et médiocrement pressé d'arriver en classe que formait la majorité des petits écoliers. Ils avaient toujours beaucoup de secrets à se dire, sur leurs jeux, sur leurs bêtes.

Jean avait découvert un nid, on irait le voir dimanche, ensemble; Jean savait où trouver les meilleures mûres, et les actinies qui diaprent certains rochers de tous les tons variés de l'anémone, et des coquillages d'autant plus précieux que les bancs de sable accessibles sont rares sur ces côtes de galets; une autre fois son père avait tué un grand oiseau blanc à échasses rouges que jamais encore on n'avait vu dans le pays et que l'on montrerait à M. le doyen pour apprendre son nom. Ce Jean était toujours bourré de nouvelles extraordinaires, et ne les confiait qu'à Désirée, qui était incapable d'abuser de pareils épanchements en allant, comme n'eussent pas manqué de le faire les autres gars et même certaines filles déterminées, s'emparer avant lui de ses trouvailles. D'ailleurs, Désirée se montrait toujours émerveillée, et Jean était sensible à l'admiration. Sur la place du bourg, une scission s'opérait entre les deux sexes, celles-ci allant chez les sœurs, ceux-là chez le maître d'école; mais on se réunissait de nouveau à la sortie du soir pour s'en retourner comme on était venu, avec cette différence que le plus grand nombre des enfants, au lieu de marcher à peu près en bon ordre, se dispersait pour mille aventures. C'était l'heure où Désirée soumettait à Jean, plus avancé

qu'elle, les difficultés qu'elle rencontrait dans ses
leçons. L'instituteur, homme très-intelligent et
bien supérieur à la position qu'il occupait dans
ce village, s'entendait à instruire ses élèves tout
autrement que les bonnes sœurs. Jean, pénétré
de ses enseignements, les communiquait à Désirée, dont les questions multipliées à l'infini
faisaient travailler à leur tour son intelligence
un peu lente.

Le temps ne tarda pas à venir où, l'esprit délié
de la petite fille ayant fait de rapides progrès, elle
aida son compagnon plus qu'il ne l'avait aidée
elle-même. Il s'établit entre ces deux enfants
une sorte d'éducation mutuelle; ils s'asseyaient
à l'ombre des meules de grain qui, telles que
d'énormes ruches, se dressent le long du rivage,
à distance prudente de la mer toutefois, et, protégés ainsi contre le vent, ils échangeaient leurs
cahiers.

En passant à Honival, Désirée ne manquait
pas d'entrer chez les Paday, où toujours on lui
faisait bon accueil. Jeanne Paday était la première femme qui l'eût jamais caressée, car la
Gendarme, bien qu'elle l'aimât plus que tout
le reste du monde ensemble, ne savait pas
témoigner ce dévouement par des câlineries; elle
avait le ton et les mains rudes, ses chansons de

nourrice devaient ressembler quelque peu à la
chanson de Caliban. Et puis Jeanne était une
mère, et, blottie contre son sein, la petite Désirée
pensait peut-être à la sienne qu'on ne lui avait
montrée que dans le tombeau. De son côté,
Jeanne, qui avait perdu, avant la naissance de
son fils, un premier-né, une petite fille, croyait
ressaisir celle-ci quand elle tenait Désirée sur
ses genoux, et c'était entre la jeune femme et
l'enfant une sorte de parenté d'âmes chaque jour
plus étroite :

— Quand je serai grande, disait Désirée à
Jean, je veux ressembler à ta maman.

Quelquefois on était triste dans la chaumière ;
Jeanne pleurait silencieusement, son mari avait
dû renoncer à payer un fermage trop lourd, le
père Turpin avait repris son champ, en leur
faisant grâce de deux termes en retard il est vrai.
De nouveau ils s'étaient vus forcés de *s'escla-
vager*, selon l'expression du pauvre Paday, après
avoir goûté de l'indépendance ! Désirée, sans bien
comprendre la peine de ses amis, avait imploré
son père pour eux ; mais Turpin, qui pourtant ne
savait rien lui refuser, l'avait fait taire cette
fois en lui disant que les affaires d'intérêt ne
regardaient pas les petites filles. Paday était donc
redevenu journalier ; le sentiment de sa déchéance

14.

le minait désormais plus encore que la fièvre.

Jean souffrait de voir ses parents malheureux, mais comme on souffre à cet âge, en se laissant distraire par une mouche qui vole. D'ailleurs, Désirée s'entendait à le consoler, à l'égayer, et d'abord elle l'accaparait, l'éloignant des autres enfants avec un soin jaloux. Il était son bien, dont elle s'arrogeait le droit de disposer. Désirée avait, avec plus de douceur, l'humeur fière et quelque peu absolue des Turpin, mais Jean ne regimbait pas contre cette affectueuse domination, car il comprenait lui-même à cette époque les préférences exclusives, et se fût affligé si Désirée eût marqué de l'amitié à d'autres que lui-même. Jean appartenait si visiblement à Désirée, Désirée était si empressée de plaire à Jean, tout en le tyrannisant un peu, que le vieux berger du marais, qui les voyait chaque jour revenir bras dessus bras dessous de l'école, ne manquait jamais, quand par hasard ils passaient à sa portée, de crier bien haut :

— Te voilà donc, mignonne, toi et ton petit mari?

Le berger jetait chaque mot dans l'air avec la plus bizarre solennité comme une menace ou un oracle. Son perpétuel isolement l'ayant presque retranché de l'humanité, l'exercice de la parole était devenu pour lui un effort; cette voix caverneuse qui semblait se dérouiller avec peine, et qui bêlait comme celle des moutons, effrayait Désirée. Elle se mettait à courir :

— Entends-tu, disait-elle cependant à son compagnon ; entends-tu, il dit que je suis ta femme. Et c'est la vérité.

— Non, non, répondait Jean, averti déjà par les discours de ses parents de l'abîme qui sépare ceux qui possèdent de ceux qui n'ont rien. C'est impossible.

— Et pourquoi?

— Tu es trop riche.

— Voilà, dit-elle, éclatant de rire, une belle raison, ma foi! Si tu y tiens, je me ferai pauvre, ce n'est pas difficile! On n'a qu'à tout donner.

Des années s'écoulèrent ainsi, paisibles et tout unies, chaque jour, chaque instant resserrant entre les deux inséparables un lien dont le père Turpin ne s'inquiétait nullement. N'était-il pas naturel que le petit Paday fût plein de prévenances, quand il avait, lui Turpin, obligé ses parents à l'occasion, quand aujourd'hui encore il leur procurait toute l'année du travail, employant Paday au labourage bien qu'il fût plus lambin qu'un autre, et Jeanne à raccommoder le linge, bien qu'elle n'y fût pas très-habile? C'étaient là de vrais services. Leur garçon pouvait bien en

échange se sacrifier un peu aux caprices de sa
petite fille, qui lui faisait l'honneur de jouer avec
lui volontiers.

Un dimanche, l'orage les ayant chassés du
marais, où ils barbotaient à la recherche d'anguilles, Jean et Désirée allèrent demander un
refuge aux dunes voisines. La butte de sable à
laquelle ils s'étaient adossés les préservait tant
bien que mal. Désirée fermait les yeux, cachait
son visage dans la poitrine de Jean afin de n'être
pas aveuglée par la poussière étincelante qui tour-
billonnait autour d'eux ; il la retenait blottie contre
lui avec le sentiment très-agréable de la protéger.
Jamais Jean n'était plus aise que quand il pouvait étendre cette mâle protection sur Désirée.
Une accalmie se fit. Fatigués d'avoir tenu tête au
vent et au sable soulevé, ils se laissèrent glisser
sur les moelleux coussins que leur offrait la dune
et restèrent longtemps à regarder les moindres
oscillations de l'atmosphère se refléter sur la surface argentée qui ondulait devant eux comme celle
des flots, ridée par la brise la plus légère. Les
petits cratères ouverts du côté du sud-ouest
étaient remplis de coquillages brisés et de menus
ossements blanchis. Un grisart, attiré par la
chasse aux lapins, aux taupes, aux souris et autres
hôtes de terriers, tournoyait alentour, effleurant

parfois du bout de son aile les cimes de ces monticules mobiles que forme, disperse et rétablit la rafale au gré de son haleine capricieuse. Il fallait que les deux petits compagnons fussent par hasard condamnés au repos pour parler de leurs propres affaires ; autrement les objets extérieurs les détournaient vite d'eux-mêmes. Cette fois, l'aridité monotone de la dune le poussant peut-être à la tristesse, Jean exhala tout à coup un gros soupir :

— Qu'as-tu ? dit Désirée, se rapprochant de lui encore.

— Voilà, répondit Jean, la fin des vacances, et mon père ne veut pas que je retourne à l'école.

— Que fera-t-il donc de toi ? demanda la petite fille alarmée.

— Il me mettra en apprentissage chez un serrurier, au bourg... Mon père dit qu'il ne faut pas que je sois comme lui, que je dois avoir un état.

Le cœur de Désirée se serra ; elle voyait la fin de leurs courses quotidiennes jusqu'à l'école, de leurs congés en commun, de leur intimité en un mot.

— Pourquoi, dit-elle d'une voix un peu tremblante, pourquoi apprendre à faire des serrures quand on peut travailler aux champs ?

— C'est que nous n'avons pas de champs, nous n'avons rien, vois-tu ?

— Comment cela ? Tu prétends toujours que je suis riche. Tu l'es donc aussi. Est-ce que tout ce que j'ai n'est pas à toi ?...

Ce fut dit avec tant d'abandon et de grandeur à la fois que Jean, vaguement ému, l'embrassa.

— Nous ne nous verrons plus bien souvent, reprit Désirée après un silence, si tu vas au bourg pour y rester.

— Non. C'est là ce qui me contrarie, et puis une autre chose encore ; j'aurais voulu avoir deux années de classe de plus, parce que M. Bourdon,
— M. Bourdon était l'instituteur, — dit que je commençais à me débrouiller, à bien avancer même ; mais le père trouve que c'est assez de lire, d'écrire fin et de compter, qu'il m'a même laissé trop longtemps à l'école, s'il faut en croire M. Turpin...

— C'est l'avis de papa qui le décide ? Oh bien, alors je le ferai changer, interrompit résolûment Désirée. Mais sois tranquille quand même, mon Jean. Si ce n'est que l'école qui te tourmente, moi, j'irai toujours chez les sœurs et je t'apprendrai le dimanche tout ce que j'aurai appris dans la semaine. Je te le promets.

Désirée sentait avec son instinct féminin

qu'il ne fallait pas ajouter aux regrets du pauvre garçon en s'apitoyant sur lui. Seulement le soir même elle se plaignit à son père du projet des Paday qui allaient lui enlever son camarade.

— Jean n'est pourtant pas fait pour rester toujours ton joujou, répliqua le père Turpin. Je l'ai dit à ses parents, il n'a déjà que trop fainéantisé...

— Fainéantisé! répéta Désirée, relevant l'insulte, toute rouge d'indignation.

— Eh ! je ne prétends pas que Jean soit un paresseux précisément ; mais il deviendrait à l'école une espèce de bourgeois qui, pouvant travailler de la tête, ferait fi du travail des mains, et c'est ce qu'il y a de plus fâcheux quand on n'a pas le sou. Toi, tu peux lire tant que tu voudras ; si tu perds le goût de la lessive et de la cuisine, tu auras le moyen de payer des servantes pour t'aider ; mais Jean, lui, sera de ceux qui servent les autres, à moins qu'on ne lui donne un métier qui devienne son gagne-pain, et il n'y a pas d'autre métier dans le pays que celui de serrurier. J'ai vu des gens s'y s'enrichir. Il sera de ceux-là, si Dieu le veut.

Désirée, sans bien se rendre compte de ce qui retenait sa langue, d'ordinaire prompte à la riposte, n'osa insister davantage; mais la Gendarme l'entendit au milieu de la nuit sangloter dans son lit.

— Tu ne dors pas?... es-tu malade? lui demanda-t-elle.

— J'ai du chagrin, répondit Désirée sanglotant plus fort.

— Du chagrin? et de quoi donc? fit la Gendarme abasourdie, car la fille des Turpin lui paraissait un être invulnérable à tout, sauf peut-être à quelqu'une de ces incommodités purement physiques qui n'épargnent pas les grands de ce monde.

— J'ai du chagrin d'être si petite, poursuivit Désirée tout en larmes; je voudrais être déjà la femme de mon pauvre Jean... parce que les gens mariés ne se quittent jamais, tandis qu'il va s'en aller au bourg et que, moi, je reste ici.

— La femme de Jean Paday!... s'écria la Cayeusaine d'une voix basse et presque épouvantée, comme s'il se fût agi de quelque sacrilége, toi... Désirée Turpin?... Que ton père n'entende jamais cela, ma fille!

Désirée fut ainsi confusément avertie de certaines distinctions sociales bien plus multiples qu'on ne le croit d'ordinaire et qu'elle n'avait point soupçonnées jusque-là, en même temps que

de la nécessité de cacher à son père un attachement disproportionné que ses préjugés d'homme
riche eussent condamné sans miséricorde. Elle
fit son profit des paroles de la Gendarme et
s'arma de prudence autant que de courage.

IV

La serrurerie est l'industrie principale du canton d'Ault ; les villages de Béthencourt et d'Es-
carbotin, de Fressonville et de Tully, de Vallines
et de Woincourt, d'autres encore sont renommés
pour leurs produits en ce genre. Selon les
localités, les petits ateliers se perchent sur la
falaise ou se groupent le long d'un chemin om-
breux. Au bourg d'Ault, toute la longue rue
escarpée qui domine la mer en est garnie ; collés
les uns contre les autres comme des cellules
d'abeilles, ils suivent les accidents du terrain, à
hauteurs inégales, dans un désordre pittoresque,
sans s'écarter jamais cependant du bord de la
falaise. Les devantures en vitres donnent sur la
mer, qui, pour cette population aux mœurs douces
et graves, est un spectacle toujours nouveau.

Chaque serrurier travaille séparément chez lui, en levant les yeux de temps à autre sur les flots changeants qui lui présentent des beautés imprévues, soit qu'ils s'étendent sous les feux du soleil levant, tels qu'un miroir sans bornes que tache au loin çà et là quelque barque de pêche immobile et comme endormie, si petite qu'on la prendrait pour un goéland à l'affût, soit que sur ses transparences verdies glisse le bateau à vapeur de Newhaven, laissant traîner derrière lui un panache de fumée, soit encore qu'après la pluie de gros nuages noirs courent et frissonnent sur son sein agité que rayent par intervalles des lueurs menaçantes, ou bien que la grande marée arrive avec son cortége de tempêtes, battant la longue ligne de falaises qui, à perte de vue du côté de Dieppe, dressent leurs blanches murailles.

Le serrurier regarde, silencieux, tout en poursuivant sa tâche, et rien n'est plus intéressant que de voir ces visages empreints d'une placide mélancolie et d'un calme rêveur s'élever au-dessus de la petite enclume ou de l'établi, tandis que brillent les lueurs intermittentes de la forge et que dans le silence monte, mêlée au grincement des limes, au retentissement régulier du marteau et au rhythme puissant de la

mer, quelque complainte interminable que semble
se chanter à lui-même chacun de ces solitaires
si voisins les uns des autres. L'heure du repas
vient-elle à sonner, tous sortent tranquillement,
sans se parler beaucoup, sans que jamais surtout éclatent les grossièretés bruyantes communes
dans la plupart des réunions d'ouvriers. Leur
dîner sous le pouce, ils vont s'appuyer à la ba-
lustrade qui, barrant la rue principale, domine
la plage, et, là, ils mangent, en regardant le
soleil s'enfoncer graduellement dans la mer. Par
les belles soirées d'été, avant de s'endormir, ils
vont encore jouir de la phosphorescence des
vagues ou du ruissellement diamanté de la
lune sur les flots. Cette perpétuelle contemplation donne le secret de leur caractère et du sourire lent, du regard profond qui, chez eux, prê-
tent aux visages les moins beaux un charme
d'expression tout intime.

Tel est du moins le serrurier sédentaire dont
les entrepreneurs qui font leur ronde à époques
fixes, viennent enlever le travail en échange
d'un maigre salaire. Sa femme l'aide le plus souvent, elle prépare les pièces qui, habilement ras-
semblées, forment la serrure. Il y a aussi le
limeur, qui s'en va de village en village raccommoder les outils de ses confrères. Celui-ci se

distingue par des mœurs toutes différentes : c'est un nomade, il n'a, pour ainsi dire, pas de ménage. Ses enfants errent dans les rues sans surveillance, tandis qu'il bat la campagne avec leur mère. Ces petits vagabonds grossissent au bourg d'Ault la population peu recommandable des Quatre-Rues, faubourg assez mal famé où grouillent les gamins à demi nus, les pêcheuses de moules et de crevettes en haillons, tous les irréguliers du travail, tous les fainéants qui vivent du produit de la mer et, pendant la belle saison, de la charité des étrangers, coureurs de grèves, infirmes de profession, mendiants. La partie industrieuse des habitants du bourg les regarde avec mépris et les redoute un peu. On recommande aux enfants de l'école de ne pas frayer avec ceux des Quatre-Rues ; en épousant une fille des Quatre-Rues, tout ouvrier déroge. A l'inconduite, à l'ivrognerie, les honnêtes gens trouvent cette excuse dédaigneuse : « Que voulez-vous ! il est des Quatre-Rues ! » — On hausse les épaules, et tout est dit.

L'atelier où allait travailler Jean désormais était malheureusement trop voisin des Quatre-Rues. Il n'en pouvait sortir sans rencontrer de mauvais sujets des deux sexes qui dévisageaient le nouvel apprenti en se demandant s'il serait

ou non des leurs. Quelques-unes de ces figures
suspectes contre lesquelles on l'avait prémuni
n'étaient pas désagréables à regarder. Ainsi, la
première fois qu'il sortit de chez son patron,
certaine fillette, blonde et rose, vêtue d'une che-
mise et d'une cotte trop courte, sans bas ni galoches, éclatante et superbe cependant sous la toison
dorée qui lui tombait, inculte, jusqu'aux épaules,
quitta en riant une troupe de vauriennes aussi
déguenillées qu'elle-même, toutes maigres et
tannées à faire peur, celles-là, et s'avança vers
lui avec un effronté dandinement des hanches.
Les autres l'observaient, incrédules, et chuchotaient entre elles, attendant ce qu'elle allait
faire.

— Tiens ! dit la grande blonde, voilà le plus
joli gars du bourg malgré ses airs de demoiselle ! Laisse-moi t'embrasser, veux-tu ?

Avant qu'il eût pu répondre ni se défendre,
elle lui avait sauté au cou en l'embrassant aussi
brutalement que si elle l'eût mordu ; puis elle
rassembla les loques de sa jupe dans ses deux
mains, et, craignant sans doute d'être poursuivie,
s'enfuit, rapide comme une flèche, en riant et
en criant : « J'ai gagné ! j'ai gagné ! » Tandis
que ses compagnes, qui apparemment avaient
tenu le pari contre elle, la suivaient à

toutes jambes, avec des exclamations moqueuses.
« N'as-tu pas honte, Flore ! » Et un torrent
d'épithètes peu choisies à l'adresse de la Flore
en question. Toutes ces petites diablesses se retournaient cependant pour narguer le pauvre apprenti
qui était resté immobile, rouge comme braise et
planté au milieu de la rue à suivre des yeux la
bande agressive ; celle-ci montait toujours la pente
rapide de la falaise au sommet de laquelle elle finit
par s'abattre comme un vol de mouettes. Ces
vilaines filles riaient, dansaient, se battaient entre
elles, se roulaient sur l'herbe et semblaient
l'attendre ; mais il pensait à tout autre chose qu'à
les suivre : il était confus pour elles. Le dimanche
suivant, lorsqu'il retourna au marais, après sa première semaine d'apprentissage, Jean parla de cette
aventure à Désirée avec la plus sincère indignation :

— Les monstres ! s'écria-t-elle en fermant le poing.
Est-ce que tu vas les voir tous les jours ? Je voudrais
tenir cette Flore, je l'étranglerais.

— Bah ! pourquoi ? Elle ne m'a pas fait grand
mal après tout. C'est une petite malheureuse, une
fille qui n'a jamais eu ni père ni mère et qui
vit de sa pêche.

— Comment la connais-tu si bien ? repartit
vivement Désirée. Tu t'es donc amusé à parler
d'elle avec d'autres ?

— Ce sont les apprentis d'à côté qui me l'ont dit. Ils ne la croient pas si mauvaise fille qu'elle le paraît. Comment veux-tu qu'une pareille abandonnée sache se tenir convenablement? Personne ne lui a jamais rien appris, ce n'est pas sa faute.

— Ah! dit froidement Désirée, tu la défends?...

Et elle retira sa main de la sienne. Tout le reste du jour, elle se montra boudeuse comme il ne l'avait jamais vue.

Jean ne savait ce qu'il avait pu faire pour l'offenser, et elle ne comprenait pas elle-même comment, après avoir compté les jours, les heures jusqu'à sa venue pendant cette semaine, longue comme un mois entier, elle ne le revoyait que pour lui en vouloir. Ce fut leur première querelle. Il est vrai qu'elle ne dura guère, et qu'aucune autre ne la suivit. Jean fut mieux reçu que jamais le dimanche suivant et on ne parla plus de Flore. En réalité, la conduite de Jean ne donnait prise à aucune critique. Le patron qu'on lui avait choisi, un certain Hannequin, qui, étant le doyen de la serrurerie au bourg, se montrait rarement satisfait, comme c'est l'habitude des vieux, de ce qui se faisait « au jour d'aujourd'hui », plaçait son nouvel apprenti bien au-dessus de ceux qui l'avaient précédé; Jean travaillait sans perdre une minute et de la bonne manière. Le

curé, dans ses tournées pastorales, s'arrêtait
quelquefois pour causer par la fenêtre de l'atelier,
et il ne manquait jamais de faire au patron, qui
n'avait garde de le contredire, l'éloge des bons
sentiments du petit Paday, plus grand que lui
déjà de toute la tête, par parenthèse, et fort à
proportion.

La pauvre Jeanne était heureuse pour la première fois de sa vie, heureuse en dépit des
rigueurs du sort, heureuse par son fils, pleine de
confiance, grâce à lui, dans l'avenir. Elle se trouvait bien seule depuis qu'il logeait chez le père
Hannequin ; mais Désirée avait soin de remplacer
l'absent le mieux possible. Lorsque Jean venait
voir sa mère, il rencontrait presque chaque fois
dans la pauvre maison d'Honival, Désirée Turpin
aidant, avec une bonne volonté joyeuse qui le
pénétrait d'attendrissement, à mille humbles travaux dont la Gendarme ne lui eût pas permis de
s'occuper chez elle. Un jour vint où les soins de
l'excellente fille furent plus utiles que jamais.
Des maladies de toute sorte ravagèrent le marais
vers la fin d'un hiver tiède et humide ; Paday,
le père, qui ne manquait jamais d'amasser du
guignon comme il disait, fut très-vite atteint,
bien entendu ; son tempérament fiévreux et les
privations, le souci, l'excès d'efforts, le désignaient

15.

au fléau. Puis Jeanne tomba malade à son tour.
En dépit des admonestations paternelles, Désirée
ne les quittait pas, apportant avec elle tout ce qui
pouvait leur être utile. Après l'avoir bien grondée,
la Gendarme l'accompagnait toujours pour lui
épargner de la peine; elle allait jusqu'à donner aux
disparitions fréquentes et prolongées de Désirée
des prétextes singulièrement plausibles dont le
père Turpin était dupe, d'autant plus qu'il croyait
cette sauvage incapable, dans sa stupidité, de la
plus faible invention.

Jean pouvait être assuré que ses parents ne
manquaient de rien; Désirée lui avait persuadé
qu'il ne fallait pas interrompre ses journées de
travail, sous prétexte que, commençant à gagner,
il pourrait ainsi payer le médecin et les remèdes,
mais ce n'était là qu'un stimulant à son énergie
et à sa fierté; elle voulait surtout lui épargner
la vue des progrès que faisait le mal. Jean se
rendait compte malgré tout du deuil qui le
menaçait. Souvent, étranglé par les larmes, il
s'éloignait brusquement du chevet de son père
pour s'en aller dans quelque coin obscur donner un libre cours à son chagrin; mais, partout
où il cherchait à se cacher, Désirée savait le
rejoindre comme l'ange même de la pitié et de
l'espérance.

Rien ne peut sauver, hélas! ceux que le trépas a marqués de son doigt de glace! Du moins Paday devait-il mourir en bénissant son fils agenouillé auprès de lui ; la pauvre Jeanne n'eut pas cette consolation. Elle languit plus longtemps, eut un semblant de convalescence, puis tout à coup, à l'improviste, la lueur vacillante que l'on croyait pouvoir ranimer s'éteignit. Jean, qui était retourné au bourg, fut averti en toute hâte Il n'arriva pas assez vite cependant pour recevoir son dernier soupir. Déjà Désirée avait fermé les yeux de la morte ; elle priait au pied du lit, devant deux cierges allumés, la Gendarme murmurant de sa voix rauque les répons en latin. Jean les écarta toutes deux, et, avec une explosion de désespoir farouche, se jeta sur le corps de la douce et patiente créature à jamais endormie, après tant de labeurs dont il avait été l'objet. Cette fois, Désirée lui laissa verser toutes ses larmes. Quand il fut tombé dans cet accablement qui suit les grands coups, elle l'emmena, docile et comme anéanti, s'asseoir sur un petit banc à l'écart, derrière la maison.

— Allons, Jean, dit-elle, du courage !

— A quoi bon ? répondit-il en se détournant. Qui donc m'en saurait gré maintenant ? J'ai tout perdu...

— Est-ce que je ne te reste pas ? fit Désirée

d'un ton de tendre reproche ; est-ce que je ne serai
pas toujours là ?...

Elle avait appuyé en parlant sa tête contre l'é-
paule de Jean, comme elle faisait autrefois. —
Désirée depuis peu était devenue plus réservée :
elle venait d'avoir seize ans.

— Non, dit l'orphelin en secouant cette caresse
d'un mouvement brusque, non, tu n'y seras pas
toujours... tu n'y seras même pas longtemps. Une
fois mariée, tu auras bien d'autres idées en tête.
Je ne compterai plus pour rien...

— Jean, répliqua Désirée, tu n'as pas à craindre cela. Si tu ne veux pas de moi pour femme,
je ne me marierai jamais.

La joie soudaine qui se mêla en ce moment à
l'immense douleur qu'il éprouvait ne peut se comparer qu'à celle du martyr qui, sur l'échafaud,
entrevoit le ciel ouvert ; puis peu à peu la douleur
s'apaisa comme vaincue, et violemment il attira
Désirée sur sa poitrine gonflée de sanglots.

« Je t'aime, » reprit Désirée. — Jean répéta :
« Je t'aime. » — Ce mot, qu'ils avaient prononcé souvent, prenait un sens nouveau, chacun d'eux avait
en même temps donné son véritable nom à une
affection si ancienne, dont jamais jusque-là ils
n'avaient ni l'un ni l'autre cherché à démêler la
nature, et ils se remirent à pleurer, ne sachant

plus si c'était d'angoisses ou de délices. Désirée
venait de faire connaître à Jean ce sentiment,
si beau, que les saintes Écritures l'ont consacré
dans leur texte, cet amour qu'Isaac ressentit pour
l'épouse de sa jeunesse, un amour tel qu'il tem-
péra la douleur que la mort de sa mère lui avait
causée.

V

L'occasion se présenta vite pour la fiancée de Jean de tenir ses promesses. Étant connue pour l'une des filles les plus riches du pays, elle devait être très-jeune demandée en mariage. Son père s'était promis de ne la donner que le plus tard possible ; mais certain parti, qui se présenta tout d'abord, lui parut si brillant, qu'il résolut de prendre en considération la démarche officieuse de M. le doyen. Ce digne prêtre, professant une égale estime pour les deux familles intéressées, s'était chargé en effet de tâter le terrain. Tout en soupant un soir avec sa fille :

— Eh bien, commença Pierre Turpin, te voici donc une femme que l'on pense à courtiser, toi qui me faisais encore hier l'effet d'un petit enfant !

Désirée rougit jusqu'au blanc des yeux. Elle

pensa que son père avait peut-être quelque soupçon de son engagement avec Jean. Celui-ci était venu la veille apporter le produit de sa chasse dans le marais. Le plus pauvre est chasseur de ce côté-là, et Jean prenait souvent pour prétexte à ses visites un cadeau de gibier toujours bien accueilli. Donc il était venu la veille et elle l'avait reconduit jusqu'au bourg. Son père les avait-il suivis à leur insu? avait-il surpris des conversations qui n'étaient point faites pour ses oreilles? La chose semblait pourtant peu probable en y réfléchissant; le marais est si plat, si dénué d'accidents et de feuillage, qu'on y découvre la plus petite figure à une grande distance. Et puis comment admettre que Pierre Turpin se fût abaissé au métier d'espion?

La fille se reprocha d'avoir eu cette pensée, qu'elle résolut aussitôt d'expier par une entière franchise. Ce n'était pas difficile, car le père paraissait disposé à l'indulgence :

— Dis-moi, continua-t-il, serais-tu disposée à te marier?

— Cela dépend du mari que vous avez à m'offrir, répondit Désirée en souriant comme lui.

— Oh! si tu trouvais quelque chose à reprendre au parti en question, tu serais, ma foi, trop difficile. D'abord le jeune homme est riche.

— Ah ! fit Désirée, dont le sourire s'effaça tout à coup.

— Autant que toi pour le moins, et c'est ce qu'on aurait peine à trouver, ma fille, dans un rayon de plus de dix lieues. Il possède deux bonnes fermes, un moulin, et il héritera d'une tourbière que le père de sa défunte mère a sur ses terres aux environs d'Abbeville ; c'est un fameux produit. Tu ne m'écoutes pas, reprit Turpin. Les jeunes filles se soucient peu de l'argent, elles ont tort. Ce n'est pas tout dans la vie, mais...

— Non, mon père, dit vivement Désirée, ce n'est pas tout, bien loin de là, et nous en avons assez, il me semble, pour nous passer de celui des autres.

— Celui des autres en s'y ajoutant ne sera pas de trop, pourvu qu'il soit bien acquis, et je te parle d'honnêtes gens, Désirée, de gens qui nous valent, ce qui n'est pas peu dire encore ! Une chose qui te décidera plus que tout le reste, c'est que le jeune homme a été élevé au collége comme un bourgeois. Il a de l'instruction et des manières.

— C'est trop, mon père, je serais toute gênée avec un si beau mari, étant ce que je suis.

— Toi gênée ? Pourquoi donc ? Tu auras l'air d'une dame, le jour où il te conviendra d'en être une. Mais, quant à avoir un beau mari, oui, tu as raison, tu pourras t'en vanter! Je n'ai jamais vu de gaillard mieux campé sur ses jambes, avec des mains blanches, des moustaches, des cheveux pommadés, tout ce qui s'ensuit... et solide en outre, autant que gentil... Tu hausses les épaules? Les filles ne méprisent pourtant pas ces choses-là... Tu verras! Mais, au fait, tu le connais déjà! Nous l'avons rencontré un dimanche au bourg avec son père, le gros Honfroy de Friaucourt, et je t'ai dit : « Ils sont cousus d'or, ces gens-là! »

— Est-ce que je me rappelle! s'écria Désirée. Est-ce qu'on connaît un homme pour l'avoir aperçu une fois!

— Bah! vous aurez le temps de faire connaissance. Rien ne presse; on ne te demande pas de te décider aujourd'hui même!

Désirée s'était levée un peu pâle.

— Je ne me déciderai ni aujourd'hui, ni plus tard, mon père, ou plutôt, je suis décidée depuis longtemps... J'ai choisi mon mari...

— Toi? balbutia le père Turpin en reculant sa chaise. Es-tu folle? Où donc aurais-tu fait ton choix? Personne ne vient ici à ma connaissance, personne!...

A son tour, il se leva, blanc de colère et de crainte:

— Car tu ne vas pas me dire, malheureuse, que tu es tombée assez bas pour...

— J'aime Jean Paday, interrompit Désirée avec audace.

Jamais on ne lui avait parlé de ce ton dur et méprisant. Sa fierté se révoltait.

— Tu aimes ce meurt-de-faim ? dit Turpin en se frottant les yeux comme pour s'éveiller d'un mauvais rêve, tu aimes le fils d'un misérable petit journalier ?...

— Mon grand-père n'était rien de plus.

— Elle me répond Jean Paday quand je lui parle d'Honoré Honfroy ! se répétait à lui-même en bégayant le père Turpin, qui était retombé assis sur sa chaise comme si les jambes lui eussent manqué.

— Si, quand vous aimiez ma défunte mère, on vous avait parlé d'une autre fille, vous ne vous en seriez guère soucié, répliqua Désirée. Pensez à cela, mon père, reprit-elle d'une voix suppliante, tâchez de vous rappeler votre jeunesse...

Mais la jeunesse du père Turpin était loin, les quelques journées tardives et trop courtes qu'il avait données à l'amour disparaissaient noyées dans une longue vie toute de calculs sensés et quelquefois sordides.

— Tais-toi, interrompit-il hors de lui, jamais je ne prendrai mon parti de te voir descendre jusqu'à un méchant serrurier sans le sou...

— Sans le sou ! Vous en revenez toujours là !
Un homme peut avoir de pires défauts que la
pauvreté. Avouez-le, mon père, vous n'en connaissez pas d'autres à Jean.

— Je ne lui en connais pas d'autres, rugit le
père Turpin, quand il est venu dans ma maison
comme un voleur pour me prendre ma fille,
quand il a comme un lâche abusé de ma confiance ! Sot que j'étais de le traiter en homme
d'honneur et de croire que tu avais le respect
de toi-même, le respect du nom que tu portes,
un nom sans tache jusqu'ici !... Toute sa conduite est infâme, entends-tu, et la tienne ne vaut
pas mieux. Il ne remettra jamais le pied ici,
et tu épouseras qui je voudrai !

En parlant ainsi, Turpin saisit un verre sur la
table et d'un geste violent le brisa, comme il
comptait briser la volonté de sa fille.

Celle-ci l'écoutait, consternée. C'était la première fois qu'elle le voyait s'abandonner à un
pareil emportement, se montrer injuste et brutal, lui jeter les injures et les menaces au visage.

— Si, aimant Jean Paday, j'épousais Honoré
Honfroy, je serais infâme comme vous le dites,
répondit-elle, grave et navrée. Jusqu'ici je n'ai eu
aucun tort, Jean n'en a pas eu non plus, et nous
continuerons l'un et l'autre à bien agir. Il ne

remettra plus le pied ici, puisque vous le défendez ;
je veux vous obéir en tout, sauf pour le mariage...
A cela je résisterai toujours ; c'est mon droit.

— Et tu te trouveras malheureuse, dit le père
Turpin avec une pitié ironique, nous aurons des
plaintes, des gémissements jour et nuit.

— Est-ce que vous ne me connaissez plus, mon
père ? Je ne me trouverai jamais malheureuse auprès de vous, et, si vous entendez une plainte sortir de ma bouche, je consens à devenir madame
Honfroy.

Elle le défiait d'un vaillant sourire.

— Mais tu t'arrangeras pour rencontrer en
cachette ce polisson ?

— Quand vous ne voulez pas qu'il vienne chez
vous ? Allons, me croyez-vous donc fourbe et
menteuse ? Je le serais devenue bien vite. Non,
Jean n'entendra plus parler de moi qu'une fois,
en apprenant que vous lui fermez la maison.

— Je le lui apprendrai bien moi-même !

— Vous ne ferez pas cela, vous ne voudrez pas l'humilier, en même temps que vous
lui causerez un grand chagrin ! Si vous lui
parliez, ce serait rudement, vous ne pourriez
rester maître de vous. Et puis je ne me soucie
pas de paraître obéir par force ; vous devez
comprendre cela, mon père. Ce sera moi qui

ferai connaître votre volonté à Jean, et il s'y
soumettra, comme je m'y soumets.

— Mais tu n'épouseras pas Honoré Honfroy,
tu y es bien décidée, même quand ton père
t'en prie? dit Turpin essayant un peu tard de la
persuasion.

— Ni lui ni un autre, jamais! Vous ne savez
pas ce que vous me demandez. Ce serait mon
malheur.

— Tiens! s'écria le vieillard en sortant brusquement et en faisant retomber la porte derrière lui
avec fracas, j'aime mieux m'en aller, tu me ren-
drais fou avec tes entêtements et ta tranquillité!

Pendant des semaines, Pierre Turpin s'arma de
rigueur, ne parlant à sa fille que lorsqu'il y
était forcé, lui marquant son mécontentement
en toute occasion, et l'observant néanmoins avec
une inquiétude mêlée de vague remords. Elle
était, pour sa part, comme toujours, d'humeur
sereine; il eût été impossible de démêler le moindre changement dans ses allures. Enjouée, dili-
gente, attentive au ménage, elle semblait ne
cacher ni secrets ni chagrins d'aucune sorte.
Parfois le père Turpin en venait à croire
que la soumission qu'elle avait promise ne lui
coûtait guère, qu'elle ne pensait plus à Jean.
Elle n'avait point d'autre pensée au contraire;

on peut dire qu'elle était avec lui plus que jamais en esprit depuis qu'il lui avait été interdit
de le voir. Le matin, son premier regard se portait vers la falaise lointaine que surmontait l'atelier des Hannequin. Elle savait qu'à cette même
heure, Jean regardait du côté du marais, et
leurs cœurs se rejoignaient en route.

Dans le courant de la journée, quand elle
laissait tomber son ouvrage pour rester immobile,
perdue dans une méditation vague, la Gendarme
se disait en grommelant : « La voilà encore
partie!... » Un jour elle n'y tint plus, et, interpellant son maître à brûle-pourpoint :

— Vous ne voyez donc pas ce qui se passe?
dit-elle avec un accent de reproche terrible.

— Eh! que se passe-t-il donc? demanda Turpin.

Le désir de la faire parler des faits et gestes
de Désirée, qu'elle pouvait surveiller plus con-
stamment que lui, le dévorait depuis longtemps,
mais toujours il était retenu par une sorte de
mauvaise honte.

— Elle ne dort pas, je vois sa lumière briller
quelquefois jusqu'au milieu de la nuit; elle
pleure...

— Ma fille pleure? C'est impossible... Je ne
m'en suis jamais aperçu.

— Bien d'autres choses, ma foi, vous ont

échappé! Pour ne parler que de ses amours avec Jean Paday...

— Dont tu m'aurais instruit, si tu avais fait ton devoir, vieille!

— Pourquoi? pour que vous la fassiez souffrir plus tôt, elle, mon enfant? Ne comptez pas sur moi pour la garder, Pierre Turpin. Elle me commanderait aujourd'hui d'aller lui chercher son galant, que j'irais, aussi vrai que j'existe...

— Mais elle ne te commandera rien de pareil, dit Turpin avec une satisfaction hautaine.

— Oui, sang-Dieu, j'irais le chercher, répéta la Gendarme, comme si elle n'eût rien entendu de ces derniers mots, j'irais quand vous devriez me chasser ensuite.

— Tu es folle, dit Turpin en lui frappant sur l'épaule. Te chasser, toi, après quarante ans?...

— Je vous crois capable de tout, depuis que je vous ai vu si dur avec votre propre sang. Vous la tuerez...

— Quelle sottise! Elle est toujours la même!

— Elle sera la même jusqu'au bout, elle a du courage et elle est fière, c'est votre fille; mais un jour vous pleurerez, vous aussi, dit la grande Cayeusaine d'un ton prophétique en secouant sa main osseuse.

Le père Turpin était resté songeur.

— Ainsi, reprit-il au bout d'une minute, tu prétends que tu l'as vue pleurer?...

— Plus d'une fois !

Il passa rapidement un doigt sur ses yeux, comme pour en chasser lui-même quelque humidité insolite.

— Ma fille serait malheureuse?... malheureuse par ma faute?... Non ! (Et il frappa du pied pour s'affermir contre lui-même.) Non ! par sa faute à elle... à elle seule ! Dût-elle souffrir, je tiendrai bon, vous le verrez bien !

Cependant les paroles de la Gendarme restaient gravées dans sa mémoire et le troublaient. C'était vrai, Désirée avait les yeux rouges parfois..., mais comme elle savait dissimuler ! quelle énergie tenace !

Il l'en estimait davantage, et répétait après la Gendarme :

— Elle est bien ma fille... un vrai rocher...

Désirée se désolait beaucoup moins, du reste, qu'on ne pouvait le supposer autour d'elle. Les grands cœurs ont foi en eux-mêmes et dans les autres ; elle se savait incapable de changer, elle croyait son amant fidèle et patient, elle n'avait pu se résigner d'un coup à douter de la droiture, de la générosité de son père : « Le cher homme s'est emporté une fois, pensait-elle, et maintenant il s'obstine, mais il redeviendra ce qu'il était, si nous savons attendre. » — Elle attendait donc, triste sans doute, mais résignée, confiante surtout.

L'événement lui donna raison. Assez longtemps encore ce despote prit un cruel plaisir à éprouver l'autorité qu'il avait sur sa fille, c'était une compensation du moins à la honte qu'il éprouvait de se sentir faiblir; puis un soir, alors que Désirée se demandait s'il resterait encore bien des jours silencieux et sévère avec elle, le père Turpin s'en alla heurter à la porte de l'atelier où travaillait Jean :

— Sors, grommela-t-il, j'ai à te parler.

Le jeune homme obéit avec un mélange d'empressement et de crainte, s'attendant à quelque scène pénible. Sans rien dire d'abord, Turpin marcha droit devant lui, jusqu'au sommet désert de la falaise, les bras croisés derrière le dos, l'air soucieux; Jean le suivait, tel qu'un condamné que l'on mène au supplice. Il ne l'avait pas vu depuis l'explication dont l'avait informé Désirée.

— Comme te voilà maigre et jaune! fit tout à coup la père Turpin en se tournant vers lui d'un air railleur. Bientôt on ne pourra plus dire que tu es un joli garçon. As-tu donc été malade?

— Non, monsieur Turpin, répondit Jean.

16

Il était changé, en effet. Le chagrin avait agi sur lui plus visiblement que sur Désirée; il avait moins de force morale et depuis longtemps était sans espérance, ne travaillant plus, au dire du vieux Hennequin, comme si le but eût manqué désormais à ses efforts.

Tous deux se turent, les yeux fixés sur l'horizon. Le soleil couchant y allumait un incendie; lentement son globe rouge s'abaissait derrière le rideau de nuages qu'il teignait d'incarnat, pour reparaître ensuite à demi, se dérober de nouveau, rayer de flammes violentes le ciel, puis la mer, et s'abîmer enfin dans le sein de celle-ci, qui un instant ne fut qu'une nappe de feu.

— Il fera beau demain, remarqua le père Turpin.

— Oui, répondit Jean, toujours sur la défensive, comme s'il se fût trouvé en face des feintes d'une bête féroce prête à s'élancer.

— Ah çà, dit le père Turpin ramenant ses bras sur sa poitrine et toisant le jeune homme de la tête aux pieds, tu te permets donc de vouloir épouser ma fille?

— Jamais je n'ai dit cela, jamais je n'ai seulement osé le penser, s'écria le pauvre diable éperdu.

Sa confusion ne déplut pas au maître du Corps de-Garde.

— Au moins, pensa-t-il, ce malheureux comprend la distance qui le sépare de Désirée.

— Tu prétends l'aimer, continua-t-il, c'est la même chose que de vouloir l'épouser, puisqu'elle t'aime aussi. Les honnêtes gens qui s'aiment se marient.

— Monsieur Turpin, dit Jean d'une voix défaillante, ne vous moquez pas de moi ! J'ai toujours compris que je n'étais point le gendre qu'il fallait à un homme riche comme vous. Si j'aime Désirée, c'est malgré moi, et je saurai me taire; elle n'entendra plus parler de ma folie, je quitterai le pays, puisque vous l'exigez...

— Pour l'affliger encore davantage, dit Pierre Turpin toujours goguenard, mais quelque peu attendri au fond. Tu ferais là de jolie besogne ! A quoi remédierait ton départ? La sotte te trouverait d'autant plus de qualités que tu serais absent... On connaît cela ! Sans doute tu n'es pas le mari que j'aurais choisi pour Désirée, je te déclare même franchement que je lui trouve mauvais goût, et que si, elle m'avait consulté autrefois, si je pouvais seulement aujourd'hui l'empêcher de penser à toi... Mais ne parlons pas de ce qui est impossible. Je dis donc que tu n'es pas digne de Désirée...

— Personne n'est digne d'elle, interrompit Jean avec vivacité.

— Bien parlé, mon gars, mais écoute : chacun de nous peut gagner sa part de paradis. Je ne suis pas plus fier que le bon Dieu...

— Monsieur Turpin! qu'est-ce que vous me dites là ?... est-ce que vraiment vous consentiriez ?...

— Je dis qu'il dépend de toi de mériter ton bonheur, fit le père avec un mélange curieux de sévérité, d'émotion et de secret dépit, comme si une puissance plus forte que sa volonté lui eût dicté cette réponse. Prouve-moi que tu es un garçon rangé, un bon travailleur, je ne me contenterai pas d'une année d'épreuve, ni de deux, entends-tu bien ? Il me faudra être sûr de toi comme je le suis de moi-même...

— Oh! rien ne me sera impossible, s'écria Jean à demi fou de joie. Que faut-il que je fasse?...

— Rien de bien malin. Tu es serrurier. Sois habile et laborieux dans cette partie-là. Tu me diras peut-être que c'est inutile, si tu dois devenir cultivateur ? Mauvaise raison ! Quand on réussit sur un point, on est capable de réussir sur un autre. Si tu travailles convenablement le fer, tu travailleras de même la terre, si tu épargnes ton salaire d'ouvrier, tu ne gaspilleras pas ton bien quand tu seras propriétaire. D'ailleurs je t'avertis que tant que je vivrai, et je suis encore vert, Dieu

merci, il n'y aura pas d'autre maître au Corps-
de-Garde que Pierre Turpin. Fais ton chemin
comme tu l'as commencé, montre que tu es
capable de te suffire à toi-même. Que je sache
bien à qui je donnerai ma fille, quand je te dirai
enfin : « Elle est ta femme ! » Tu as le temps,
blanc-bec ! Je ne me suis marié qu'à cinquante
ans, tel que tu me vois.

Turpin se mit à rire devant la mine allongée
du pauvre Jean.

— Allons ! rassure-toi, on ne te laissera pas
languir jusqu'à cet âge-là ; mais vous marier dès à
présent, cela n'aurait pas le sens commun,... un
méchant gars qui n'a seulement pas tiré au sort !
Il faudra voir si tu seras bon soldat ! A ton retour
du service, que diable... Qu'est-ce qui te prend !
Tu as l'air de ne pas savoir si tu dois te réjouir !

— Je suis trop heureux, monsieur Turpin, et
maintenant vous me permettrez de voir Désirée ?...

— Parbleu ! puisque vous êtes d'accord...
Avec ma permission, cette fois !

Jean faillit tomber aux genoux du père Turpin, et celui-ci dut s'avouer à lui-même qu'il avait,
depuis qu'il était parvenu à dominer son orgueil
et sa cupidité, l'âme bien plus légère. Il ne voulut point cependant revenir lui-même sur ce qu'il
avait dit à Désirée, se refusant ainsi par un

16.

reste d'obstination le plaisir de lui raconter son entrevue avec Jean. Ce fut le jeune homme qui le lendemain, dès le lever du jour, apporta la bonne nouvelle à sa fiancée. Elle ne parut pas trop surprise.

— Pauvre père ! dit-elle, j'étais bien sûre qu'il m'aimait ! Comme je vais l'embrasser !

— Embrasse-moi d'abord, s'écria Jean, — et elle ne se le fit pas demander deux fois ; — tâche surtout, ajouta-t-il, que ton père nous marie plus tôt qu'il ne l'a dit.

— Oh ! quant à cela, répliqua Désirée, il a grandement raison de vouloir attendre. Nous sommes trop jeunes, toi surtout. Que nous importe, puisque nous nous verrons autant que nous voudrons et que nous serons sûrs de l'avenir ?

— Je ne peux pas être tout à fait de ton avis, soupira le jeune homme. S'il avait seulement fixé le terme...

— Ne le pressons pas trop. Il a été si bon déjà !

— Sans doute, pourtant...

— A quoi penses-tu ? interrompit tout à coup Désirée en repoussant de la main sa tête frisée pour le regarder gaiement, droit dans les yeux. Tu n'as pas l'air bien satisfait ? Que vous faut-il de plus, monsieur l'ambitieux ?...

— Je pense, balbutia Jean, qui ne voulait évidemment dire qu'une partie de sa pensée, quelle joie ce serait pour ma pauvre mère si elle était de ce monde...

— Eh bien, interrompit encore Désirée d'un ton presque sévère, qu'as-tu fait de ta religion ? Est-ce que la chère femme ne nous voit pas d'où elle est ? Crois-tu qu'on soit moins content au ciel que sur la terre ?

Jean venait de la quitter pour retourner à sa besogne ; c'était le matin, un beau matin de printemps. Elle continuait d'errer à travers le marais, qu'embellissait une magnifique explosion de vie. Des myriades d'insectes diaprés, étincelants, pullulaient dans chaque rayon de soleil ; on les voyait monter et descendre parmi les vapeurs roses. Rien ne saurait rendre la beauté de ces tons humides des contrées marécageuses à pareille heure et en pareille saison ; un peintre eût voulu les saisir pour rendre l'aurore. L'hépatique fleurissait partout au bord des mares ; une musique étrange, cris grêles et tremblotants, bourdonnements joyeux, soupirs et chansons mêlés en cadence, se dégageait de la forêt de roseaux toute grouillante de nids. Les yeux et les oreilles de Désirée étaient accoutumés à ces bruits, à ce spectacle, elle en savait le sens

secret, et de longs entretiens s'établissaient souvent entre ce rêve confus de toutes choses
et sa propre pensée.

— Que je suis heureuse ! murmura-t-elle soudain.

Et sa voix frémissante se perdit dans le grand
chœur d'allégresse qui s'élevait des différents
points du marais où chaque être vivant célébrait
ses amours, ses noces ou les fêtes plus douces
encore de la maternité.

Le père Turpin cependant venait à sa rencontre. Elle résolut de ne pas lui adresser de
remercîments qui l'eussent embarrassé, irrité
peut-être, en lui rappelant qu'il avait dû céder.
Sans rien dire, elle prit sa main calleuse et la
porta précipitamment à ses lèvres avec une telle
effusion de tendresse, de reconnaissance et de
joie, que le bonhomme se sentit aussi triomphant pour le moins que s'il avait eu le dernier
mot de leur querelle, que s'il eût conduit à
l'autel selon ses vœux la riche épousée du bel
Honoré Honfroy de Friaucourt.

VI

Jean Paday tira au sort sur ces entrefaites, et un bon numéro lui échut. Décidément le guignon qui avait poursuivi son père ne s'attachait pas à lui. Au contraire, tout le monde parlait de Jean comme d'un garçon favorisé; échapper dans la même semaine au service militaire et obtenir la main d'une héritière telle que Désirée Turpin, c'était trop de bonheur pour un seul. Personne ne s'arrêtait à considérer le revers de la médaille, les longues fiançailles qui remettaient l'accomplissement de ce bonheur à un temps lointain. L'usage des pays du Nord est de se fiancer jeune et de se marier tard. C'est assez naturel après tout; le cœur s'ouvre comme un bourgeon d'avril, et on ne contrarie pas son éclosion; mais, pour entrer en ménage, il faut

autre chose que de l'amour, il s'agit d'avoir
fait quelques économies. Tout en travaillant, on
espère, et chaque effort vous rapproche de la réa-
lisation de cette espérance honnête et détermi-
née. Voilà peut-être pourquoi il y a tant de
bons ouvriers et de braves gens. Si le jeune
homme, gâté par la prospérité, abandonne sa
fiancée pour une femme à grosse dot, si la jeune
fille, lasse d'attendre, accepte les vœux d'un
autre, l'opinion publique condamne ce parjure;
en revanche, elle se montre clémente pour certaines faiblesses. Un enfant vient-il à naître avant
le mariage, c'est souvent la famille du père qui
le recueille et l'élève, jusqu'au moment de la
réparation. D'ailleurs les chutes sont rares, le
sentiment de l'honneur étant très-prononcé parmi
ces populations. Un tempérament calme, une
éducation rigide, une piété sans mélange d'exaltation ni de fanatisme, mais profonde sous des
apparences aussi froides que régulières, ne con-
tribuent pas médiocrement à l'affermir.

Donc on parlait partout de la chance qu'avait
eue Jean Paday. La plupart s'en réjouissaient,
car l'estime dont avaient joui ses parents s'était
reportée sur lui, quelques-uns l'enviaient; une
seule personne s'affligea et ne craignit pas de
le montrer : ce fut la grande Flore.

Les Flore et les Euphrosine, les Adelphina et les Doralice sont nombreuses aux Quatre-Rues, et ces noms précieux forment un amusant contraste avec les haillons de celles qui les portent. Non pas que la grande Flore en question fût parmi les plus déguenillées; si elle était mal vêtue, elle savait du moins donner toujours à ses pauvres vêtements une tournure pittoresque; elle faisait même sous ce rapport l'admiration des peintres qui viennent s'établir l'été sur la modeste plage d'Ault, et, quand elle s'en allait aux crevettes, les jambes nues, sa poitrine rebondie débordant d'un corset rouge mal lacé, la gerbe d'or de sa chevelure, libre de l'entrave du bonnet, tordue en un gros nœud au-dessus de sa tête, les bras au vent, ses fortes lèvres rubicondes entr'ouvertes pour aspirer tous les âpres aromes de la mer qui avait nourri son développement splendide, il était impossible de ne pas se retourner bien des fois pour la voir. Flore le savait, et il y avait dans sa façon de marcher, dans le seul mouvement qu'elle imprimait à la jupe qui couvrait à peine ses membres souples dont le soleil n'avait pu altérer la blonde blancheur, une coquetterie diabolique. Elle en dirigeait de préférence les assauts contre Jean, sur lequel dès la première rencontre s'était fixé

son caprice. Pourquoi ? Elle n'aurait su le dire.
Peut-être parce qu'il la regardait moins qu'un
autre. Aussi que ne faisait-elle pas pour qu'il la
regardât ! Avant de se rendre à la pêche, son panier
sur l'épaule, elle glissait une tête rieuse à travers
la fenêtre de l'atelier, en lui adressant quelque
agacerie qui rendait jaloux maint camarade de
Jean, moins sage que lui ou qui peut-être n'avait
pas l'âme occupée ailleurs. Au retour, elle se faisait une couronne et des pendants d'oreilles de
goëmon, et ainsi parée avec un art instinctif,
hardie comme une bacchante sous ces grappes
bronzées, elle l'abordait avec des plaisanteries,
lui racontant qu'un de « ces messieurs peintres »
lui avait dit qu'elle gagnerait tout ce qu'elle voudrait à Paris rien qu'à se montrer et à se tenir
assise ou debout, tandis qu'on la « tirerait en
portrait », mais qu'elle ne voulait point quitter le
pays. Il n'était pas beau le pays, elle n'y trouvait
que la misère, n'importe, le gars qui lui plaisait
était là ! Voulait-il savoir son nom ?...

Et elle se sauvait avec un rire strident
comme un cri d'oiseau de proie, véritable rire
de sorcière, en lui montrant dans sa course
des jambes bien tournées.

Un jour elle se baigna en compagnie de toute
la horde des Quatre-Rues, sous les fenêtres

mêmes de l'atelier de Jean, Dieu sait dans quel costume! Ce scandale a lieu souvent, mais il est rare que les baigneuses ressemblent à Flore. Le père Hannequin eut beau dire que c'était une honte, il ne resta guère de jeunes ouvriers autour de l'enclume. Jean tourna le dos en frappant du pied :

— Tu t'emportes contre ces horreurs-là? lui dit son patron. M. le maire devrait les punir, en effet; mais elles n'y voient pas de mal aux Quatre-Rues. Le mieux est de n'y pas faire attention.

C'était le mieux sans doute, mais aussi le plus difficile.

Quand Désirée eut mis Jean au désespoir en lui disant que son père ne voulait plus qu'il vînt au Corps-de-Garde, Flore, qui l'observait sans cesse, fut la première à s'apercevoir de la morne tristesse du jeune serrurier; il ne quittait plus le bourg, évitait d'aller du côté du marais. Un soir qu'il errait à marée basse au pied de la falaise, sur le sable verdi de varech et entrecoupé de blocs de craie visqueuse qui servent de refuge aux crabes, Flore, revenant de donner la chasse à cette vermine, trouva moyen de passer et de repasser auprès de lui à plusieurs reprises. Il finit par lui accorder un signe de

17

tête en murmurant : « Bonsoir ! » « Bonsoir !... »
répondit-elle avec un sourire qui découvrit ses
dents blanches ; puis, posant son panier auprès
d'elle, comme si elle n'eût attendu que ce mot
pour entamer la conversation :

— De loin, dit-elle, je ne te reconnaissais pas :
tu avais l'air d'une âme en peine. Qu'as-tu donc
à battre la grève de côté et d'autre ? Attends-tu
par hasard quelque fille à la brune ?

— Je n'attends personne, murmura Jean.

— Et on croirait, ma foi ! que tu en es fâché !
Bah ! au mal il y a du remède ! Cela ne te sera
pas difficile d'avoir une bonne amie quand tu
voudras.

Jean ne répondit pas.

— Tu en as peut-être une déjà ? Voyez-vous
le sournois ! Il en a une ! Et il paraît qu'elle te
fait de la peine ?

— Où prends-tu que j'aie de la peine ?

— A ta mine piteuse. Les amoureux devraient
être pourtant plus gais que les autres. Tu auras
mal choisi.

Elle voulait le faire parler, mais c'était inutile
Jean souffrait de voir la pensée de cette fille rôder
autour de Désirée, bien qu'elle ne se posât pas
encore précisément sur elle.

— Adieu, dit-il.

— Comme te voilà pressé ! Cela te contrarie
que je sache que tu as une bonne amie ?

— Tu ne sais rien.

— Si fait, à ton âge et au mien, on n'a jamais
de chagrin que pour des affaires d'amour.

— Tu crois ?

— J'en suis sûre... Tiens, moi, j'ai enduré le
froid et la faim, j'ai reçu des coups plus que ma
part ; cela m'était bien égal, je ne sentais rien,
j'ai la peau dure comme celle d'un requin, telle
que tu la vois avec ses airs de satin, dit Flore en
prenant la main du jeune homme pour la poser
sur son bras rond et ferme ; mon estomac est
assez bon pour résister au jeûne, et mes cheveux me
tiennent chaud, continua-t-elle en secouant la tête
d'un geste brusque qui fit tomber autour d'elle toute
sa fauve toison, d'où semblaient jaillir des paillettes
d'or ; mais il faut qu'un méchant gars passe sur
ma route pour m'ôter le sommeil et l'appétit !

Elle poussa un gros soupir.

— Tu es amoureuse ? dit Jean un peu narquois.

— Il le demande, s'écria-t-elle, et il en rit !

— Eh bien, tu devrais, en ce cas, faire moins
de gentillesses à tout le monde, au premier venu.

— Tu n'es pas le premier venu...

— Aussi je ne parle pas de moi.

— Je ne fais attention à aucun autre, dit Flore

avec force, et cependant, si je voulais, il y a même des messieurs de Paris...

— Va croire les bourgeois, pauvre fille, ce sera ta perte !

— Eh ! à quoi me servira de ne pas me perdre, si les honnêtes gens ne veulent point de moi ?

Jean avait relevé son panier et le lui tendait pour lui indiquer qu'elle eût à partir. Malgré le crépuscule croissant, il craignait que quelqu'un ne le vît s'attarder à causer avec une pareille créature. Que dirait Désirée si elle l'apprenait par hasard ?... Et puis il était mal à l'aise. Dans cette demi-obscurité, le visage de Flore lui apparaissait ému, adouci, presque timide ; l'impudeur de ses vêtements ne le choquait plus comme en plein jour, sous la brutale clarté du soleil ; ce voluptueux désordre estompé pour ainsi dire, et voilé d'ombre, le troublait au contraire, il était forcé de se l'avouer, car, en somme, s'il avait le cœur d'un amoureux fidèle, il avait les yeux d'un jeune homme.

Flore le regarda une seconde, bien en face, avec une expression d'ironie farouche, puis elle lui arracha son panier plutôt qu'elle ne le lui prit des mains.

— Tiens ! dit-elle, je les déteste, les honnêtes gens ! Ils sont cause de tout ce que nous souffrons, chacun de notre côté, car, ne me dis pas

le contraire, il y a quelque mijaurée du bourg
ou de la campagne qui ne veut pas de toi... oh !
je saurai laquelle... parce que ses parents ne lui
permettent pas le mariage, ou que M. le doyen
lui défend d'avoir un amant. C'est moi qui, à
sa place, me moquerais de M. le doyen, comme
de père et mère !

Là-dessus, Flore imprima un balancement énergique à son panier et s'en alla, enjambant les
flaques d'eau, sautant d'une pierre sur l'autre
avec une agilité de chèvre.

Jean resta quelque temps derrière elle à regarder s'allumer les phares, dont les clartés différentes scintillaient sur la côte ; le plus éloigné, le phare d'Ailly, s'éclipsait à chaque instant
comme une faible étoile qu'obscurcit un nuage.
Tout à coup il se surprit pensant aux dernières
paroles de Flore ; elles exprimaient assurément du
courage, de la passion, une certaine grandeur. La
malheureuse eût tout bravé pour celui qu'elle
aimait, tandis que Désirée se soumettait, le sa-
crifiant aux injustes volontés de son père !

Cette comparaison que nous venons d'exprimer
beaucoup plus nettement qu'elle ne put se présenter à l'esprit de Jean, car la parole ne tra-
duit pas certaines impressions si vagues, si
faiblement ébauchées, effacées si vite surtout

qu'elles ne laissent pas plus de trace de leur
passage que le pli de l'eau n'en laisse sur le
sable, cette comparaison lui fit horreur du reste,
il lui sembla profaner, en s'y arrêtant, ce qu'il
y avait de plus sacré au monde.

— Flore ne sait pas ce que c'est qu'un devoir, pensa-t-il aussitôt.

Et, donnant ainsi raison à Désirée dans son cœur
désolé, il regagna la maison du père Hannequin,
en se promettant de fuir désormais les mauvaises
rencontres.

Mais il n'était pas facile d'échapper à Flore ; elle
guettait partout au passage. S'asseyait-il sur le pas
de la porte, elle venait se poser auprès de lui :

— Eh bien, mon pauvre gars, tu ne veux toujours pas te consoler ?... Elle est donc bien
belle cette fille ? Plus belle que moi?

— Tu sais que tu es belle sans que je te le
dise, répondait le jeune homme avec un triste
sourire ; mais la personne dont tu parles serait
vieille et laide, que je la trouverais encore sans
pareille, entends-tu?

Flore haussait les épaules et s'en allait, en
grignotant les prunelles et les poires sauvages
qu'elle ramassait le long des chemins, car c'était
toujours la même vagabonde que dans son enfance.

Un dimanche, apercevant Jean qui, du haut de la falaise, contemplait le marais, comme Adam banni put contempler le paradis à tout jamais fermé devant lui :

— Tiens! dit-elle avec mépris en lui poussant le coude, tu es bête!

C'était la veille du jour où le père Turpin vint dire à Jean qu'il l'acceptait pour gendre. Depuis lors, toutes les avances de Flore furent perdues pour le fiancé de Désirée ; il ne s'apercevait même pas qu'elle versât des larmes qui pouvaient être de colère aussi bien que de chagrin. Il fallut que son patron le lui fît remarquer en ricanant.

— Ma foi! ajouta le vieux serrurier, on peut dire que tu es né coiffé. Tu épouses la plus riche, tu fais pleurer la plus belle. Excusez !

Il est vrai que la belle Flore ne manqua pas une seule fois pour cela le bal de Fifi, un petit bal assez gaillard et fort mêlé qui a lieu chaque dimanche sous la tonnelle de houblon d'un cabaret de la grande route. Jean, n'étant pas infatué de sa personne, ne pouvait croire qu'elle souffrît de ses dédains comme elle le prétendait ; l'eût-il cru, qu'il s'en serait médiocrement soucié, tant le bonheur rend égoïstes les meilleurs d'entre nous ; mais ce bonheur absorbant ne dure guère, hélas! A peine le possède-t-on qu'on

en veut davantage ou qu'on le veut différent.
Jean pouvait voir Désirée chaque dimanche désormais et même passer quelquefois dans la
semaine un bout de soirée auprès d'elle; leurs
entretiens n'étaient contrôlés par personne, le
père Turpin sachant sa fille capable, il le
disait avec orgueil, de se garder elle-même.

Pendant des semaines, Jean n'en demanda pas
davantage, puis Désirée s'aperçut qu'il devenait
soucieux. — Ton père, lui disait-il, ne fixera
donc jamais de date à notre mariage? J'ai beau
la lui demander, il ne me répond pas; tu devrais
le presser un peu.

— J'aurais honte de faire cela, répondait Désirée
en rougissant.

— C'est que tu ne m'aimes pas, reprenait Jean,
répétant peut-être un mot de Flore, qui lui
disait volontiers en passant : « Elle te laisse
encore languir?... Elle ne t'aime donc guère? »

Désirée levait vers lui ses yeux rayonnants
de pure tendresse, mais dans la limpidité desquels passait l'ombre d'un reproche ou d'une
inquiétude, je ne sais quelle divination d'un
péril inconnu :

— Je ne t'aime pas?... je t'aime comme autrefois... par-dessus tout. C'est toi qui n'es plus
le même, si impatient... et quelquefois...

— Tu vas me reprocher encore, comme l'autre jour, d'être brutal?

— Je n'ai pas dit ce mot-là, répliquait Désirée en rougissant de nouveau ; mais, Jean, il faut respecter celle qui doit être ta femme et porter le nom de ta mère. Il y a des moments où je ne te reconnais pas...

— C'est-à-dire que tu ne peux pas me comprendre parce que tu es froide, oui, froide comme une pierre, plus froide que je ne l'aurais jamais cru...

Elle continuait de le regarder d'un air interrogateur et suppliant auquel il ne savait pas résister. Cette chasteté, cette retenue qu'il lui reprochait, étaient justement ce qui la mettait à ses yeux au-dessus de toutes les femmes.

— Pardonne-moi, lui disait-il, je suis content, je ne demande rien de plus. Aie pitié de ton pauvre Jean quand il déraisonne. Pourquoi le père Turpin a-t-il voulu que je reste au bourg au lieu de venir vivre par ici ? Cela m'aurait moins coûté d'attendre, si j'avais pu te voir tous les jours.

— Non, Jean, mon père a eu raison, il a été prudent. Cela te coûterait davantage au contraire.

Jean n'eût pas osé témoigner à Désirée autrement que par des plaintes vagues et par une humeur sombre ce qui se passait en lui ; il la

17.

vénérait bien trop et fût mort de confusion, lui semblait-il, si elle avait pu le deviner, si elle avait soupçonné seulement les orages, les tentations qui venaient assaillir ses vingt-deux ans, cet âge où le sang fermente et bouillonne comme du vin nouveau.

Il laissait Désirée consternée, ne sachant à quoi se résoudre, combattue entre sa pudeur, son amour et une vague appréhension ; de son côté, il s'accusait, il se méprisait ; puis Flore se trouvait toujours là comme à l'affût, avec des yeux ardents, avides, presque féroces, qui semblaient lire au plus profond de son cœur tourmenté.

Elle venait s'asseoir à ses côtés :

— Eh bien, s'écriait-elle, tu as de la patience ! Veux-tu que je te dise mon avis sur cette belle demoiselle du Corps-de-Garde qui te tient en laisse comme un petit chien ?...

— Je te défends de prononcer seulement son nom, répondait rudement Jean Paday ; c'est une sainte, entends-tu ?

— Une sainte ?... On adore les saintes, c'est convenu, mais cela n'empêche pas de rire avec d'autres !

VII

Cet automne-là, Désirée fut malade. On décida qu'elle avait « les fièvres ». Bien des maux
qui n'ont rien de commun avec elle sont mis
sur le compte de la fièvre intermittente par les
habitants des pays marécageux. Quoi qu'il en fût,
Désirée tombait en langueur, c'est encore un mot
des gens de campagne. Peut-être l'âme était-elle
chez elle atteinte plutôt que le corps; le pressentiment d'un malheur inévitable qu'elle n'essayait même pas de définir pesait sur elle. Jean
venait la voir comme auparavant, il ne la tour-
mentait plus de ses impatiences, de ses désirs,
de ses reproches; il lui marquait autant de respect que de tendresse; cette tendresse, devenue
plus timide, n'en était que plus touchante, et,
néanmoins Désirée se sentait offensée, sans savoir

pourquoi, par tout ce qu'il faisait et tout ce qu'il disait, par sa gaieté seulement, une gaieté bruyante, forcée,que semblait souvent exciter une pointe d'ivresse. Son regard ne rencontrait plus aussi volontiers le sien, il avait pris une expression craintive ; les interrogations trop directes le troublaient. Des paroles libres ou grossières, qu'il n'eût jamais prononcées autrefois, lui échappaient cependant, et il émettait sur bien des choses des idées différentes de celles que Désirée lui avait toujours connues : il semblait que son jugement, si clair et si droit, s'obscurcît. Quelle influence subissait donc Jean ? Désirée se le demandait, non pas avec la jalouse inquiétude d'une maîtresse exigeante, mais avec cette sollicitude quasi maternelle qui s'unissait chez elle à une virginale candeur. Ce n'était pas en compagnie de ses camarades ordinaires, les ouvriers du père Hannequin, qu'il pouvait boire et se pervertir ; elle les connaissait pour de bons gars, un peu étourdis peut-être, mais sobres et honnêtes en leurs propos. Désirée entreprit de confesser Jean, qui, si récemment encore, lui confiait tout par un besoin irrésistible ; hélas ! elle s'aperçut vite qu'il esquivait les réponses, qu'il détournait l'entretien, qu'il déguisait la vérité.

On prête un bandeau à l'amour ; l'amour trans-

forme au contraire la clairvoyance en divination.
Mais dans un grand cœur il est confiant, malgré
les pressentiments, malgré les apparences ; il
ferme volontairement les yeux par pudeur, par
générosité, ce qui fait que le vulgaire le croit
aveugle. Désirée eût pu bien facilement s'informer au bourg de la conduite de Jean ; fi ! questionner des étrangers, le surveiller en cachette !
Sa fière probité se révoltait à cette seule pensée !
Elle cherchait donc à comprendre toute seule et
se perdait en conjectures ; l'idée ne lui vint pas
qu'il eût cessé de l'aimer : comment lui fût-elle
venue quand, sans cesse, il répétait que jamais
il n'avait compris aussi bien tout ce qu'elle valait,
qu'il voudrait avoir l'occasion de mourir pour elle,
qu'il n'était pas digne seulement d'être son ser-
viteur ? Cette humilité de sa part était chose
nouvelle : autrefois, ils marchaient à côté l'un de
l'autre comme deux égaux ; maintenant, Jean se
faisait petit, lui disant qu'il n'avait jamais été
bon que par elle, que loin d'elle il n'était et ne
pouvait être qu'un misérable sans courage et sans
raison.

En parlant ainsi, ses yeux s'emplissaient de
larmes ; elle devait le consoler, le relever :

— Allons ! disait-elle, tu te calomnies, mon Jean !
Je ne te connais pas d'hier ! Le bon Dieu t'a donné

un cœur d'or qui n'avait pas besoin de mes leçons.
Vraiment, à t'entendre, on dirait que tu as quelque remords sur la conscience. Est-ce un tort en-
vers moi, sans que je le sache ? Je te pardonne
d'avance, pourvu que tu ne te le reproches plus,
mais ne me cache rien... Tu ne m'as jamais rien
caché, tu le sais, même tes sottises ! Allons, je vais
t'aider ! Jean, tu as été au cabaret,... tu y es retourné peut-être ! J'ai touché juste, n'est-ce pas ?
Eh bien, tu vois que ce n'était pas si malin à
deviner ni si difficile à dire...

— Tais-toi, répondait Jean suffoqué par l'émotion, tais-toi, je t'en prie, tu me fais mal... J'aimerais mieux un coup de couteau.

— C'est donc bien grave ? dit une fois Désirée.

Alors il entreprit de la rassurer, il plaisanta, il fit
semblant d'être sincère. Ce qui le chagrinait, c'était
d'avoir dépensé mal à propos; il était faible, il n'avait
pas su refuser aux camarades quelques écus, lentement accumulés, qui devaient servir à l'achat d'un
cadeau de noces.

— N'est-ce que cela ? s'écriait Désirée. J'aurai
bien assez de cadeaux ! Ta bonne intention me suffit.

— D'ailleurs, reprenait Jean avec amertume,
j'aurai le temps, n'est-ce pas, de mettre encore
de l'argent de côté avant la noce? On la renvoie
si loin ! Enfin,... puisque cela te convient...

Ils se séparaient sur ce mot ou sur un autre non moins aigre, et Désirée s'étonnait de sentir toujours peser sur son cœur ce poids indéfinissable dont aurait dû la délivrer l'explication de Jean.

Pierre Turpin ne s'apercevait d'aucun changement dans les allures de son futur gendre. Il trouvait, au contraire, qu'il se formait, qu'il prenait l'air plus décidé. Le père Hannequin parlait toujours de lui comme d'un bon ouvrier, c'était l'essentiel, et, quant à ce qu'on pouvait dire ailleurs, les habitants du Corps-de-Garde ne s'en doutaient pas. Ils vivaient à l'écart de tous les bruits du bourg dans leur paisible solitude. Le père Turpin n'avait du reste qu'une seule préoccupation sérieuse, la santé de Désirée; il n'était pas homme à la laisser languir longtemps sans y apporter remède; le médecin fut consulté, ne parut pas comprendre bien nettement de quoi il s'agissait, et à tout hasard conseilla le changement d'air, ce qui fit que Désirée fut condamnée sans rémission à passer deux mois chez une de ses cousines d'Abbeville qui l'invitait depuis longtemps. Elle eut beau regimber contre la volonté paternelle, celle-ci ne souffrait pas de contradiction. Jean prit cette absence avec assez de tranquillité; on eût dit qu'il en était presque content. Tromper Désirée lui coûtait trop; dès cette époque il était livré par une trahison presque involontaire et cependant irréparable au pire de tous les supplices, le supplice du mensonge perpétuel, incessant.

Abbeville n'est pas une cité absolument insignifiante sous le double rapport des monuments et des souvenirs historiques; elle a le beau portail de Saint-Wulfran, et un beffroi du XIIIe siècle, et d'anciennes maisons fort curieuses, outre les importantes manufactures de drap et de tapis qui remontent au temps de Louis XIV. C'est à Abbeville que les premiers croisés défilèrent devant leur chef Godefroy de Bouillon, que Louis XII vint épouser une princesse d'Angleterre, que Louis XIII voua son royaume à la Vierge, et que le pauvre chevalier de la Barre, un enfant, fut mis à mort pour crime d'impiété, à l'heure même où commençaient à triompher en France les idées philosophiques; enfin Abbeville est la patrie du tendre Millevoye. Il faut croire que rien de tout cela n'intéressait beaucoup Désirée, car elle s'ennuya tout de suite chez sa cousine, vieille fille dévote qui renonça pourtant à ses habitudes quasi cloîtrées pour lui offrir quelques distractions; mais Désirée n'était pas — elle se plaisait à le dire — une demoiselle de ville, les pavés la gênaient. Quelle qu'elle fût cependant et malgré sa grande modestie, à cause de cette modestie peut-être, cette fille du marais plaisait à tout le monde ; le bel Honoré Honfroy, qui, se trouvant par hasard en ville à la même époque, venait quelquefois chez la vieille cousine, était le premier à lui faire des compliments.

— Mon père n'a jamais pris son parti de n'avoir pu arranger un mariage entre nous, dit-il un jour, et, maintenant que je vous connais davantage, je sens que je me consolerai bien moins que lui encore de votre refus.

— Vous m'avez fait trop d'honneur, répondit en souriant Désirée, et je vous souhaite une femme bien au-dessus de moi, monsieur Honoré. On ne commande pas à ses amitiés, voyez-vous.

Elle avait une façon de répondre nette, douce et mesurée à la fois, qui, sans irriter, ne laissait pas d'espoir.

Jean lui écrivait et elle écrivait à Jean, mais ni l'un ni l'autre ne devait trouver grande consolation dans cet échange de lettres. Il ne suffit pas de savoir tracer lisiblement les caractères et mettre l'orthographe pour soutenir une de ces correspondances qui trompent l'absence et font faire parfois un pas décisif à des sympathies jusque-là incertaines ; le commerce épistolaire n'est une ressource et un plaisir que pour les esprits très-cultivés. Rien de ce que Jean et Désirée pouvaient avoir dans la tête et dans le cœur ne se reflétait sur le papier. Découragés, ils finirent l'un et l'autre par garder le silence, et l'ennui de Désirée redoubla. Cependant, si lourd que lui parût son exil, elle s'en trouvait bien au physique ; l'effet d'un climat plus doux et d'un repos complet ne tarda pas à se faire sentir pour elle. Sa santé raffermie lui valut un retour d'embonpoint et de fraîcheur : aussi son père, en venant la voir, fut-il charmé de cette bonne mine :

— Je devrais te laisser ici longtemps encore, puisque tu t'y plais tant, lui dit-il avec sa malice ordinaire; mais la vérité est que je suis à bout de patience et que je ne peux me passer de toi davantage. D'autres pensent peut-être comme moi, tu m'entends... aussi, que tu le veuilles ou non, je te remmène !

— Mais, mon père, je ne vous demande que cela! s'écria Désirée se jetant à son cou.

— Je te remmène, reprit le bonhomme, toujours taquin, et je te prépare pour ton retour une surprise... Au fait, pourquoi ne pas te le dire tout de suite? Je l'ai bien dit à Jean! Dame! je me lassais à la fin d'être traité en père dénaturé, bourreau de sa fille...

— Qui a jamais osé... ?

— Oh! M. Jean se plaignait... ne me soutiens pas le contraire, je l'ai su par la Gendarme. Eh bien, il ne se plaindra plus. Tant pis pour vous... Je vous marie à la Noël...

— Mon bon père!...

— Tu as l'air de n'en être pas fâchée non plus! Il fallait me dire que c'était cela qui te tenait, ma fille...

— Mais...

— Il n'y a pas de mais... La Gendarme m'a juré que tu trouvais le temps long. Vos accordailles n'auront cependant pas été plus longues que ne le veut la coutume... De mon temps... mais on s'est mis à la mode des chemins de fer. On prétend aller vite en tout !

Malgré les taquineries de son père, Désirée était éperdument heureuse. Elle allait donc retrouver Jean... le retrouver semblable à lui-même, — car ce n'était que le dépit d'attendre qui l'avait changé, elle s'en rendait compte, à distance, en se souvenant... elle allait le retrouver pour ne plus le quitter jamais... Noël était si proche ! Le temps de préparer sa toilette de mariée, tout au plus.

Elle acheta les fleurs d'oranger à Abbeville, et,

avant de quitter la petite chambre qu'elle occupait chez sa cousine, elle les posa sur ses cheveux
noirs avec un premier plaisir de coquetterie ; à ce
sentiment féminin se mêlait une joie solennelle,
assez profonde pour ennoblir jusqu'à la vanité.

Ils revinrent par Noyelles et ce chemin curieux
jeté sur des remblais et des estacades à claires-
voies dans l'immensité des sables que recouvre le
flot à marée haute. Tout en filant, portée par la
vapeur sur ce pilotis invisible pour elle, au milieu
de l'Océan qui semblait battre les deux côtés du
train, elle sentait son cœur plus léger qu'un
oiseau. Quel plaisir de revoir la mer ! Comme la
diligence lui parut avancer lentement de Saint-
Valery 'au tournant de la route du Tréport que
marque le cabaret de Fifi ! Jean était là, il la
reçut dans ses bras. Elle remarqua qu'il était
affreusement pâle. Oh ! elle savait bien qu'il
avait dû souffrir de son absence, et aujourd'hui la
joie — c'était la joie sans doute — lui donnait
l'air presque égaré.

— Eh bien, lui dit-elle, tu sais... ?

— Oui, oui..., balbutia-t-il en l'interrompant.

— Nous ne nous querellerons plus, mon Jean.
J'aurai un mari moins grondeur, n'est-ce pas, que
ne l'était mon amoureux ?

Il se mit à rire, mais d'un rire nerveux et con-

traint. Cependant il serrait contre sa poitrine le
bras de Désirée, qu'il avait pris sous le sien, si
fortement qu'elle s'écria :

— Tu me fais mal ! On dirait que tu crains que
je ne t'échappe...

— Oui, répéta Jean, c'est bien cela...

— Sois tranquille, je n'en ai pas envie. Et pourquoi regarder ainsi autour de toi ? Qu'attends-tu
donc ?...

Il attendait une catastrophe, un malheur ;
son attente ne fut pas trompée.

La route descend presque à pic vers la mer, avec
son talus frangé d'herbe d'un côté, ses bouquets
de bois aux coulées verdoyantes de l'autre. Il n'y
a pas de plus jolie vue que celle du bourg, blotti
dans la profondeur, avec la folle aigrette de moulins à vent qui le dénonce de loin, et ses maisons
de briques rouges, grises et noirâtres qui s'en-
châssent comme une mosaïque dans le bleu infini
de la mer.

Le père Turpin s'était attardé, volontairement
peut-être, à payer le conducteur de la diligence,
et les deux fiancés marchaient devant à une certaine distance. Sur la place de l'église qu'elle traversait au bras de Jean, un éclat de voix moqueur
frappa soudain l'oreille de Désirée, qui tourna la
tête. Trois filles des Quatre-Rues passaient en se

donnant la main ; au milieu se cambrait la plus grande et la plus belle, une gaillarde au teint allumé dont la narine ouverte palpitait de colère, et dont le sourire insolent montrait des dents acérées comme celles d'un jeune loup :

— Les voilà donc, disait-elle très-haut, le doigt braqué sur Désirée, les voilà donc, ces richardes qui enlèvent aux pauvres filles leurs amants pour en faire des maris ! Bah ! soyez tranquilles, on vous prend pour vos sacs d'écus, et vous n'avez, en somme, que le rebut de nous autres !

— Que dit-elle ? demanda Désirée, qui n'avait entendu qu'à demi.

Elle s'arrêta court, effrayée par l'altération subite des traits de Jean, par l'expression de haine et de fureur qui couvait dans ses yeux. Il avait tressailli à la voix de Flore, puis levé le poing par un mouvement plein de menaces terribles. Sans savoir au juste ce qu'il voulait faire, Désirée le retint.

— Qu'as-tu ? reprit-elle.

Au lieu de répondre, il l'entraîna rapidement et continua de marcher quelque temps encore, muet et farouche ; tout à coup il s'arrêta. Le père Turpin, qui avait pressé le pas de son côté, apparaissait au sommet de la route ; il allait bientôt les rejoindre.

— Écoute, murmura Jean. Peut-être bientôt ne voudras-tu plus le croire, mais je t'ai toujours aimée, Désirée, je t'aime toujours et autant que jamais ; il faut que tu le saches et aussi une autre chose qui, celle-là, me coûte à te dire...

Désirée appuya la main sur sa bouche :

— Plus tard, répliqua-t-elle, quand nous serons mariés. Tu as dit que tu m'aimais ?...

— Plus que ma vie et que mon salut...

— Allons, ne blasphème pas... Tu m'aimes, cela suffit. Je n'en veux pas savoir davantage.

VIII

Il est aisé d'être magnanime en paroles, de se laisser emporter par un élan de générosité inconsciente. Cet élan se soutiendra-t-il? C'est une autre question. A peine Désirée eut-elle quitté Jean qu'elle souhaita par-dessus tout au monde d'approfondir le secret que si noblement elle avait refusé d'apprendre de sa bouche. Il avait été infidèle, de cela elle ne pouvait douter, mais comment expliquer cette infidélité passagère? quand avait-elle été commise? à quel délire, à quelles obsessions avait-il cédé? Ne fût-ce que pour lui trouver des excuses, elle eût voulu démêler tout ce mystère de trahison qui lui inspirait à la fois de l'horreur, une tristesse profonde et une vague pitié. Aussi n'eut-elle garde d'imposer silence à Flore lorsque, le lendemain matin, sur le galet où elle étendait du linge à sécher, cette dernière s'approcha d'elle en balbutiant d'un air sournois, les yeux hypocritement baissés :

— Je vous ai offensée hier et j'en suis fâchée, mademoiselle Turpin.

— Vous n'aviez pas le pouvoir de m'offenser, répliqua Désirée avec une certaine hauteur ; je ne sais seulement pas ce que vous avez dit...

Elle continua d'étendre son linge en assujettissant chaque pièce au moyen de quatre cailloux avec la plus minutieuse attention ; mais elle ne s'éloigna pas, comprenant que ce n'était là qu'une entrée en matière. Plantée devant le Corps-de-Garde, la Gendarme les voyait de loin. D'abord elle crut que cette coureuse de grèves offrait à Désirée quelques poignées de *chevrette* qu'elle venait de pêcher ; puis, l'entretien se prolongeant, elle s'étonna un peu : Désirée Turpin n'avait jamais lié conversation, cela va sans dire, avec la gent des Quatre-Rues.

Les vagues moutonneuses n'eussent-elles pas mugi très-fort, la Gendarme était à une trop grande distance pour entendre un seul mot ; mais, grâce à la configuration du sol et à sa vue perçante qui n'avait pas encore baissé, elle distinguait tous les gestes. La curiosité l'excitant, elle continua donc de regarder.

18

La jeune maîtresse du Corps-de-Garde n'avait plus de linge à étendre ; elle se tenait debout et semblait écouter un récit véhément, à en juger par l'attitude de son interlocutrice qui se démenait comme un diable. A plusieurs reprises, Désirée fit mine de s'en aller ; chaque fois l'autre la retenait par sa jupe d'un air suppliant ; il lui arriva même de se précipiter à genoux ; comme Désirée la repoussait de nouveau et reculait de plus en plus, celle qui l'implorait se releva tout à coup, et, par un mouvement brusque, inexplicable, écarta ses bras du corps : la Gendarme vit ainsi se dessiner au soleil toute la haute silhouette de Flore ; elle fut frappée du développement singulier que présentaient le buste et les hanches.

— C'est une vraie tour que cette coquine-là ! grommela-t-elle, inquiète sans savoir pourquoi.

Presque aussitôt, la vieille servante jeta un cri et se mit à courir aussi vite que pouvaient la porter ses jambes raidies par l'âge : il lui avait semblé que Désirée chancelait comme si un coup violent l'eût atteinte :

Ma fille ! cria-t-elle, ma fille ! — Le vent emportait sa voix ; mais Désirée, de son côté, revenait rapidement vers la maison ; elles se rencontrèrent en route et la Gendarme reçut sur sa poitrine la pauvre enfant haletante, éperdue, aussi blême que si elle allait mourir.

— Qu'est-ce qu'on t'a fait? s'écria-t-elle avec un accent de sauvage détresse, en écartant son fichu comme pour trouver la trace d'une blessure invisible.

— Rien, dit Désirée, tremblant toujours, rien... Je veux voir mon père, voilà tout... Où est mon père?

— Il est dans la salle depuis un bon quart d'heure, et moi, je t'appelais dehors... C'est comme ça que je t'ai aperçue. Qu'est-ce qui arrive? Parleras-tu?...

Mais Désirée secouait la tête, et, jusqu'à la maison, elle n'articula pas un mot, l'œil fixe, les mains crispées l'une dans l'autre, et ses cheveux, dénoués par le vent, lui battant le visage.

— Sainte Vierge, murmura la Gendarme, ma fille est folle !

Dans la salle, devant le dîner refroidi, Turpin fumait sa pipe en pestant contre les femmes qui se font toujours attendre. L'apparition de Désirée changea le cours de ses pensées. A peine s'il reconnut ce visage altéré d'où la jeunesse s'était effacée soudain. Il jeta sa pipe et courut à elle, mais elle ne lui permit pas de l'interroger.

— Mon père, commença-t-elle, — et sa voix aussi avait un timbre différent, on eût dit qu'elle

sortait des profondeurs du tombeau, — mon
père, il s'agit de choses graves, très-graves.

Elle s'affaissa sur une chaise, et, se versant un
grand verre d'eau, le vida d'un trait, comme
on fait pour chasser l'ivresse ; c'était, en effet, une
ivresse horrible, l'ivresse du désespoir qui obscurcissait son cerveau :

— Mon père, — elle avait repris maintenant
possession d'elle-même, — il n'y a pas de temps
à perdre... Je veux vous parler... tout de suite...
Jean a manqué à la parole qu'il m'avait donnée,
Jean a séduit une autre fille...

— Ah ! c'est M. Jean qui te met dans un
pareil état ? dit le père, dont l'effroi se transforma
tout à coup en colère et qui ne fut pas fâché de
laisser tomber cette colère sur le gendre qu'il
n'avait accepté qu'à regret.

Puis il s'avisa qu'avant tout il fallait consoler
Désirée.

— Es-tu bien sûre seulement de ce que tu me
dis là ? N'est-ce pas quelque propos en l'air qui
te sera revenu ? Les jeunes gens sont imprudents,
et les apparences...

— C'est la fille elle-même qui m'a tout dit,
répliqua Désirée.

— Voyez-vous l'effrontée ! Comme si la faute
n'était pas à elle autant qu'à lui pour le moins,...

car tout le pays sait que vous êtes accordés,
Jean Paday et toi... elle n'avait qu'à s'informer...
Quelle vagabonde est-ce donc ?...

— C'est une fille des Quatre-Rues, interrompit
Désirée d'un ton de dédain glacial et en ramenant par un geste instinctif sa jupe autour
d'elle, comme pour échapper au contact de Flore;
puis elle se rappela que la main de Flore avait
touché cette jupe et lâcha les plis de l'étoffe avec
horreur.

— Oh bien, fit le père Turpin, avec une phi-
losophie toute masculine, s'il ne s'agit que de
ça !... Voyons, Désirée, à ton âge, et si près d'être
mariée, il y a des choses qu'on peut te dire ! Un
caprice pour ces filles-là ne compte guère ! Elles
ne peuvent pas avoir la prétention de se faire
épouser par un brave ouvrier comme Jean, le
préféré d'une personne de ta sorte ! Et puis les
choses ont-elles été aussi loin qu'elle le dit ? Il
n'aura peut-être voulu que plaisanter un jour en
passant... Il y a des finaudes... Tiens, moi-même,
avant mon mariage avec ta défunte mère, ne s'est-
il pas trouvé une de ces gueuses, la Nanon, qui,
Dieu me pardonne, ressemble aujourd'hui à un
vieux matelot,... n'a-t-elle pas voulu faire accroire... Eh bien, par exemple ! qu'est-ce que je
vas te raconter là ? Je perds la tête, à mon tour !

18.

Enfin, c'est pour te dire que les honnêtes filles qu'on est fier d'épouser font bien de fermer les yeux sur les familiarités que ceux qui les respectent peuvent avoir eues avec des créatures qu'ils méprisaient en les pourchassant. Tous les hommes ne sont pas des saints. Je te dirai même qu'il n'y en a pas un qui soit saint à moitié seulement ! Et c'est heureux, ma foi ! pour les femmes qui valent mieux qu'eux, et qui, ayant l'occasion de leur pardonner souvent, les mènent à leur aise ! Je t'engage, du reste, à confondre ce polisson de Jean : il se repentira, et tu seras maîtresse dans ton ménage. Crois-en les vieux, ma fille.

Désirée l'avait écouté patiemment, comme on écoute quand on a une opinion faite et une résolution inébranlable.

— Tous vos raisonnements n'y peuvent rien, dit-elle, après qu'il eut achevé. Il y a un enfant!...

— Un enfant !...

— Oui, un enfant qui n'est pas né encore, mais qui va venir au monde bientôt...

— Cela change la question en effet, dit le père Turpin pensif, regardant le bout de ses souliers ; cependant...

— Vous n'allez pas me conseiller de jeter un orphelin dans le ruisseau des Quatre-Rues ! dit Désirée se levant, superbe.

— Que Dieu m'en garde ! Mais n'a-t-elle pas menti ?...

— Je vous dis, mon père, que je l'ai vue...

— Eh ! tu ne me comprends pas... Jean est-il vraiment le coupable ?... voilà ce que je veux dire !

— Et voilà pourquoi je vous prie de l'interroger, mon père ; il né mentira pas.

— Tu ferais mieux de lui parler toi-même...

— Sur un sujet pareil ? Y pensez-vous ? Et puis il m'en coûterait trop, s'il avouait... ce qui est la vérité,... quoi que vous supposiez, dit Désirée avec un éclat d'impétueuse douleur qui couvrit son visage de larmes brûlantes, — il m'en coûterait trop de lui signifier que je ne me marierai jamais...

— Avec lui peut-être, le mauvais chien, tonna Pierre Turpin en se levant furieux ; mais nous avons, Dieu merci, d'autres épouseurs en réserve.

— Mon père, interrompit Désirée, vous savez ce que je vous ai dit autrefois. N'ajoutez pas à mon chagrin, il est assez grand.

Et elle sortit de la chambre, en passant presque sur le corps de la Gendarme, accroupie, les poings dans les yeux, au seuil de la porte, contre laquelle, sans façon, elle avait collé son oreille, tant qu'avait duré l'entretien.

Le jour même, le père Turpin eut une brève conférence avec Jean.

— Eh bien? fit Désirée quand ce fut fini.

— Eh bien, dit le bonhomme, il n'a rien nié.

— Je le savais, répliqua Désirée.

Pierre Turpin frappa du pied en étouffant un sourd juron.

— C'est trop bête! gronda-t-il dans sa barbe grise. Ce gueux-là tue ma fille... et il me fait compassion ! Si tu l'avais vu, reprit-il en s'adressant à Désirée, tu ne serais peut-être pas décidée comme tu l'es! La vilaine commission que tu m'as donnée là !

Désirée revit Jean Paday, et pourtant elle resta ferme.

Dans la soirée, elle était allée à l'église déposer, sur l'autel de la sainte Vierge, ces belles fleurs d'oranger dont naguère elle se parait d'avance avec une joie si naïve. La nef était toute noire, il n'y brillait que la petite veilleuse suspendue devant chaque chapelle. Sa flamme vacillante faisait jaillir çà et là une paillette du tabernacle doré, de la croix de métal qui le surmontait, ou du torse de sirène en cuivre poli qui décorait la poupe d'un petit navire consacré, que ses cordages balançaient à la voûte sous le regard protecteur de la Vierge, étoile de la mer et secours des naufragés. Parfois, à travers la grande église vide, vibrait comme

une plainte; les piliers dégageaient cette odeur de
sépulcre propre aux vieilles pierres humides,
et Désirée, à genoux sur les marches de l'autel, disait, par une aspiration mentale plus éloquente que toutes les paroles, à celle qui est le refuge des douleurs incurables et des virginités
éternelles :

— Que ces fleurs se fanent et tombent en poussière à vos pieds bénis, avec le cœur même qui
vous les offre et qui est à vous pour toujours.

Un long frisson secoua tout son corps, la fraîcheur de l'église s'était appesantie sur ses épaules
comme une pelletée de terre; il lui sembla être
déjà morte. La Vierge acceptait ses vœux, elle
la prenait toute à elle. Un grand calme, le
calme de l'anéantissement suprême, l'envahit. Se
signant d'une main glacée, elle se leva pour sortir. Qui donc était là effacé dans l'ombre du
porche?.. On eût dit un homme en embuscade...
Elle fit un brusque retrait, mais il lui avait touché
le bras, et un sanglot humain se mêlait aux sanglots formidables de la mer, dont le fracas remplissait la longue rue déserte.

— Désirée, dit Jean d'une voix rauque et brisée, tout est donc fini?.. :

— Oui, répondit-elle.

Il raconta plus tard qu'elle lui avait paru blanche, grandie, solennelle, pétrifiée comme une des statues de l'église. Son arrêt retentit, semblable à celui de la justice elle-même.

— Et tu n'as rien à me dire ?

— Rien.

Elle passa et disparut dans la nuit pluvieuse et froide.

Cet hiver-là fut lugubre au Corps-de-Garde, où l'on n'entendait plus un éclat de rire, une plaisanterie ni seulement le bruit joyeux d'une conversation familière. Parfois Turpin et la Gendarme échangeaient tout bas quelques réflexions craintives, comme s'ils eussent parlé au chevet d'un malade.

— J'aimerais mieux la voir se désoler franchement, disait le père.

— Elle me fait peur, ajoutait la vieille servante : elle marche comme une machine, elle vaque à tout, mais on voit bien que son idée n'y est plus.

— Et où veux-tu que soit son idée? répondait Pierre Turpin irrité. Ce n'est pas avec cet ivrogne, ce débauché, ce...

La Gendarme hochait la tête.

— Ma grand'mère contait comme ça l'histoire d'une de ses tantes qui s'était amourachée d'un gabier ; mauvais choix du reste, le gabier est léger, c'est son état, un vrai singe ! Il vous échappe toujours d'une façon ou d'une autre. Ce gabier-là s'était perdu en mer ; elle devait bien savoir qu'il ne reviendrait plus, puisque depuis trente ans, on n'avait pas de nouvelles de l'équipage ; eh bien, elle l'attendait toujours, et avec une figure comme celle de Désirée, une figure... Nous n'avons ici que son corps, Pierre Turpin, fit la Gendarme avec solennité, le reste est aussi loin que si l'extrême-onction et le fossoyeur y avaient passé. Ma grand'mère le disait bien : « Ces choses-là ne sont pas si rares qu'on le croit ; il y a sur la terre plus d'un corps sans âme. » Et vous savez que ma grand'mère voyait plus loin que les livres, tout le monde à Cayeux avait confiance en elle, parce que...

— Laisse-moi tranquille avec ta grand'mère et ses visions de vieux cerveau fêlé ! Ma fille vit et elle vivra, entends-tu ! s'écriait le père Turpin, effrayé malgré lui par le ténébreux galimatias de la Gendarme. Crois-tu, reprenait-il, qu'elle sache ce que fait ce... ce malheureux.

— Elle sait tout, bien sûr...

— Elle ne va pas au bourg pourtant...

— Elle n'a pas besoin d'y aller ni de rien demander à personne, elle sait ! La preuve, c'est qu'elle m'a fait porter de l'argent à M. le doyen pour des messes... à une intention secrète... Voilà ce que j'ai dit à M. le doyen, parce qu'elle me l'avait commandé.

— A une intention?...

Le père Turpin se gratta la tête, cherchant quelle pouvait bien être l'intention de sa fille.

— Tiens ! dit-il tout à coup, l'intention de le ramener peut-être. Les femmes sont si drôles, à ce qu'on prétend ! Elle regrette d'avoir été dure, maintenant qu'elle voit que le chagrin a fait de Jean un garnement, un vrai garnement, et aussi qu'il a planté là cette mauvaise fille quand même ! Tant mieux ! La gueuse méritait une punition pour le mal qu'elle est venue apporter ici !

En effet, Jean n'avait pas revu Flore depuis sa rupture avec Désirée. Il savait que le moment était proche,... un petit misérable de plus allait faire connaissance ici-bas avec le dénûment, la honte, l'abandon, et il s'en souciait peu ; il vouait d'avance, au contraire, une sorte de cruelle rancune à cette cause innocente de son malheur.

Jean était devenu méchant. Il buvait jour et nuit, il se prenait de querelle à tout propos avec

19

ceux qui avaient été ses amis, il ne craignait pas les rixes à coup de poing ; sa détestable réputation avait pénétré jusqu'au Tréport, où il allait volontiers s'endetter.

— Voyez-vous, disait le père Hannequin d'un air consterné, il n'est plus capable de rien que de faire la noce et d'assommer les gens, lui, un agneau !...

— Qui aurait pu croire à un changement pareil, s'écriait M. le doyen, et du jour au lendemain encore ? Cela fait penser à certaines possessions du diable... Pourquoi n'y aurait-il plus de possédés, mon cher Hannequin ?

— Dame, répliquait l'ancien patron de Jean, M. Labret, le médecin, dit que c'est un mal passé de mode...

— M. Labret est un athée, faisait observer tristement M. le doyen ; si ce n'est Satan qui a élu domicile chez ce garçon, c'est à coup sûr un de ses suppôts.

Il pensait peut-être à Flore en parlant ainsi. Et les démons de l'ivrognerie, du libertinage, du désespoir tenaient en effet Jean par la nuque, pour nous servir de l'expression du digne prêtre.

Un jour Désirée, qui ne sortait plus sous prétexte du mauvais temps, se leva tout à coup de sa place au coin du feu, s'enveloppa d'une cape

de gros drap et partit sans rien dire à personne.
Le vent faillit la renverser plusieurs fois, car on
était en pleine grande marée ; des masses d'eau
énormes se soulevaient lourdement au large et
venaient se briser à la côte, se dressant telles qu'une
montagne d'émeraude, pour vomir ensuite l'écume,
comme la gueule mugissante d'un monstre, et
s'abattre avec un fracas épouvantable, renversant,
emportant, dévorant tout devant elles, couvrant
le galet à de grandes distances d'une mousse
pareille à de la neige, creusant des cavernes
dans les flancs de la falaise assiégée, et chantant,
d'une voix qui faisait trembler les vitres de tout
le bourg, la funèbre chanson des naufrages. On
priait dans l'église et dans nombre de maisons
pour ceux qui naviguent et aussi pour le littoral
menacé ; car, la veille encore, une trombe, rapide
comme la foudre elle-même, avait anéanti une
grange ; des arbres déracinés jonchaient partout
les routes, et les gens bien informés prédisaient
que la tempête grossirait encore.

— Tu l'as laissée sortir ! dit le père Turpin
à la Gendarme, lorsque, revenant de calfeu-
trer les étables, ses habits déchirés et la barbe
en désordre, il ne trouva plus Désirée. Tu l'as
laissée sortir ! Le vent est de force à l'emporter dans
la mer !

— Il faut qu'ils fassent à leur guise, répondit la vieille d'un air mystérieux. — Sans doute elle pensait à sa grand'tante, la veuve du gabier, et à d'autres créatures tristement privilégiées que la douleur avait dès ce monde rendues impassibles.

— Rien n'a de prise sur eux, le vent pas plus que le reste : elle sait où son esprit la pousse...

Si Jean Paday représentait à M. le doyen un possédé, Désirée était évidemment pour la Gendarme une de ces saintes martyres qui marchent, les yeux au ciel, sur des charbons ardents.

L'inspiration à laquelle cédait Désirée poussa celle-ci jusqu'à l'atelier des Hannequin. Arrivée là, elle frappa aux vitres. Le vieux serrurier vint lui ouvrir :

— Désirée Turpin ! Par un temps pareil !... Il n'y a pas un chrétien dehors... Entrez donc ! Qu'est-ce qui vous amène ?

— Je voudrais parler à Jean Paday, votre ouvrier, dit tranquillement la jeune fille.

Personne au Corps-de-Garde ni dans le bourg n'eût osé désormais prononcer ce nom devant elle, et, pour la première fois depuis bien longtemps, il passait le seuil de ses lèvres.

Le père Hannequin parut embarrassé.

— Vous le trouverez ici bien rarement, dit-il ;

ce n'est plus comme autrefois. Il est plus souvent attablé à boire que debout à travailler.

— J'irai le trouver où il est, répondit Désirée toujours sans trouble, comme si elle eût parlé de son fils ou de son frère.

— Eh bien, fit le père Hannequin, puisqu'il faut vous le dire, il ne quitte guère le café de la *Gaieté*, celui-là ou un autre ;... Quand il n'est pas au café de la *Gaieté*, il est au café *Français ;* quand il n'est pas au café *Français*...

— Merci, dit Désirée se préparant à sortir.

— Mais, mademoiselle Turpin, vous ne pouvez pas entrer là dedans ! Voulez-vous que j'aille le chercher ?... Il ne voudra peut-être pas venir, fit le père Hannequin d'un air de doute. Dame ! il ne tient pas à rencontrer ses anciennes connaissances. Il a une espèce de honte !

— J'y vais, dit Désirée qui prit congé du vieux serrurier.

Le père Hannequin resta sur le pas de la porte à la regarder, tandis qu'elle marchait contre le vent dans la direction de la Grand'Rue ; puis, frappant la terre de son soulier ferré :

— Tiens ! dit-il avec force, je ne suis pas méchant, mais il y a quelqu'un à qui j'aimerais tordre le cou ! Quand on pense que la sottise d'un instant a pu perdre l'existence entière de

deux braves enfants qui se convenaient si bien...
Au diable les femmes ! Je ne dis pas cela pour
Désirée au moins ! ajouta-t-il en puisant une prise
dans sa tabatière à queue de rat.

Cependant Désirée Turpin avait atteint la petite
épicerie sur la façade goudronnée de laquelle se
détachent en grosses lettres jaunes ces mots :
Café de la Gaieté. — Derrière la boutique, décem-
ment garnie de comestibles et d'objets de ménage,
se dérobe une salle basse, encombrée de bancs,
de tables, d'escabeaux, où résonne parfois une
chanson enrouée, où éclate de temps à autre
une querelle, et dont les lambris enfumés exhalent
une odeur mêlée de cidre, de mélasse, de petit
vin bleu et d'eau-de-vie de grain.

Cette salle est réservée à une catégorie de
clients pour l'usage particulier desquels certaine
petite porte s'ouvre sur l'une des ruelles, creusées
au milieu par un ruisseau, qui débouchent à intervalles irréguliers des deux côtés de la rue
principale.

Ayant regardé d'abord l'étroite vitrine enguir-
landée de pipes, de chandelles et de sucre d'orge,
Désirée resta hésitante devant cette petite porte
d'aspect sournois. Au même instant, le hasard
voulut que Jean sortît en trébuchant, à la suite
d'un autre buveur qui, plus solide sur ses jambes,

s'esquiva sans l'attendre, dans la crainte peut-
être que cette femme qui, cachée sous sa
cape, semblait faire le guet, ne fût la sienne.

Désirée tressaillit à la vue du visage qu'elle
avait connu si jeune, si vermeil, épanoui par ce
perpétuel sourire qui reflète un cœur gai, une
conscience légère. Qu'il était maigre et hâve
maintenant! quelle expression mauvaise sur ces
lèvres dont le rire était devenu cynique et hardi!
Elle en fut épouvantée. C'était lui sans doute, et
pourtant c'était un autre homme, — moins qu'un
homme en ce moment où l'ivresse avait fait de
lui une brute

Plus Désirée le regardait, plus elle hésitait à lui
parler; enfin, rejetant son capuchon en arrière,
elle se plaça devant lui sans prononcer un mot.
Ce seul mouvement suffit à dégriser Jean. Il jeta
un cri, s'appuya au mur, puis passa sa main
sur son front à plusieurs reprises comme pour
arracher un voile qui obstruait encore la pensée
prête à se réveiller chez lui.

— Vous! s'écria-t-il.

Et, reprenant son air méchant:

— Je croyais que nous ne nous connaissions
plus.

— Si tu as pu croire cela, répondit Désirée,
la faute en est à moi sans doute, j'aurai été trop

dure et je t'en demande pardon... Jean, reprit-elle, et sa voix se brisa soudain, mon pauvre Jean !...

Il s'était attendu à des reproches, tant de douceur le vainquit. Détournant son visage, il pleura, lui aussi ; elle voyait sa robuste épaule se soulever convulsivement. Il ne lui faisait plus peur, elle le retrouvait peu à peu ; ce chagrin d'enfant, débordant et naïf, lui rendait le Jean qu'elle avait toujours vu docile à sa voix ; elle reprit confiance. Serrant sa main entre les siennes par un geste plein d'affection et d'autorité :

— Ce n'est pas le hasard qui fait que nous nous rencontrons, lui dit-elle d'une voix grave, je te cherchais.

Il fixa sur elle des yeux interrogateurs, mais qui exprimaient l'étonnement et la crainte plutôt que l'espérance.

— Tu l'as bien senti, continua-t-elle, ce qui était ne peut plus être, il n'en faut jamais parler dorénavant...

— C'est pour me dire cela que tu es revenue ! Comme si je ne le savais pas assez ! Tu me détestes maintenant et tu me méprises !...

— Je te plains, voilà tout, et je ne crois pas qu'il y ait personne au monde qui souhaite davantage de te savoir heureux.

— Heureux ?... tu te moques de moi... Vois donc où j'en suis! autant parler de bonheur à un damné!

Il lança ce mot avec une expression telle que Désirée en frissonna.

— Mon bonheur c'était toi, toi seule !

— Eh bien, quand le bonheur nous a quittés, il nous reste le devoir, et, en l'accomplissant tout entier, on peut trouver encore un certain contentement... Sois honnête homme !

— On ne le redevient pas.

— Tu n'as jamais cessé de l'être; sans quoi, je ne serais pas ici à te parler. Sois honnête homme, donne un père à ton enfant.

Jean répondit par un geste de colère obstinée.

— Fais cela pour l'amour de Dieu, pour l'amour de moi, poursuivit Désirée avec une ardeur entraînante, pour moi qui te pardonne et qui t'aime et qui de loin t'aimerai toujours si tu veux m'obéir...

Elle comprit qu'avec ce mot « Je t'aime! » elle obtiendrait tout, et elle le répéta bien des fois en marchant de long en large avec Jean dans la rue, sans se soucier qu'on la vît, soutenue par son intention héroïque et par la pureté de son cœur ; elle employa toute sa persuasion, toute sa sagesse, toute l'influence qu'elle avait gardée

19.

sur Jean à obtenir de lui le pas décisif qui devait dresser entre eux une insurmontable barrière.

Il l'écoutait, combattu entre la joie, l'angoisse et son propre entêtement, qui, à cette voix, sous ce regard, se fondait comme de la cire au feu.

Enfin il dit brièvement :

— Je te le promets... Tu as le droit de disposer de moi. Que ta volonté soit faite!

Et ce ne furent pas des paroles vaines; le dimanche suivant, M. le doyen publia en chaire les bans de Jean Paday et de Flore-Adelphina, avec dispense des deux autres publications d'usage, car le temps pressait et la réparation n'était déjà que trop tardive.

Flore, tout en profitant de la générosité de sa rivale, se promit de faire payer cher à son mari par la suite l'intervention de Désirée Turpin, dont l'avaient avertie quelques caquets du bourg.

— Voyez-vous cette princesse ! pensa-t-elle, courroucée. Elle me le renvoie! c'est bien honnête de sa part.

Du reste, elle accepta sans discussion le retour imprévu de Jean, et se présenta sans trouble à l'église dans un état si scandaleux, que M. le doyen ne sut pas trouver de mots pour l'allocution d'usage : prêcher les vertus catholiques à cette

païenne, c'eût été peine perdue, féliciter Jean Paday
d'un pareil choix était au-dessus de son courage.
Il leur donna sèchement une rapide bénédiction à
l'heure la plus matinale dont il put disposer, et,
tournant les talons ensuite, rentra au presbytère,
honteux comme s'il venait de se rendre complice de quelque mauvais coup.

— Cette petite Désirée est meilleure que moi,
pensait-il. Jamais je n'aurais osé exhorter Jean,
d'autant que ces sortes de mariages ne remédient
pas à grand'chose... Quand on marie un mauvais
gars et une brave fille, il y a des chances pour
que celle-ci fasse remonter celui-là jusqu'à elle ;
mais, quand c'est le contraire, on peut gager
que la femme abaissera vite l'homme à son
niveau... Et notez qu'il ne faudra pas grand
effort pour conduire Jean Paday à la dernière
dégradation... quand le goût de la boisson les
tient... Enfin ! je sais bien qu'il y a un baptême sous roche ! Cela donne raison à Désirée.
Qu'importe la triste union de cette vie flétrie et
de cette vie brisée ? C'est de la petite vie qui va
poindre que nous devons nous occuper... Oui,
Désirée, tu dis vrai, tout doit être sacrifié aux
innocents...

Tandis que M. le doyen se contredisait ainsi
lui-même, la nouvelle mariée entrait d'un pas

fier dans le taudis où Jean avait élu domicile
aux Quatre-Rues, depuis qu'il s'était défait de la
maison de son père, pour être plus près de sa
besogne, disait-il.

— Enfin ! s'écria-t-elle, en se jetant sur une
chaise boîteuse... me voilà donc tout de même
madame Paday !

Son triomphe ne fut pas long. Il sembla que
ces imprudentes paroles eussent évoqué pour Jean,
avec d'autres souvenirs peut-être, le spectre de la
sainte femme qui avait porté le nom longtemps
sans tache dont osait se parer Flore :

— Malheureuse ! lui dit-il, prêt à la battre dès
la première heure de leur ménage, tu feras mieux
de ne jamais me rappeler que j'ai offensé ma mère
en lui donnant une bru de ton espèce !

Et, comme pour échapper à sa propre fureur, il
s'enfuit, laissant Flore stupéfaite plutôt qu'effrayée.

— Serait-il déjà pris de vin ? dit-elle. Je
le croyais à jeun de si grand matin. Bah ! il
ne m'épouse pas volontiers, bien sûr, mais il
m'épouse, c'est tout ce qu'il faut. La chose est
faite !

Et, sur ce mot, elle se mit à rire philosophique-
ment toute seule.

A la même heure, Désirée disait à son père,
avec un enjouement qu'il ne lui avait pas vu

depuis des mois et sous lequel il n'était pas assez perspicace pour sentir un peu de fièvre :

— Eh bien, quoi ? il faut prendre votre parti de ce que je sois tout à vous, à tout jamais.... est-ce donc si dur ?

— Pardieu ! répondait Pierre Turpin hochant la tête, ce n'est pas le gendre que je regrette précisément ; mais j'aurais aimé des petits-fils !

Il soupira, puis, comme l'égoïsme va croissant avec les années chez la plupart, il finit par se résigner sans trop de peine à garder en effet sa fille tout entière.

Deux ou trois jours après, un enfant vint au monde sous le toit des Paday.

— Voyez donc le beau gars, dit la sage-femme à Jean ; c'est votre portrait, un gaillard !

D'abord Jean repoussa sans le regarder ce petit être qui lui représentait l'auteur même de sa perte, la cause du lien détesté qu'il traînait comme le forçat traîne sa chaîne ; mais il se ravisa. C'était cet atome souffrant et vagissant qui lui avait, après tout, valu le dernier mot de pardon et d'amour de Désirée Turpin. Il l'embrassa donc avec une sorte de rage. Et, à son tour, Flore colla ses lèvres souriantes sur le visage de son fils en songeant qu'il lui valait d'avoir un nom, un foyer, d'être mariée enfin.

Le pauvre petit Jeannot ne fut pas embrassé pour lui-même, il ne reçut, ni de son père ni de sa mère, ce premier baiser de tendre accueil que l'on donne aux enfants mieux nés dans la pure allégresse que cause leur venue. Ce baiser, il appartenait à Désirée de le lui donner plus tard.

X

Il arrive que les douleurs individuelles se per-
dent et s'effacent, dans un désastre général,
comme fait la goutte d'eau dans l'Océan. Ce fut
le cas pour toute la France durant la période
à jamais funeste de 1870-71. D'abord la nouvelle
d'une déclaration de guerre à la Prusse émut
médiocrement le bourg d'Ault et ses pacifiques
environs ; quelques anciens soldats, le père
Turpin entre autres, se réjouirent de penser que
nous allions appliquer une *frottée* aux Allemands,
et racontèrent aux jeunes, pour leur donner foi
dans l'avenir, les prouesses passées ; d'ailleurs, la
foi ne manquait pas. Nulle part on ne poussa
plus joyeusement le premier et chimérique hourra
de victoire ; dans ces contrées industrieuses,

enrichies par de longues années de paix et de prospérité matérielle, l'empire avait conservé son prestige, le nom de Napoléon restait synonyme d'invincible. « Pourvu seulement que l'on fasse autant de serrures ! » disaient les serruriers. — « Pourvu que les prix du marché ne baissent pas! » ajoutaient les cultivateurs.

Les familles qui voyaient partir leurs fils étaient seules à s'affliger. Il ne faut pas demander au paysan une forme bien haute de patriotisme : le sillon arrosé par ses sueurs représente pour lui la patrie; tant qu'il ne le voit pas menacé, peu lui importe le reste ; son esprit, faute de culture, ne s'ouvre pas aux abstractions, et les mots sont pour lui sans couleur, sans magie. En revanche, il s'incline docilement devant le fait accompli, habitué qu'il est à voir souvent la grêle, la pluie ou la gelée, des fléaux inattendus, inévitables comme la guerre elle-même, frustrer son espoir en détruisant les moissons. Bientôt on entendit donc les parents les plus désolés dire en parlant de leur fils : « Sans doute nous aurions mieux aimé le garder à travailler, mais puisqu'il le faut!... » — Et, de son côté, le fils absent se bornait à écrire sans récriminations et sans plaintes : « Le temps me dure. » Chacun faisait ainsi passivement son devoir et n'y voyait aucun mérite. En somme, les soldats de ce pays de chasseurs étaient plus délurés que beaucoup d'autres.

Pendant quelque temps, de trompeuses affiches soutinrent cette confiance qui tenait lieu d'enthousiasme ; puis un jour vint où la vérité terrible éclata, où la chute de l'empire fit à toute cette population l'effet de l'écroulement d'un monde, où enfin, calamité plus vivement sentie qu'aucune autre, tous les célibataires au-dessous de vingt-cinq ans sans exception furent appelés sous les drapeaux.

— Je partirais, si je n'étais pas marié, disait Jean avec envie.

Ses sentiments ne ressemblaient pas à ceux des autres garçons, qui se lamentaient presque autant d'être enlevés aux travaux de labour et de semailles que de quitter le toit paternel, où bientôt la plupart devaient fonder une famille. Jean avait des raisons pour penser différemment. Il ne possédait pas de terres, le métier qui lui permettait de gagner sa vie et celle des siens périclitait tous les jours, car, ne songeant guère à bâtir sur le volcan qui s'entr'ouvrait, on n'avait plus besoin de serrures ; en outre, raison majeure, il ne pouvait regretter rien de ce qu'il eût laissé derrière lui. Il éprouvait un mal inconnu d'ordinaire aux gens de sa classe, l'ennui, le dégoût de la vie,

non pas, bien entendu, à la façon des penseurs
ou des blasés qui ne trouvent qu'amertume dans
la coupe dont ils ont dédaigneusement mesuré la
morne profondeur et qui ne voient au monde rien
à désirer ; sa souffrance, beaucoup plus simple,
était peut-être plus digne de pitié. Il apercevait,
à portée de sa main, pour ainsi dire, et séparé
de lui par un abîme, ce qui l'eût rendu parfaitement heureux, la félicité complète, un instant
réalisable, presque atteinte, à jamais perdue, et
il était condamné au supplice, haïssable entre
tous, de retrouver chez lui, sa journée faite, une
femme grossière, paresseuse, égoïste et coquette,
qui, lorsqu'il était triste, lui disait, narquoise :
« Allons ! tu penses donc toujours à elle ? » qui,
lorsqu'il travaillait, s'informait, non moins rail-
leuse, si c'était pour obéir aux ordres de Désirée
Turpin qu'il avait une si belle conduite ; qui
enfin, si l'exaspération l'empoignait à la gorge,
lui disait aigrement : « Ce n'est pas moi qui
t'ai forcé de m'épouser après tout ; tu peux t'en
prendre à d'autres... Va quereller celles-là ! »
Le nom de Désirée était l'arme dont Flore se
servait incessamment pour l'humilier, le tourmenter, et, quand son enfant, doux et câlin comme
le sont souvent les enfants négligés, lui tendait
ses petits bras, cette caresse ne faisait qu'enveni-

mer son mal : « Que me veux-tu? » disait-il au pauvret, qui, heureusement, ne pouvait le comprendre et qui ne devait jamais se douter que son propre père eût considéré sa venue dans le monde comme la pire des calamités.

On conçoit que Jean, vivant ainsi, n'eût pas craint de mourir. Le coup de fusil qui eût mis fin à ses révoltes, à ses rages, à ses regrets, eût été le bienvenu. Il sentait en outre bouillonner dans son cerveau cette exaltation qui se mêle toujours au désespoir et qui fait des héros quand elle ne fait pas des criminels.

Les affaires se gâtant de plus en plus, il fut question de pousser la levée en masse à ses dernières conséquences, de faire partir les hommes mariés. Jean souriait de la consternation du village tout entier; il dit en pleine rue : « Moi, je suis prêt! » Depuis longtemps, les ateliers de serrurerie étaient fermés; il avait dû, comme tous les travailleurs disponibles, retourner aux champs, qui chômaient faute de bras. La guerre, même quand elle ne l'a pas encore traversé, se fait terriblement sentir, et d'une façon bien plus saisissante que partout ailleurs dans un pays tel que la Somme, dont l'agriculture, éminemment perfectionnée, forme la principale richesse. Un pays d'herbages conserve son opulente verdure

et son bétail, alors même que le travail humain
est venu à manquer, mais des blés et des avoines,
des trèfles et des luzernes, des betteraves et de
l'œillette, il n'est plus question aussitôt que le
bras de l'homme a cessé de diriger la charrue.
L'élevage principal étant celui des chevaux, la
ruine fut complète encore de ce côté-là ; toutes
ces bêtes, de bonne et forte race, destinées au
labour, furent réquisitionnées pour les besoins
de la guerre, et un jour arriva où l'on vit les
rares travailleurs, clair-semés sur la falaise et
dans la plaine, arracher au sol, envahi par les
chardons, un maigre produit, en se disant :

— Si peu que ce soit, nous serons peut-être
forcés de le laisser aux Prussiens !

En effet, ceux-ci approchaient. On s'était battu
dans le Pas-de-Calais. Le vieux nom héroïque de
Bapaume, associé à un échec des Anglais, aux
luttes des Bourguignons et des Armagnacs, aux
incendies de Louis XI, aux noms de Charles-Quint
et des Guise, de Montmorency et de La Meilleraie,
le nom de Bapaume, rival de Péronne, figura de
nouveau dans les fastes d'une guerre plus terrible que toutes celles qui l'avaient précédée.

L'émotion devint vive au bourg d'Ault. Il ne
s'agissait plus de points géographiques inconnus
tels que Metz, Strasbourg ou Paris, mais du clocher

lui-même qui était menacé et qu'il fallait défendre ; on se tint prêt. Chaque jour, à heure fixe, sur la petite place du bourg, la manœuvre avait lieu ; elle s'exécutait assez joliment déjà, quand une nouvelle, aussi imprévue que toutes les autres, fit tomber les fusils des mains qui commençaient à s'en bien servir. L'armistice venait d'être conclu. Ce mot d'armistice ne fut pas mieux compris d'abord que ne l'avait été le reste. Était-ce la fin ? Ne s'agissait-il que d'une trêve ? Quoi qu'il en fût, pendant quelque temps on cesserait de s'égorger. Ceux qui avaient des proches à la guerre poussèrent un soupir de soulagement. Jean ne fut que désappointé. Il s'était promis de faire quelque acte de courage qui le relevât à ses propres yeux, à ceux de Désirée surtout ; il avait rêvé la joie de défendre cette dernière ; d'ailleurs, depuis tant de mois que durait l'invasion, la haine du Prussien s'était développée en lui au point qu'il éprouvait ce furieux désir de meurtre qui est, après tout, l'instinct de la guerre :

— Si je pouvais seulement, pensait-il, abattre un de ces chenapans-là... Mais il est dit que nous ne les verrons pas, après les avoir sentis si près de chez nous !

Il se trompait ! — Dès les premiers jours de février, le flot étranger se répandit dans la Grand'-

Rue, tranquillement, pacifiquement; l'occupation n'entraînerait aucune violence, s'étaient empressées de dire les autorités municipales, en annonçant aux gens de l'endroit qu'ils auraient à loger, avec un général et un certain nombre d'officiers d'état-major, deux compagnies d'infanterie, la moitié d'un escadron de hussards du roi, des soldats du train, plus cent vingt chevaux environ! Une invasion véritable au plus fort des hostilités n'eût pas consterné davantage les habitants du bourg. Si la guerre était terminée pourquoi faire peser sur eux cette lourde charge? si elle ne l'était point, il fallait se défendre! Ce dernier mot ne fut lancé du reste que par deux ou trois cerveaux brûlés, dont Jean faisait partie, et à qui la majorité raisonnable eut vite imposé silence.

Chacun s'enferma chez soi, tandis que le roulement des fourgons, le hennissement des chevaux, et les sons gutturaux d'une langue inconnue remplissaient la Grand'Rue comme un ouragan. A peine si quelque tête effarée entre-bâillait la lucarne d'un grenier pour voir défiler l'ennemi toujours en bon ordre, astiqué ni plus ni moins qu'à la parade. Les uniformes avaient tant d'éclat, les hommes, les chevaux étaient si reposés qu'on les eût crus tout frais sortis d'une boîte de Nuremberg. Quelle différence avec les haillons de nos pauvres

soldats débandés! Jean se mordait les lèvres en
songeant au plaisir qu'il aurait à tirer sur ces
cavaliers superbes. Les hussards du roi avec leur
riche uniforme, d'une élégance sombre et sévère,
firent sensation. C'est une troupe d'élite presque
uniquement composée de beaux hommes. A
l'aspect du premier de ces noirs géants, monté
sur un cheval noir sinistre autant que lui-même,
une vieille femme, qui n'avait pas eu le temps
de regagner sa maison, tomba sans connaissance
sur le pavé, comme si on l'eût tuée. Ses deux
fils avaient péri à la guerre; il lui semblait voir
leur bourreau, ou, comme elle le dit plus tard,
la mort qui passait!

La répartition des logements se fit avec un
ordre imperturbable et le plus profond respect
de la discipline. Le général prit possession de l'auberge principale ; les officiers, qui, appartenant
pour la plupart à la noblesse, se distinguaient
par la courtoisie de leurs manières, s'installè-
rent chez les notables du pays, en hôtes polis qui
regrettent de se montrer importuns et de ne
pouvoir éviter une corvée pénible à ceux qui les
reçoivent.

Les soldats, dispersés dans les chaumières,
demandèrent d'abord du vin avec arrogance,
mais se décidèrent ensuite assez docilement

à ne boire que du cidre. Ils faisaient gagner
les cabarets, adressaient aux enfants un sourire
débonnaire, et n'insultaient point les femmes, ce
qui étonnait fort les habitants, dans la pensée
desquels l'apparition de l'ennemi n'allait pas sans
un cortége d'incendies, de viols et de pillage. Combien, cependant, leur présence était oppressive,
odieuse! Un pareil déplacement de troupes, dans
une localité si peu importante, la promiscuité inévitable de ces égorgeurs de la France, qui peut-
être avaient trempé leurs mains dans le sang des
fils ou des frères du malheureux condamné à les
héberger, tout cela était gêne et torture; chacune
des paroles qu'ils échangeaient entre eux, chacun
des éclats de leur lourde et fréquente gaieté pouvaient être interprétés comme une offense.

Tout était outrage, quoi qu'ils fissent. — Quand
ils baignent seulement leurs chevaux dans la
mer, disait Jean, c'est comme s'ils la salissaient
à tout jamais, et je sens que leurs grosses bottes,
quand ils les traînent à travers nos champs, me
foulent le cœur jusqu'à l'écraser. — Flore prenait
les événements avec plus de calme; elle avait,
dès le premier jour, souri aux officiers, qui, malgré
leur réserve ordinaire, s'arrêtaient, frappés de sa
beauté hardie, comme elle souriait naguère aux
messieurs de Paris amenés par la saison des bains.

Quatre soldats s'établirent dans leur pauvre maison, où il n'y avait pas assez de pain pour eux trois. On tenait compte le plus possible des ressources de chacun, mais encore fallait-il que tous fussent logés.

— Bah! dit Flore à son mari, je leur ferai la cuisine, je leur rendrai toute sorte de petits services, et ce sera plutôt un profit qu'une charge.

— Je ne te verrai pas les servir, dit Jean avec dégoût.

Et, en effet, à peine les Prussiens eurent-ils mis le pied dans sa demeure qu'il en sortit, aimant mieux errer comme un vagabond à travers la campagne et coucher sous les hangars, par ces froides nuits, que rester sous son toit, passif spectateur de ce qu'il ne pouvait empêcher. Il revenait de temps en temps pour s'assurer que sa femme n'avait à se plaindre d'aucun empiétement. S'il en eût été ainsi, tant mieux, car alors il aurait pu laisser éclater la rage croissante qu'il cuvait sourdement; mais chaque fois Flore lui disait d'un air réjoui :

— Tu n'as pas besoin de te tourmenter! des moutons, de vrais moutons que ces gens-là! Du reste, retourne-t'en, cela vaut mieux. Si tu étais toujours ici, tu ferais quelque sottise, monté comme tu l'es, je ne sais pas pourquoi, par exemple!

20

Il n'essayait de lui rien expliquer, et s'en allait rôder autour du Corps-de-Garde, veillant de loin sur Désirée, qui, elle, eût compris ses pensées.

Une fois, Jean regagna sa maison assez tard dans la nuit. Depuis quelque temps déjà, les Prussiens étaient au bourg. Méfiants d'abord et lents à s'habituer, ils avaient fini par prendre leurs aises, et on disait même que certaines filles des Quatre-Rues, montrées au doigt pour cela, n'étaient pas trop cruelles à leur égard. Jean put s'assurer de la vérité de ces propos. Le faubourg en question retentissait de rires, de chansons, et, dans les maisons closes, des voix de femmes se mêlaient à la voix bruyante des soldats.

Jean s'approcha de sa propre demeure et regarda par un volet mal joint, qui permettait d'entrevoir l'intérieur où flambait un grand feu. Là, aucun tapage ne se laissait surprendre, mais la scène muette qu'éclairaient les lueurs intermittentes du foyer fit monter à ses tempes un flot de sang qui l'aveugla. Il se frotta les yeux et regarda encore! Au coin de l'âtre était assis un homme, un Allemand, non pas l'un des fantassins flegmatiques à grosses joues de fifres et à crins jaunes qu'il avait dû loger, mais un hussard de bonne mine, tout jeune, presque imberbe, le teint rose comme un teint de femme, les cheveux blond d'argent. Du reste, Jean distinguait à peine ses traits, ne voyant de lui qu'un profil perdu, car il tournait le dos à la fenêtre, un bras autour de la taille de Flore, qui, assise sur son genou, se mirait complaisamment dans une vieille glace accrochée à la cheminée. Des boucles d'oreilles toutes neuves se balançaient à ses oreilles et leur éclat la fascinait apparemment, tandis que le hussard lui effleurait le cou de sa moustache naissante en lui disant de ces choses qu'une femme ne peut manquer de comprendre, en quelque langue qu'on les chuchote à son oreille.

Ce doux entretien devait être interrompu. La porte céda au plus frénétique des coups de poing, et Jean, s'élançant d'un bond de chat sauvage, fondit sur le Prussien à l'improviste. Un grand couteau traînait sur la table où Flore venait de servir le souper. Avant que le Prussien eût trouvé le temps de dégaîner, il était frappé deux fois en pleine poitrine et tombait à la renverse, baigné dans son sang. Mais, presque à la même seconde, Jean roula, de son côté, sur le sol. Aux cris de Flore, l'un des soldats qui logeaient dans la maison était accouru, et, arrivé trop tard pour secourir son camarade, l'avait vengé. Tout ce drame n'eut que la durée d'un éclair.

Que se passa-t-il dans l'esprit de Flore immobile devant ces deux blessés, ces deux cadavres peut-être?... — En voyant entrer Jean, sa première impression avait été la terreur sans doute, puis une sorte de joie vague, de brutal triomphe. Il se souciait donc d'elle pour ressentir aussi violemment sa trahison, elle qui avait cru que de sa part tout lui était indifférent? La tigresse qui regarde les deux tigres acharnés à sa conquête s'entre-déchirer doit éprouver quelque chose de semblable à cette sensation, que domina aussitôt chez Flore l'épouvante indicible du mal qu'elle avait fait. C'était son cri : « Au secours ! » qui avait tué son mari sans sauver son amant! — Tandis que ses hôtes prussiens allaient chercher le chirurgien et avertir leurs chefs, elle se courba sur Jean, craintive comme si elle se fût attendue à ce que, se redressant soudain, il la frappât à son tour.

Le cœur battait encore ! Puis elle jeta un regard sur l'autre... et détourna la tête. Ce beau cavalier qui avait survécu aux périls d'une longue campagne, qui avait maintes fois traversé sans blessure la fusillade en faisant son devoir, était venu, au lendemain de la victoire des siens, après avoir écrit peut-être : « Prompt revoir ! » à sa mère, à sa fiancée, à sa patrie, chercher

la mort dans une passagère amourette ! Il était
étendu là tout de son long ; ces yeux qui venaient de se fixer sur elle, petillants de passion
et de jeunesse, se retournaient fixes et vitreux ;
ces lèvres, dont le baiser brûlait encore sa joue
comme la marque d'un fer rouge, étaient tirées
par un rictus effrayant sur les dents blanches,
que souillait une écume sanglante. Flore fit in-
stinctivement un rapide signe de croix ; puis,
voyant entrer un groupe d'officiers allemands,
auxquels la foule des paysans allait bientôt se
joindre, elle se retira tremblante dans un coin, le
visage caché entre ses deux mains. On eût pu
croire que c'était elle qui avait tué les deux
hommes gisants à ses pieds. Et elle les avait tués
en effet, bien que son bras n'eût point porté le
coup. Le sang de la victime, celui du meurtrier,
retombaient sur cette femme, plus belle que
jamais dans sa terreur profonde.

Le petit Jeannot cependant criait, éveillé par
le bruit.

. . . .

Jean revint à lui dans son propre lit. Il lui
sembla secouer un cauchemar, mais une douleur
horrible qui le cloua sur son orciller, aussitôt qu'il
essaya de se mouvoir, l'avertit que ce prétendu
cauchemar était une réalité. Ses yeux voilés

d'ombre se portèrent lentement vers la fenêtre en face de lui et il entrevit, dans les vagues lueurs de l'aube, un soldat qui se promenait dehors en faction, l'arme au bras. Sa maison était gardée ; à la prière de M. le doyen, qui répondait de sa personne, les autorités allemandes la lui avaient assignée pour prison jusqu'au moment où il serait en mesure de répondre à la justice.

Cette affaire avait fait grand bruit ; le bourg tout entier craignit un instant d'être puni. Le général prussien s'était montré moins touché du meurtre d'un de ses soldats qu'indigné du scandale qui en avait été la cause première, et il semblait certain que Jean aurait à payer cher l'un et l'autre méfait, à moins qu'un maître plus puissant que tous les vainqueurs et tous les conquérants du monde ne le délivrât auparavant, ce qui d'ailleurs était probable. Le chirurgien n'avait laissé que peu d'espoir.

La première parole de Jean lorsqu'il reprit connaissance fut : « Désirée ! » D'un signe, il appela le père Hannequin, assis à l'écart, sa tête grise affaissée sur sa poitrine :

— Allez,... murmura-t-il, allez la chercher.

Il ne manquait pas là de gens pour le veiller. La chambre était encombrée de monde, malgré les recommandations du médecin. Hanne-

quin obéit donc sans répondre. En son absence,
M. le doyen se présenta; il vint apporter à
celui qu'il avait reçu au baptême, dès le premier jour de sa vie, les consolations de la
dernière heure :

— C'est donc fini? dit Jean d'une voix faible.

— Désires-tu vivre? répliqua le doyen avec
un accent qui voulait dire : « Personne ici ne
souhaite que tu te relèves de ce lit, car ce serait
pour marcher à l'expiation. »

Et Jean parut comprendre.

— Je ne veux pas mourir avant de l'avoir
revue, répliqua-t-il pourtant. Qu'elle se dépêche...

— Parles-tu de ta femme? Elle a disparu; on ne
sait où elle est.

Il secoua la tête comme pour dire : « Non »
et, « Peu m'importe! » Puis tout à coup son
regard éteint se ranima, une sorte de fard sinistre
empourpra ses pommettes, jusque-là d'une teinte
cadavéreuse, quelque chose qui ressemblait à de
la joie, — oui, c'était une joie profonde, ineffable,
— rayonna sur ses traits défigurés. Désirée
venait d'apparaître.

— Tu es venue! balbutia-t-il.

Déjà elle était à genoux auprès du lit, elle
l'entourait de ses bras, elle appuyait ses lèvres
à son front glacé.

— Nous retrouver ainsi ! sanglotait-elle.

Et le regard de Jean semblait lui répondre :
« Nous nous retrouvons.... c'est tout ce qu'il
faut!... »

En ce moment, des rumeurs prolongées se firent
entendre. Une femme en larmes, échevelée,
l'image même du désordre, du désespoir, de l'éga-
rement s'était précipitée dans la chambre :

— Laissez-moi, disait-elle à ceux qui voulaient
l'arrêter, laissez-moi! qu'il me tue s'il lui plaît...
Je veux le voir... je veux...

Hélas! il n'était plus en état de tuer personne!
Elle s'arrêta devant ce visage marqué du sceau
de l'agonie prochaine et auquel la colère, l'horreur, plus forte qu'une intolérable souffrance
prêtait une expression surhumaine. Il s'était soulevé, le bras étendu :

— Va-t'en! dit-il d'une voix rauque, va-t'en,
maudite !

— Non ! s'écria Flore tombant à genoux, non,
ne me maudis pas! tu me fais peur, tu me rends
folle! J'ai été ta femme, Jean, je suis la mère de
ton enfant... ne me maudis pas... j'aimerais mieux
être morte... Pardonne-moi, dis que tu me par-
donnes. Mademoiselle Turpin, Désirée, supplicz-
le pour moi... demandez-lui... il vous écoutera,
vous, il ne vous refusera rien, il vous aime tant!...

Elle se traînait dans la poussière, déchirant ses vêtements; Désirée, frémissante de dégoût et de pitié, se détournait du côté du mur; Jean l'accablait d'un mépris silencieux.

— Ne me maudis pas, seulement, répéta la misérable.

— Soit ! dit-il, pourquoi te maudire? Tu ne m'es rien ! Mais tu m'obéiras, entends-tu ? Écoutez ! ajouta-t-il en rassemblant toutes ses forces pour appeler d'un geste impératif les assistants autour de son lit. Cette femme, vous la connaissez, vous savez ce qu'elle a fait,... vous la jugez tous...

— Oui, oui, dirent des voix haletantes que dominait la basse formidable du père Hannequin.

— Eh bien, elle a osé parler de mon enfant... elle n'est pas digne d'être mère;... mon enfant, je le lui retire. Je le donne... je le donne en mourant à Désirée Turpin ! — Et, si jamais tu le réclames, ajouta-t-il s'adressant à Flore toujours abîmée dans son angoisse et dans son infamie, que la malédiction qui reste aujourd'hui en suspens sur ta tête t'écrase, malheureuse que tu es !

— Tout ce que tu voudras, Jean, tout ce que tu voudras, je le ferai, bégayait Flore la face contre terre.

— Que Dieu ait donc pitié de toi, prononça le

mourant, qui était retombé dans les bras de Désirée.

Celle-ci dit à la foule :

— Laissez-nous... laissez-nous seuls.

Et, jusqu'au soir de ce jour-là, puis jusqu'à l'aurore du jour suivant, elle resta assise auprès de lui, la main dans la sienne, le visage tourné vers la lumière pour qu'il pût la mieux voir. Ils ne se disaient rien. Jean semblait oublier la souffrance et la mort sous ce regard éloquent qui lui répétait la promesse d'un amour indestructible, d'un amour qui survivait au crime comme il avait survécu à l'abandon, et que Jean était sûr de retrouver là-haut, de même qu'il était sûr de la miséricorde de Dieu. Une seule fois il articula avec effort : « L'enfant... » Et elle répondit sans le laisser achever : « Sois en paix... Je te le jure. » — Après quoi, elle alla prendre le petit Jean sur sa couchette et, le berçant d'un bras, continua sa veillée douloureuse.

Désirée fut investie ainsi de cette maternité dont elle devait si bien comprendre et remplir tous les devoirs.

Le lourd sommeil de Jean, d'abord entrecoupé de gémissements, devint de plus en plus profond jusqu'à ce que cette stupeur croissante eût fait place à l'éternel repos. Désirée alors baisa ses froides paupières en remerciant Dieu. Elle avait demandé au ciel la liberté du prisonnier, et libre il était en effet.

On ne revit Flore ni dans la maison ni dans le bourg. Ceux qu'avait effrayés son délire crurent qu'elle s'était fait justice en se jetant dans la mer ; d'autres, plus perspicaces, pensèrent qu'elle avait fui du côté de Paris avec un bagage mêlé de remords, d'espérances et d'ambitions inavouables. Quoi qu'il en fût, morte ou vivante, elle tint parole, elle laissa son fils à Désirée.

Celle-ci avait emporté le petit Jean au Corps-de-Garde. Quand elle le posa sur les genoux de Pierre Turpin :

— Père, dit-elle, vous désiriez un petit-fils. Je vous en ai amené un. Le voici.

FIN.

IMPRIMERIE CENTRALE DES CHEMINS DE FER. A. CHAIX ET Cᶦᵉ,
RUE BERGÈRE, 20, A PARIS. — 13092-7.

TABLE

IMPRIMERIE CENTRALE DES CHEMINS DE FER. — A. CHAIX ET Cie
RUE BERGÈRE, 20, A PARIS. — 13092-7.

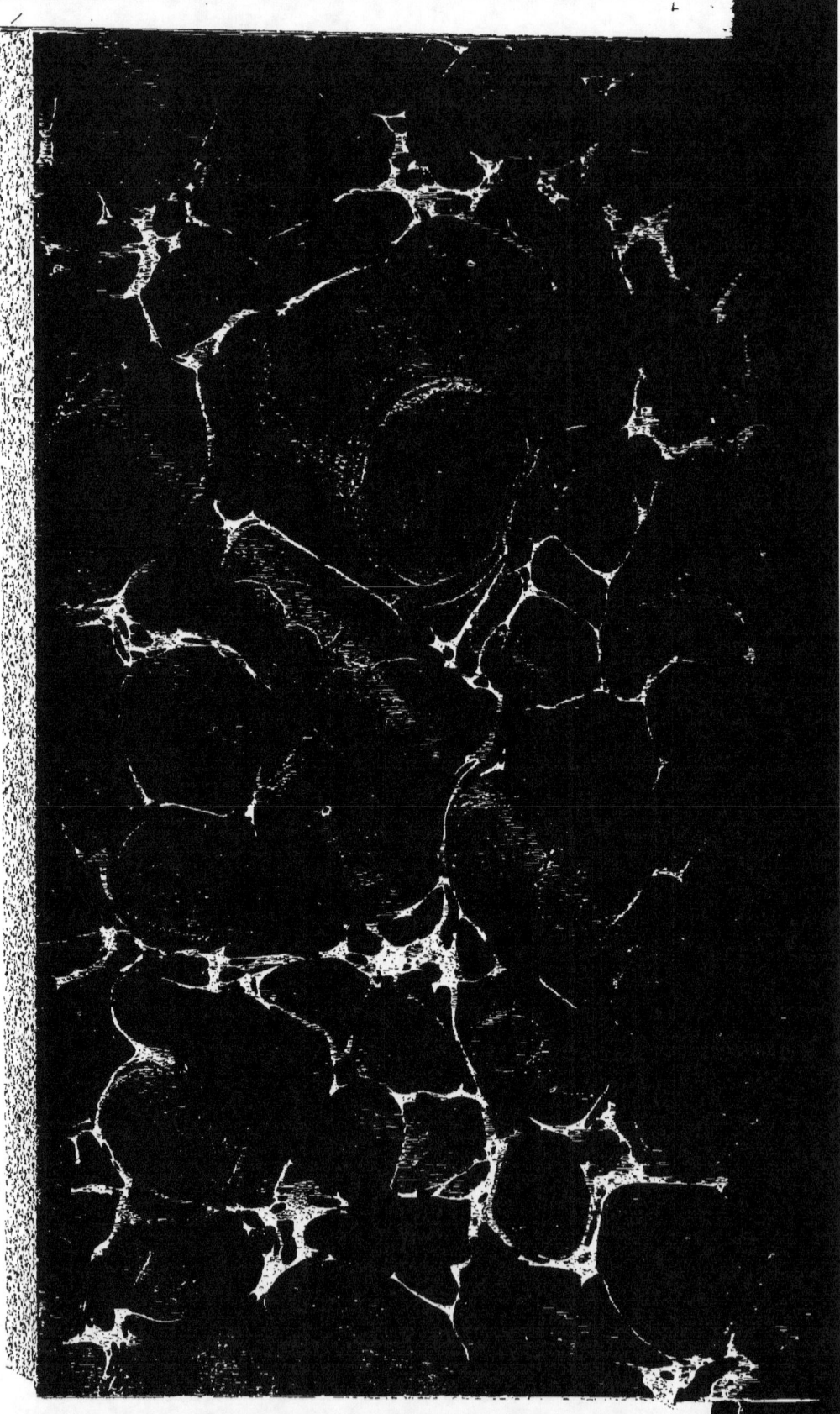

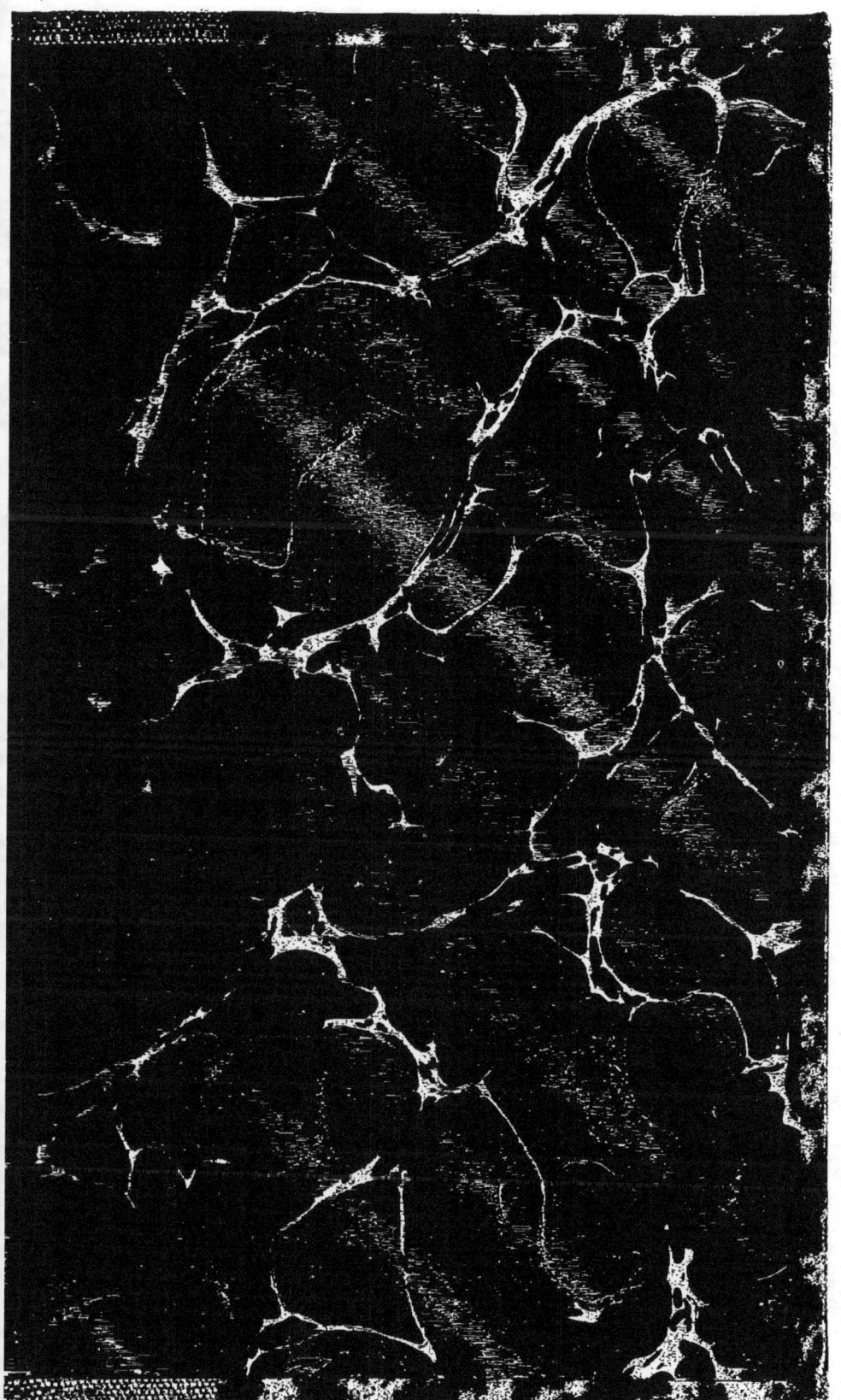